KB275457

하루 한 장, 시와 함께

꽃멍

박유녕 **엮음**

대학에서 국어국문학을 전공했고, 14년 동안 출판 기획편집자로 일했다. 독립 후, 작가로 살면서 출판사를 운영하고 있다. 쓴 책으로는《나의 하루는 내가 만든다》,《책 만드는 여자의 안녕한 오늘》이 있다.

피에르 조제프 르두테 **그림**

역사상 가장 위대한 식물 세밀화 화가. 18세기 후반부터 19세기 전반에 프랑스에서 활동했다. 식물을 과학적으로 아주 상세하게 묘사한 그림으로 유명하다.

일러두기

시의 원문을 살리기 위해 지금의 맞춤법, 띄어쓰기와 다른 부분을 수정하지 않고 그대로 두었습니다.

하루 한 장, 시와 함께

꽃멍

The Roses & Poems

박유녕 엮음
피에르 조제프 르두테 그림

pfpg

나직히 속삭이는 장미의 언어

꽃을 보면 어떤 기분이 드나요? 보통 겨울이 지나고 봄이 올 때 만발한 꽃을 보면 기분이 좋아집니다. 꽃은 사랑을 표현하고, 감사를 표현하는 선물이기도 합니다. 그래서인지 꽃과 함께하면 우리는 슬픔보다 기쁨, 분노보다 사랑, 아름다운 감정을 떠올리게 되죠. 한마디로 행복해집니다. 실제 꽃을 보면 심리적으로 긍정적인 효과를 준다고 합니다. 행복감과 감사함이 증가하고, 공감능력은 향상되고 스트레스는 감소한다는 연구가 있습니다. 그런 꽃에 빠져 평생을 꽃만 그려낸 사내가 있습니다.

바로, 18세기 후반부터 19세기 전반에 프랑스에서 활동한 식물 세밀화 화가 피에르 조제프 르두테입니다. 그는 식물을 굉장히 사랑하여 마치 사진으로 찍어내듯 매우 세밀하게 관찰하고 그림을 그려냈습니다. 꽃은 약 2,100점을 그렸죠. 르두테는 '꽃들의 라파엘로'라 불리며 정확한 형태로 식물을 묘사한 화가로 유명합니다. 그의 꽃 그림은 마치 살아 있는 듯 아름답고도 세밀합니다. 엄청난 몰입과 애정을 쏟아 명작을 많이 남겼죠. 역사상 가장 위대한 식물 화가로도 칭송받습니다. 그중 이 책에 그의 '장미'를 실었습니다.

장미가 주는 행복한 기분

'첫 장미'를 성인이 된 날, 친구로부터 받은 기억이 납니다. 빨갛고 탐스러운 장미 한 송이를 손에 쥐었을 때 기분이 묘했고, 아름다움에 잠시 멍했죠.

장미는 겹겹이 동그랗게 피어난 모양도 예쁘지만, 빛깔도 대개 붉은 색이라 아름답습니다. 줄기에 뾰족한 '가시'가 있다는 사실도 우리를 매혹합니다.

장미의 가시와 얽힌 이야기가 많습니다. 대표적으로 그리스 신화가 있죠. 사랑과 아름다움의 여신 아프로디테는 연인이던 아도니스가 죽자, 슬퍼하며 그를 향해 달려가다가 그만 가시덤불에 발을 찔리고 맙니다. 발에 찔린 아프로디

테의 피가 떨어진 그곳에 붉은 장미가 피어났다는 이야기가 있죠. 그래서 붉은 장미는 사랑과 정열의 상징이 되었다고 합니다.

《잠자는 숲 속의 미녀》에 나오는 장미도 유명합니다. 미녀는 요정의 저주로 장미 가시에 찔려 깊은 잠에 빠지고, 성은 수많은 장미덤불에 뒤덮히게 되죠. 결국 공주는 왕자의 사랑으로 잠에서 깨어납니다. 장미는 그렇게 '사랑'과 연관이 깊습니다. 그래서 우리가 장미를 볼 때, 사랑스러운 감정이 드는지도 모르겠습니다.

혹시 꽃을 보며 행복해지거나 기분이 바뀐 경험이 있나요? 저는 그런 경험이 조금 있습니다. 기분이 안 좋을 때는 꽃 한 송이라도 사서 꽃병에 꽂아 쳐다보다 보면 좋은 기운을 받곤 합니다. 그런 꽃에게 단점이 있다면 수명이 짧다는 것뿐이죠. 어떻게 하면 오랫동안 꽃을 보며 기분을 바꿀 수 있을까 고민하다가 르두테의 장미를 발견했습니다. 100년 전에 그려진, 오랫동안 보아도 질리지 않는 꽃을 말이죠.

이 책에서는 르두테가 그린, 절대 시들지 않는 장미꽃을 볼 수 있습니다. 조금씩 모양이 다른 아름다운 장미 100송이를 감상해보세요.

르두테가 그린 장미의 생김새를 천천히 들여다보면 그 정교함에 감탄하면서 복잡한 마음이 비워지고 기분 좋은 향기가 마음속에 스며들 것입니다. 꽃잎, 꽃받침, 꽃대, 꽃턱, 잎, 가시를 보다가 꽃과 사랑에 빠질지도 모릅니다.

읽기보다 가만히 응시하기

우리는 생각 없이 무언가를 응시하는 모습을 시쳇말로 '멍 때린다'라고 표현합니다. 꽃을 가만히 '멍 하게' 보면 무언가 우리에게 말하는 것을 느낄 수 있습니다. "오늘 하루도 힘내요", "당신의 어두운 마음을 밝혀줄게요", "당신의 인생은 활짝 필 거예요"라고 말이죠. 이렇게 꽃은 우리를 위로하고 기분을 바꿉니다. 이것이 가만히 바라볼 때 나타나는 힘입니다.

꽃에도 응시하는 시선이 필요하지만, 시에도 그 시선이 필요합니다. 시 만큼 마음을 응축해서 표현한 글도 없으니까요. 시 역시 단순한 읽기에 그치지 않고 몇 번이고 읽어내고 오래 바라보면 그 깊이가 드러납니다. 이 책에 실린

100편의 명시를 하루에 한 장씩 가만히 보고 음미하기를 추천합니다.

아름다운 명시와 함께

이 책에 '사랑'과 '열정', '그리움'을 주제로 윤동주, 한용운, 김소월, 김영랑, 정지용, W. B. 예이츠, 라이너 마리아 릴케, 윌리엄 워즈워스 등 약 24명의 시인들의 시를 엮었습니다. 1부에서는 사랑을 주제로 윤동주 외 시인들의 시 38편을, 2부에서는 열정을 주제로 한용운 외 시인들의 시 28편을, 3부에서는 그리움을 주제로 김영랑 외 시인들의 시 34편을 감상할 수 있습니다.

주로 유명한 시보다는 알려지지 않는 시를 모았습니다. 시를 읽을 때 함의와 전문적 해석을 뒤로 하고, 오롯이 나와 시가 마주했을 때 느껴지는 감정에 충실하면 좋겠습니다. 시를 분석하기보다 바라보는 관점으로 대할 때, 새로운 감상이 가능해지는 경험을 해보세요.

마음이 울적하다면 이 책을 장미꽃 대신에 드립니다. 사랑을 표현해야 할 때가 있다면 장미꽃 대신 이 책을 추천합니다. 축하해야 할 일이 있을 때도 함께하면 어떨까요? 부디, 이 책을 보면서 하루에 한 번씩 행복한 기분이 들기를 바랍니다.

엮은이 박유녕

목차

2부. "보기만 하여도 활짝 피어나는" _한용운 외

3부. "사랑이 지나간 자리, 그 어떤 시간에도" _ 김영랑 외

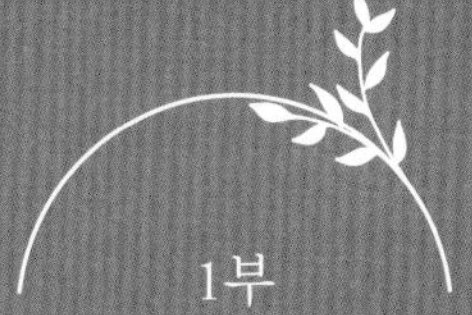

1부

"꽃이 피니 참 사랑스러웁다"

_윤동주 외

01   코스모스

윤동주

청초한 코스모스는
오직 하나인 나의 아가씨,

달빛이 싸늘히 추운 밤이면
옛 소녀가 못 견디게 그리워
코스모스 핀 정원으로 찾아간다.

코스모스는
귀또리 울음에도 수줍어지고,

코스모스 앞에선 나는
어렸을 적처럼 부끄러워지나니,

내 마음은 코스모스의 마음이오
코스모스의 마음은 내 마음이다.

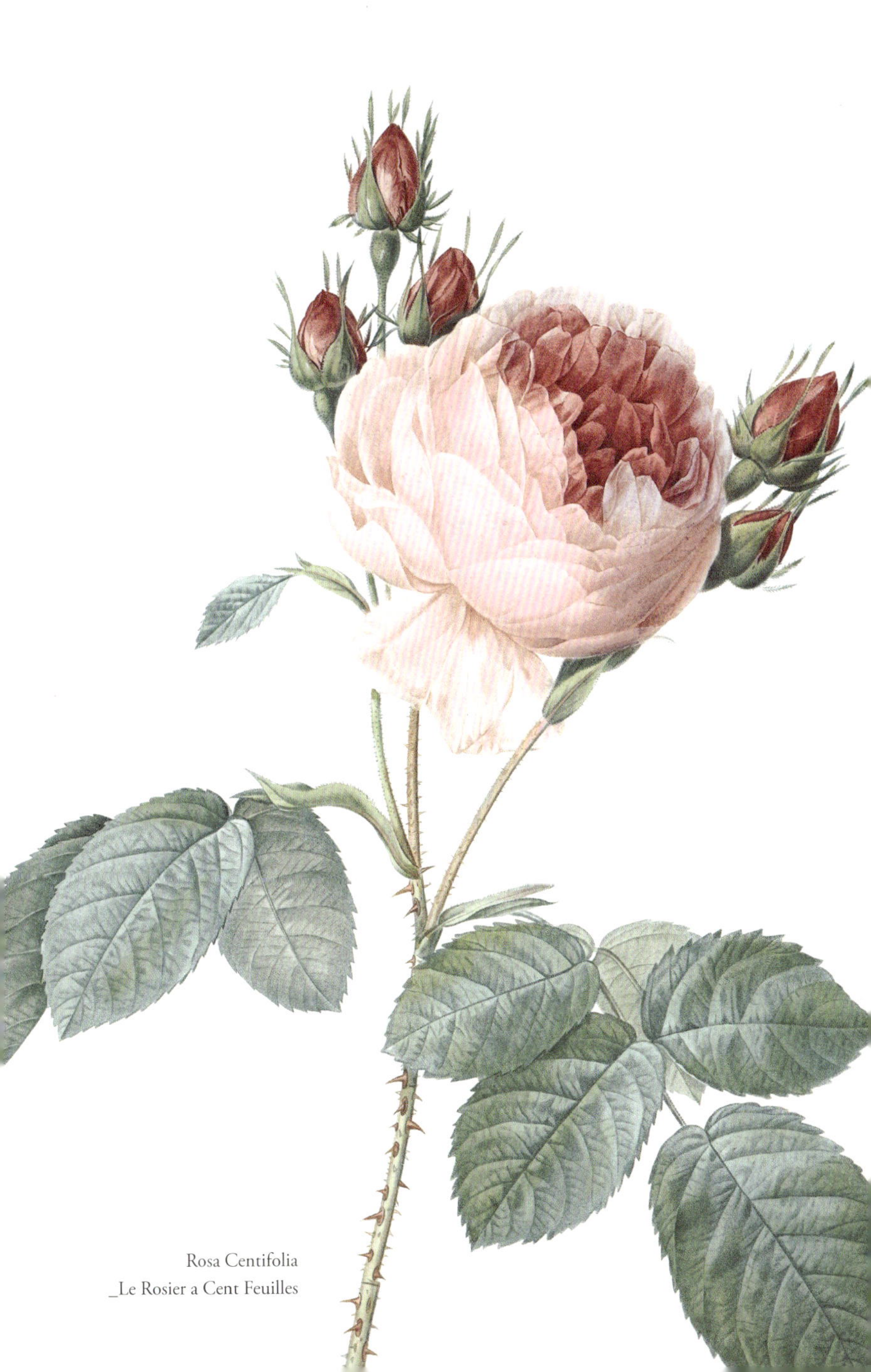

Rosa Centifolia
_Le Rosier a Cent Feuilles

02 나무

윤동주

나무가 춤을 추면
바람이 불고,
나무가 잠잠하면
바람도 자오.

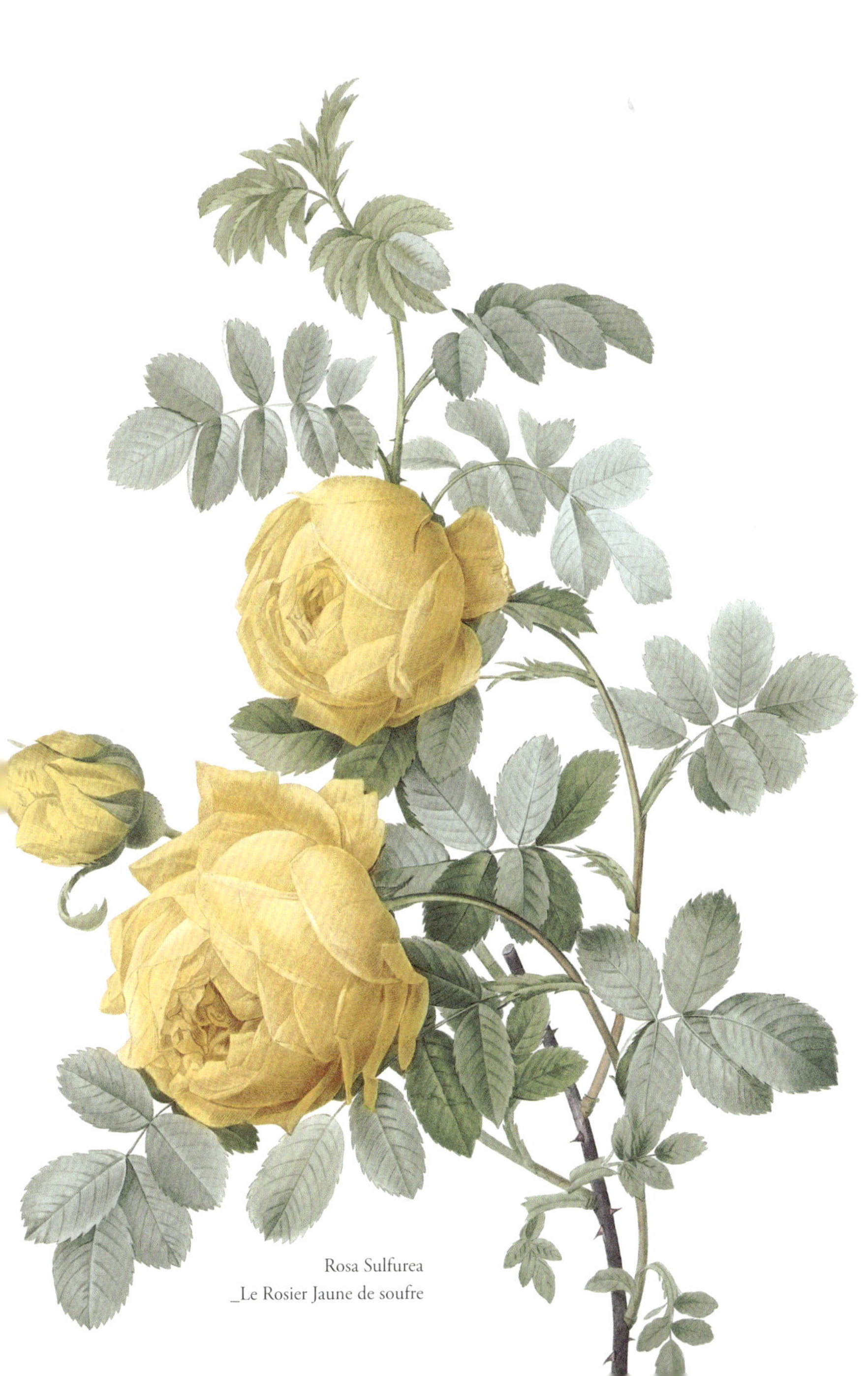

Rosa Sulfurea

_Le Rosier Jaune de soufre

03 반디불

윤동주

가자 가자 가자
숲으로 가자
달조각을 주으러
숲으로 가자.

―그믐밤 반디불은
―부서진 달조각,

가자 가자 가자
숲으로 가자
달조각을 주으려
숲으로 가자.

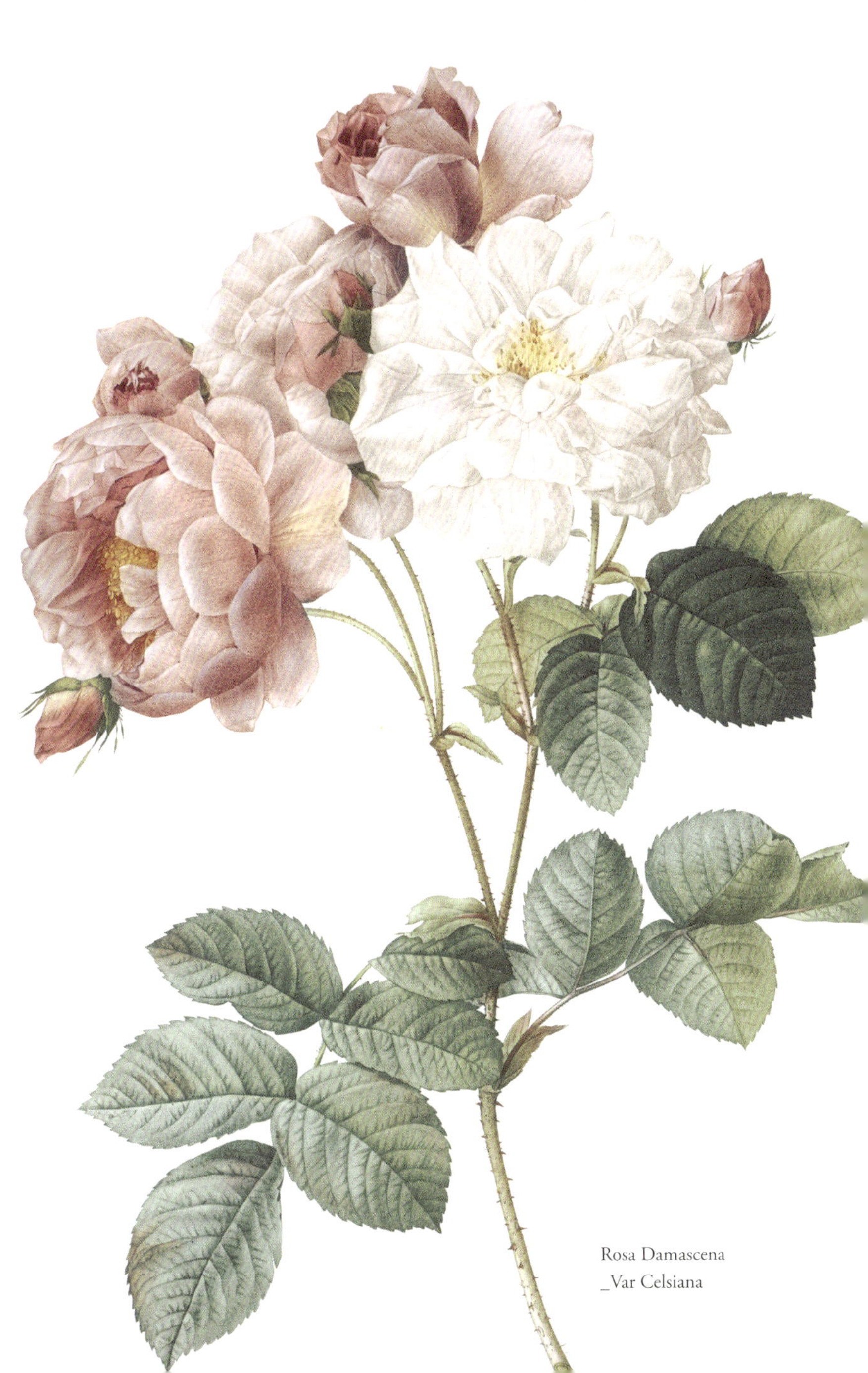

Rosa Damascena
_Var Celsiana

04 명상

윤동주

가츨가츨한 머리칼은 오막살이 처마끝,
쉬파람에 콧마루가 서운한양 간질키오.

들창같은 눈은 가볍게 닫혀
이 밤에 연정은
어둠처럼 골골히 스며드오.

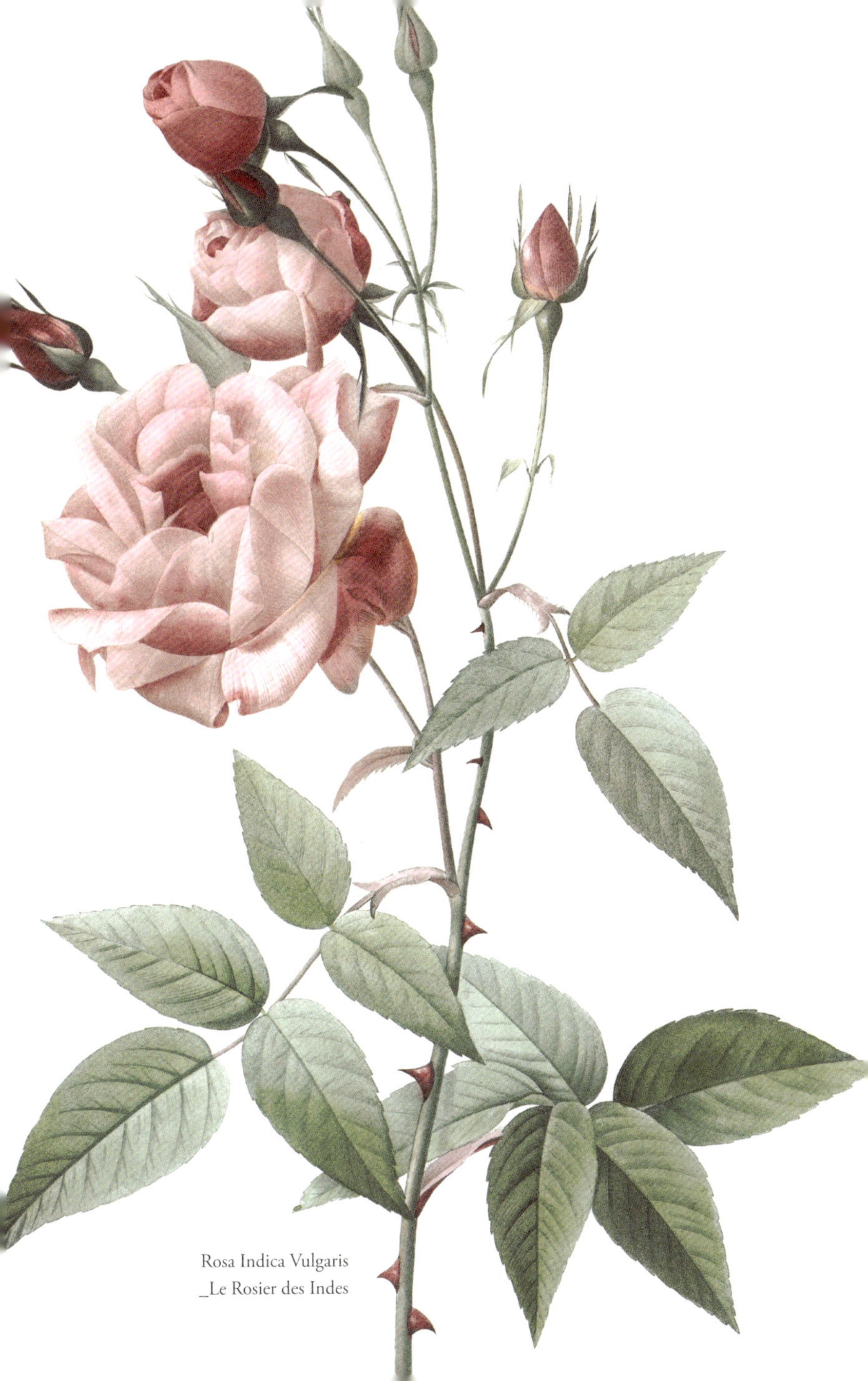

Rosa Indica Vulgaris
_Le Rosier des Indes

둘다

윤동주

바다도 푸르고
하늘도 푸르고

바다도 끝없고
하늘도 끝없고

바다에 돌던지고
하늘에 침뱉고

바다는 벙글
하늘은 잠잠.

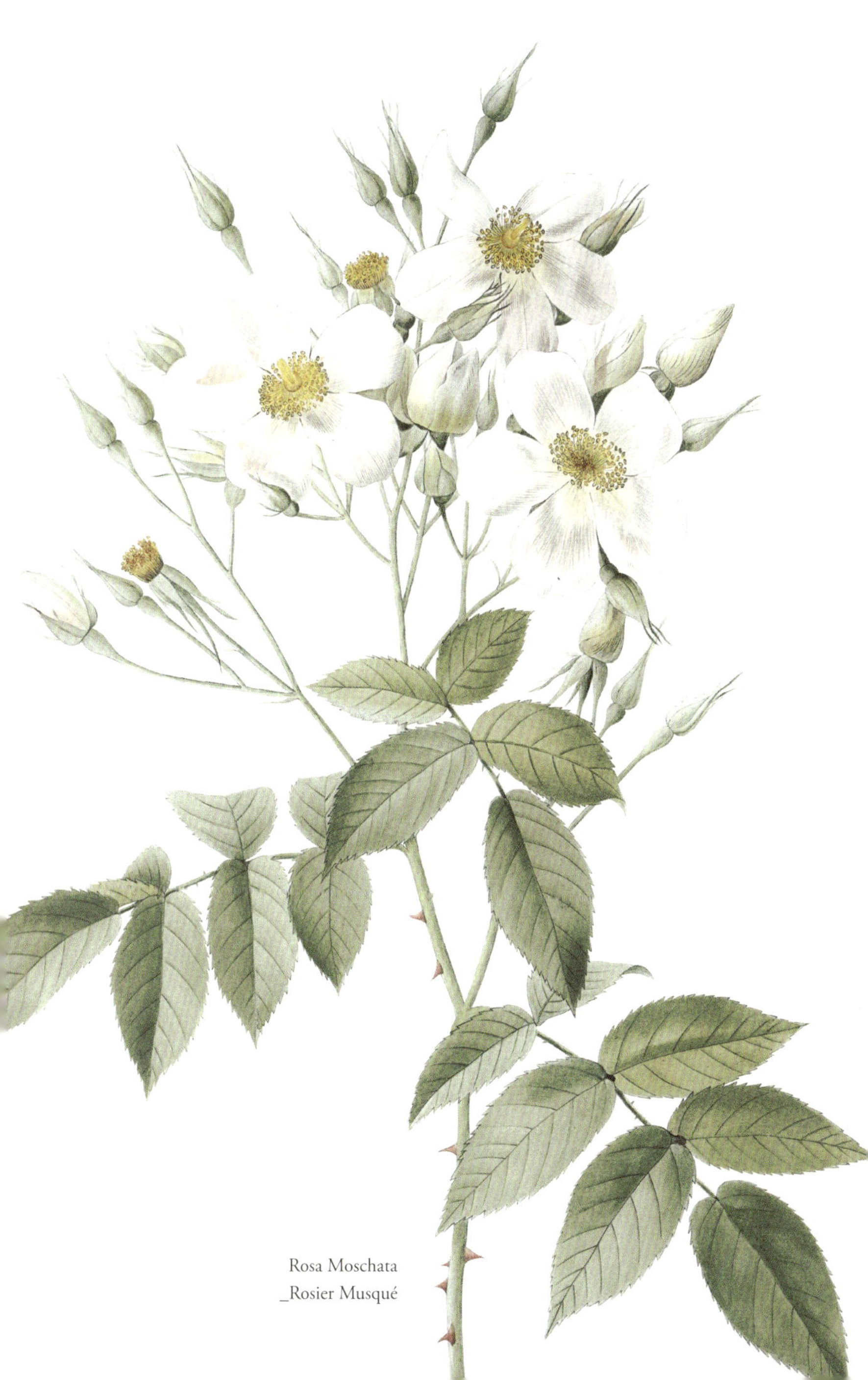

Rosa Moschata

_Rosier Musqué

06 달밤

윤동주

흐르는 달의 흰 물결을 밀쳐
여윈 나무그림자를 밟으며
북망산을 향한 발걸음은 무거웁고
고독을 반려한 마음은 슬프기도 하다.

누가 있어만 싶은 묘지엔 아무도 없고,
정적만이 군데군데 흰 물결에 폭 젖었다.

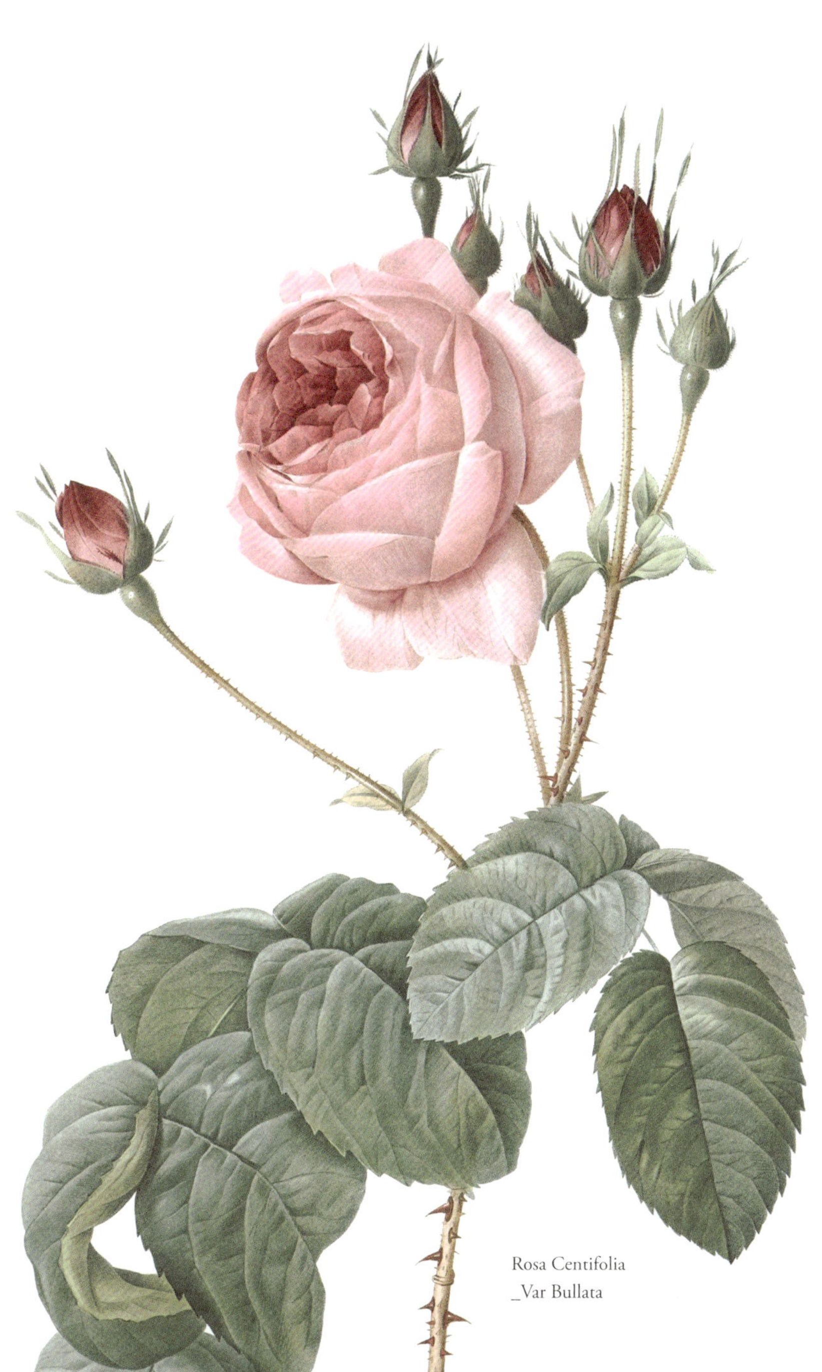

Rosa Centifolia
_Var Bullata

07 소년

윤동주

여기저기서 단풍잎 같은 슬픈 가을이 뚝뚝 떨어진다.
단풍잎 떨어져 나온 자리마다 봄을 마련해 놓고
나뭇가지 위에 하늘이 펼쳐 있다.
가만히 하늘을 들여다 보려면 눈썹에 파란 물감이 든다.
두 손으로 따뜻한 볼을 쓸어보면 손바닥에도 파란 물감이
묻어난다. 다시 손바닥을 들여다 본다.
손금에는 맑은 강물이 흐르고, 맑은 강물이 흐르고,
강물속에는 사랑처럼 슬픈 얼굴—아름다운 순이의 얼굴이 어린다.
소년은 황홀히 눈을 감아 본다. 그래도 맑은 강물은 흘러 사랑처럼
슬픈 얼굴—아름다운 순이의 얼굴은 어린다.

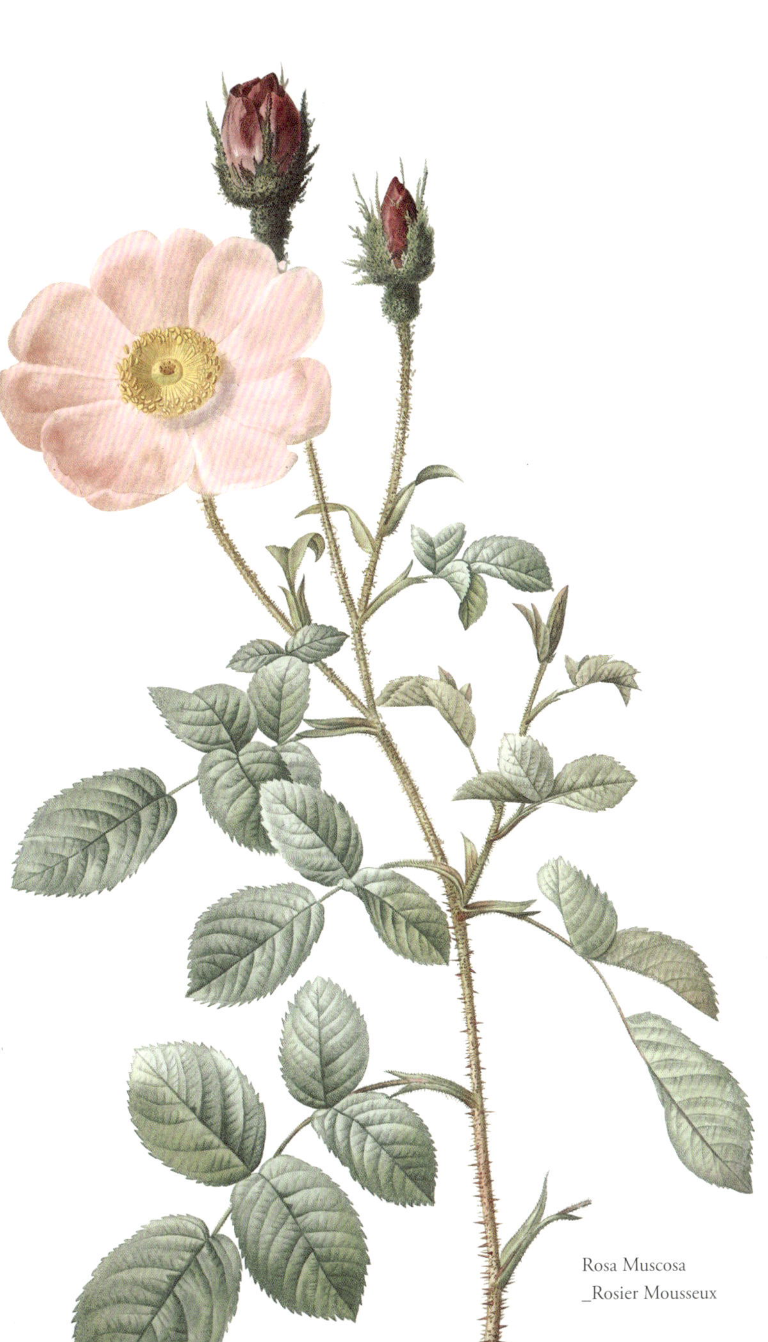

Rosa Muscosa

_Rosier Mousseux

08 아침

윤동주

휙, 휙, 휙,
소꼬리가 부드러운 채찍질로
어둠을 쫓아,
캄, 캄, 어둠이 깊다깊다 밝으로.

이제 이 동리의 아침이
풀살 오는 소엉덩이처럼 푸드오.
이 동리 콩죽 먹은 사람들이
땀물을 뿌려 이 여름을 길렀오.

잎, 잎, 풀잎마다 땀방울이 맺혔오.

구김살 없는 이 아침을
심호흡하오 또 하오.

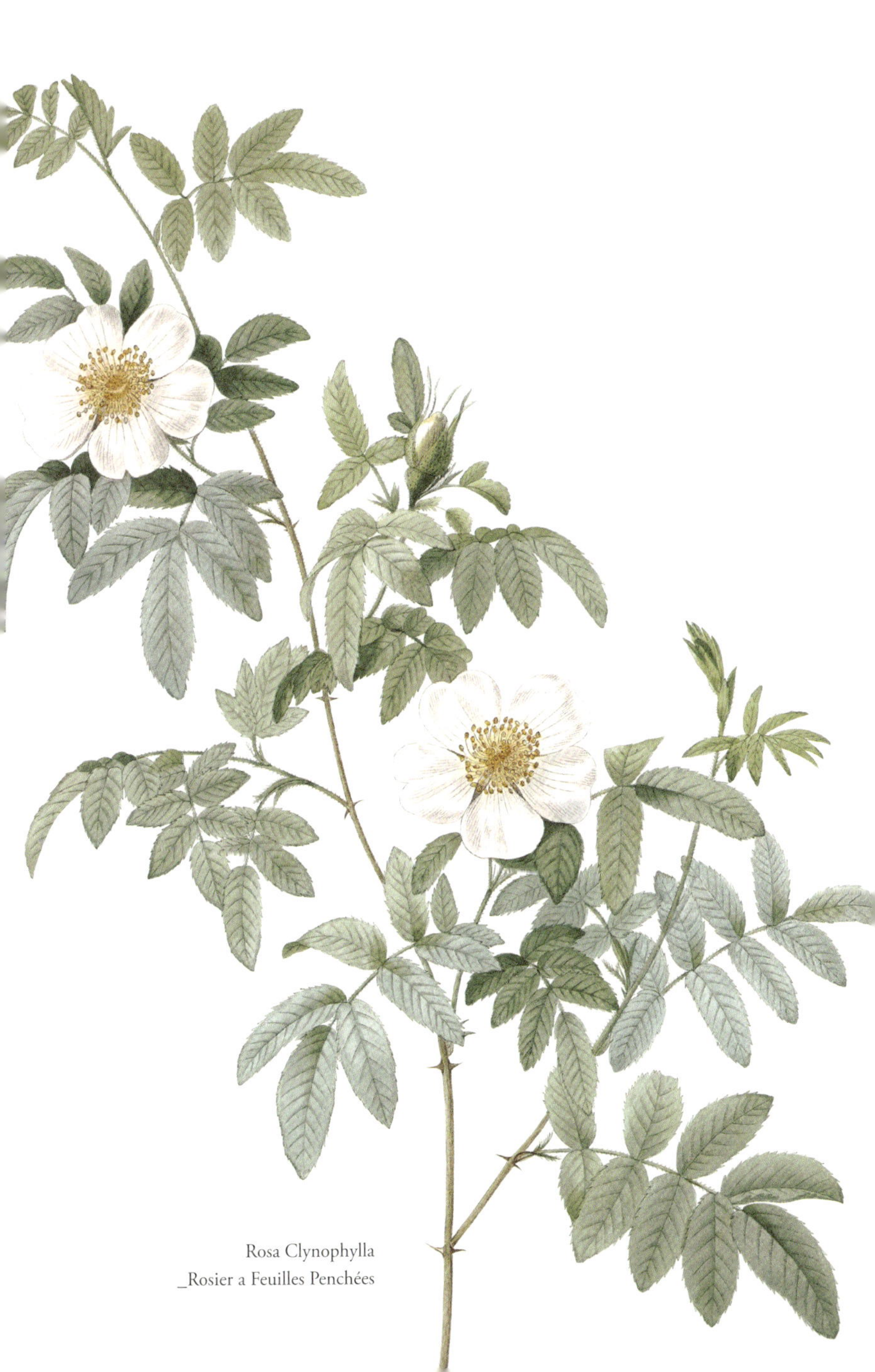

Rosa Clynophylla

_Rosier a Feuilles Penchées

09 편지

윤동주

누나!
이 겨울에도
눈이 가득히 왔습니다.

흰 봉투에
눈을 한줌 넣고
글씨도 쓰지 말고
우표도 붙이지 말고
말숙하게 그대로
편지를 부칠가요?

누나 가신 나라엔
눈이 아니 온다기에.

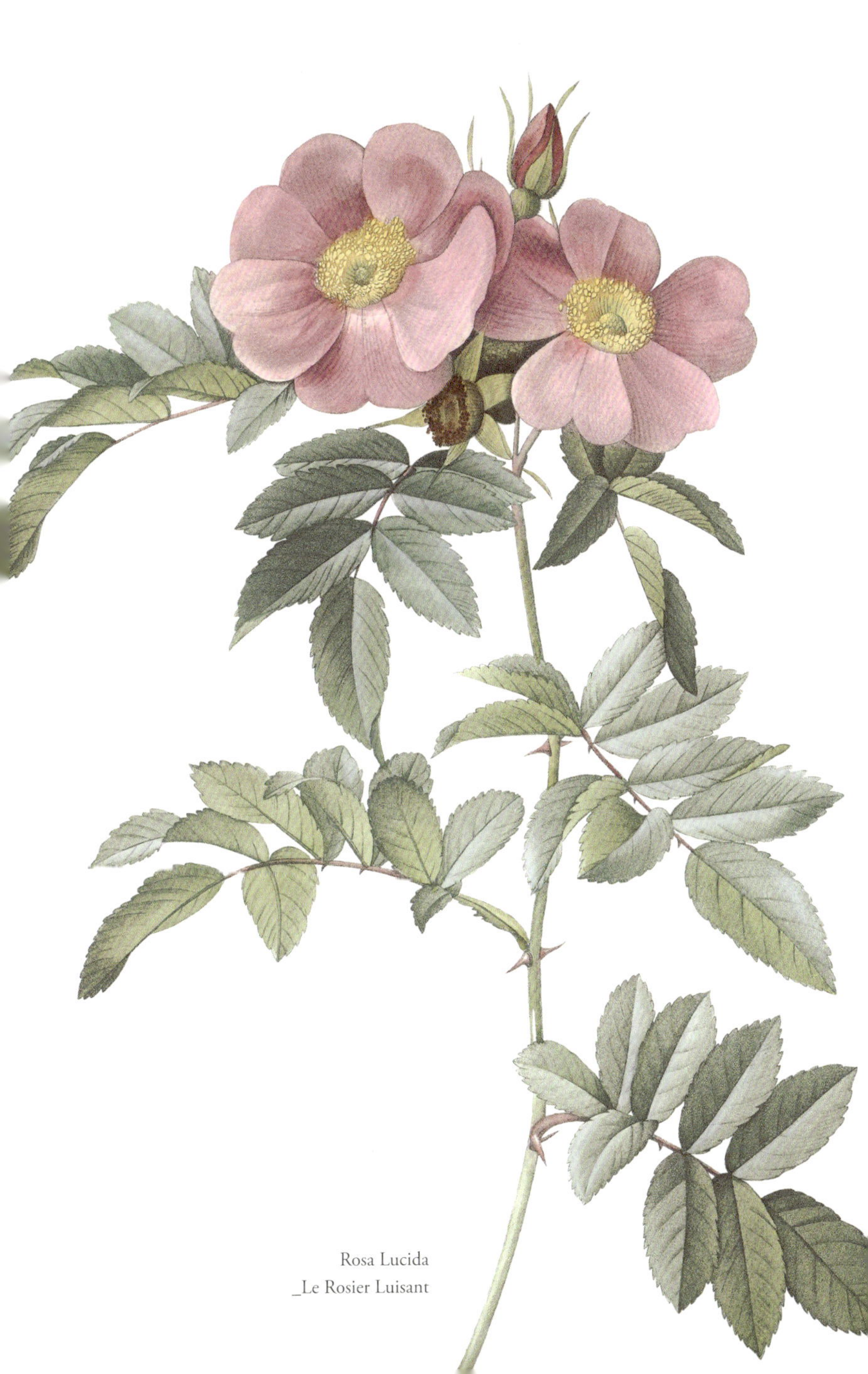

Rosa Lucida
_Le Rosier Luisant

   간판 없는 거리

윤동주

정거장 플랫폼에
내렸을 때 아무도 없어,

다들 손님들뿐,
손님 같은 사람들뿐,

집집마다 간판이 없어 집 찾을 근심이 없어
빨갛게
파랗게
불붙는 문자도 없이

모퉁이마다
자애로운 헌 와사등에
불을 혀놓고,
손목을 잡으면

다들, 어진 사람들
다들, 어진 사람들

봄, 여름, 가을, 겨울,
순서로 돌아들고.

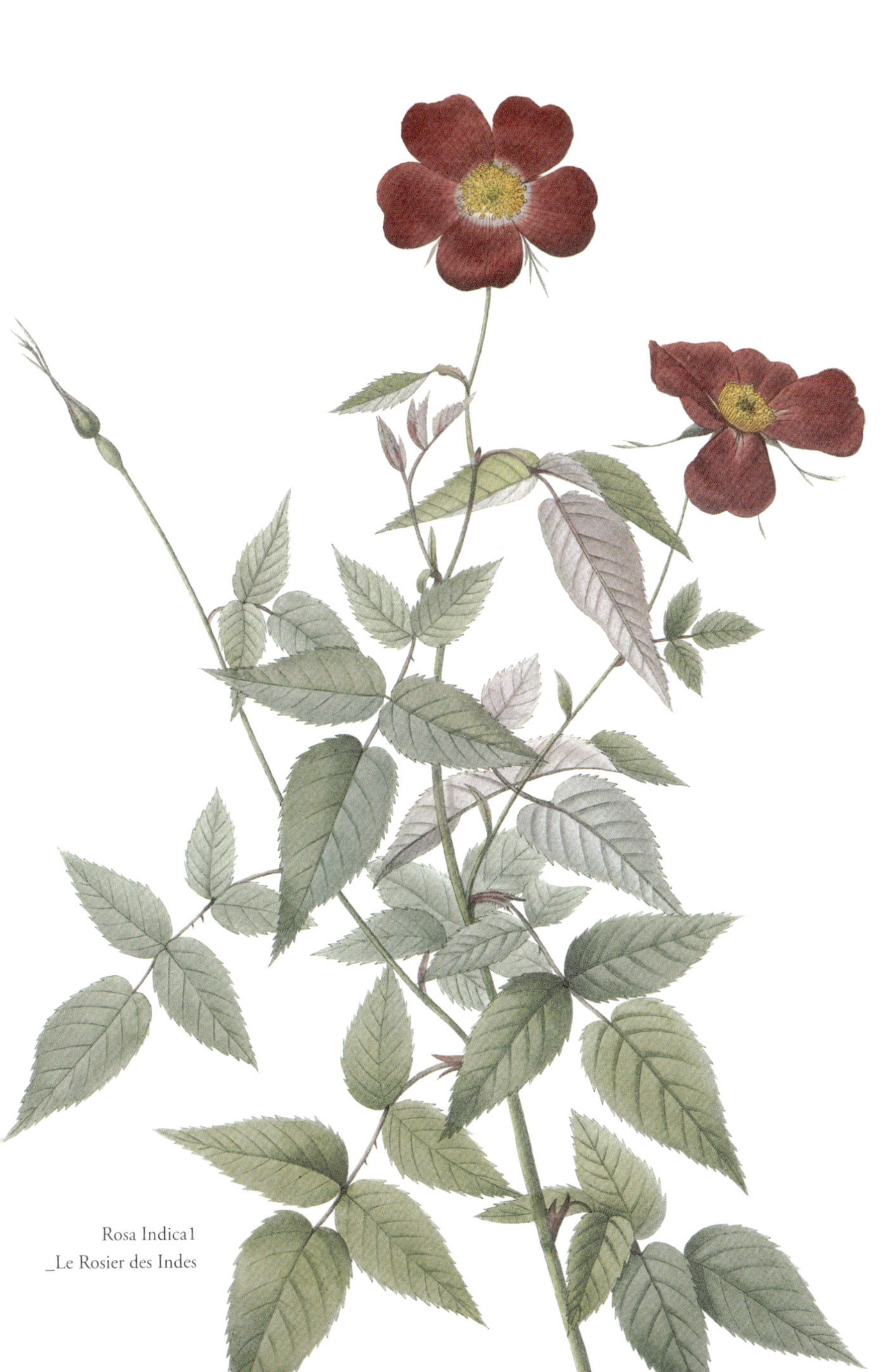

Rosa Indica1
_Le Rosier des Indes

11 끝없는 강물이 흐르네

김영랑

내 마음의 어딘 듯 한 편에 끝없는
강물이 흐르네.
돋쳐 오르는 아침 날빛이 빤질한
은결을 돋우네.
가슴엔 듯 눈엔 듯 또 핏줄엔 듯

마음이 도른도른 숨어 있는 곳
내 마음의 어딘 듯 한 편에 끝없는
강물이 흐르네.

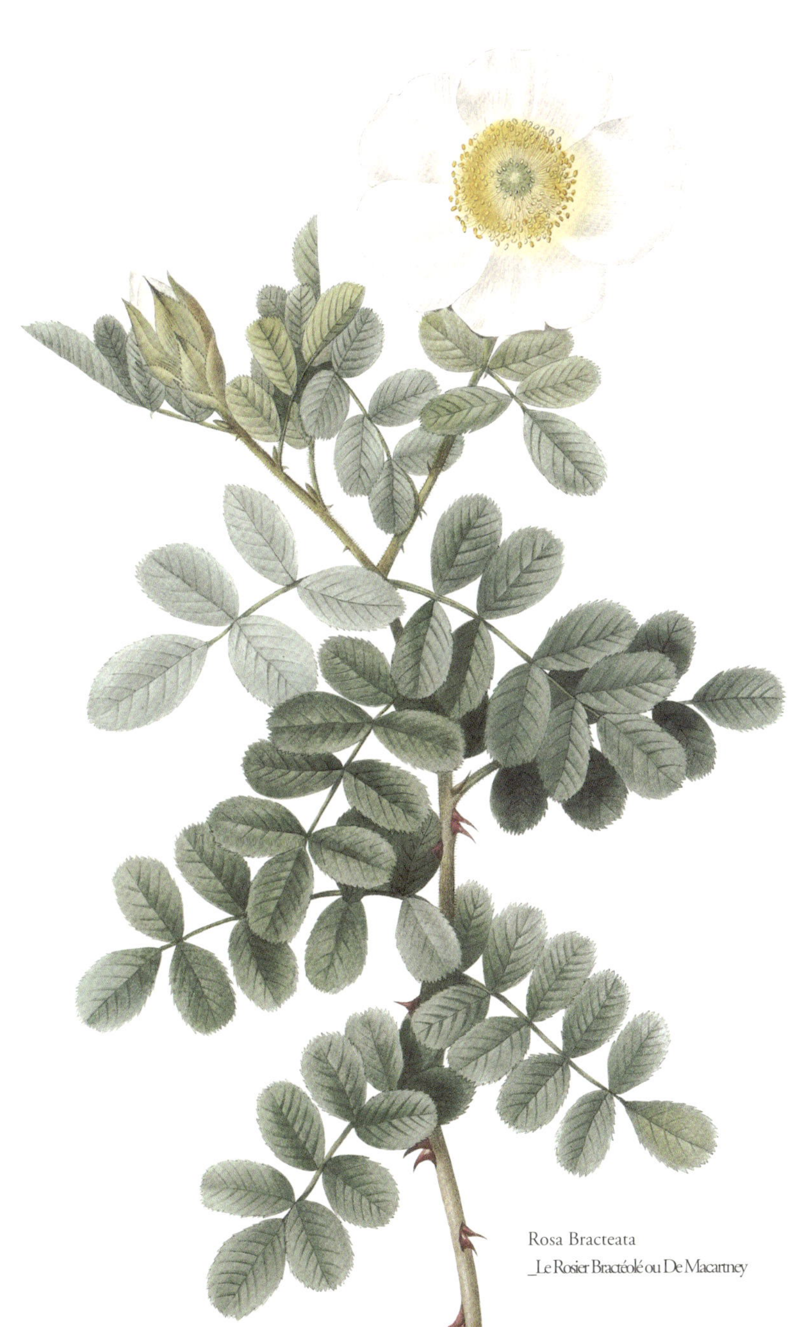

Rosa Bracteata

_Le Rosier Bractéolé ou De Macartney

12 꿈밭에 봄 마음

김영랑

구비진 돌담을 돌아서 돌아서
달이 흐른다 놀이 흐른다.
하이얀 그림자
은실을 즈르르 몰아서
꿈밭에 봄마음 가고 가고 또 간다.

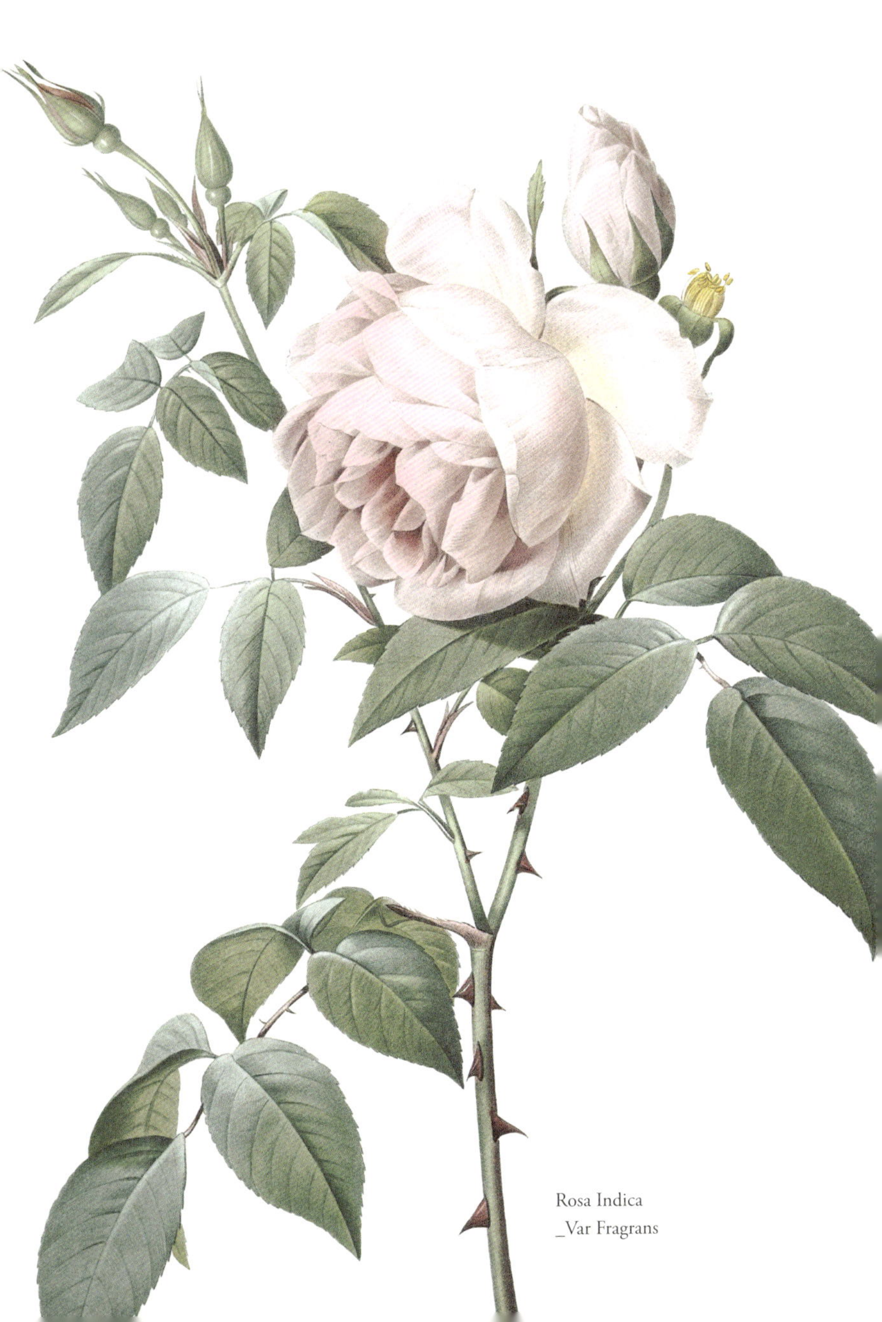

Rosa Indica
_Var Fragrans

13 숲 향기 숨길

김영랑

숲 향기 숨길을 가로막았소
발 끝에 구슬이 깨이어지고
달 따라 들길을 걸어다니다
하룻밤 여름을 새워 버렸소.

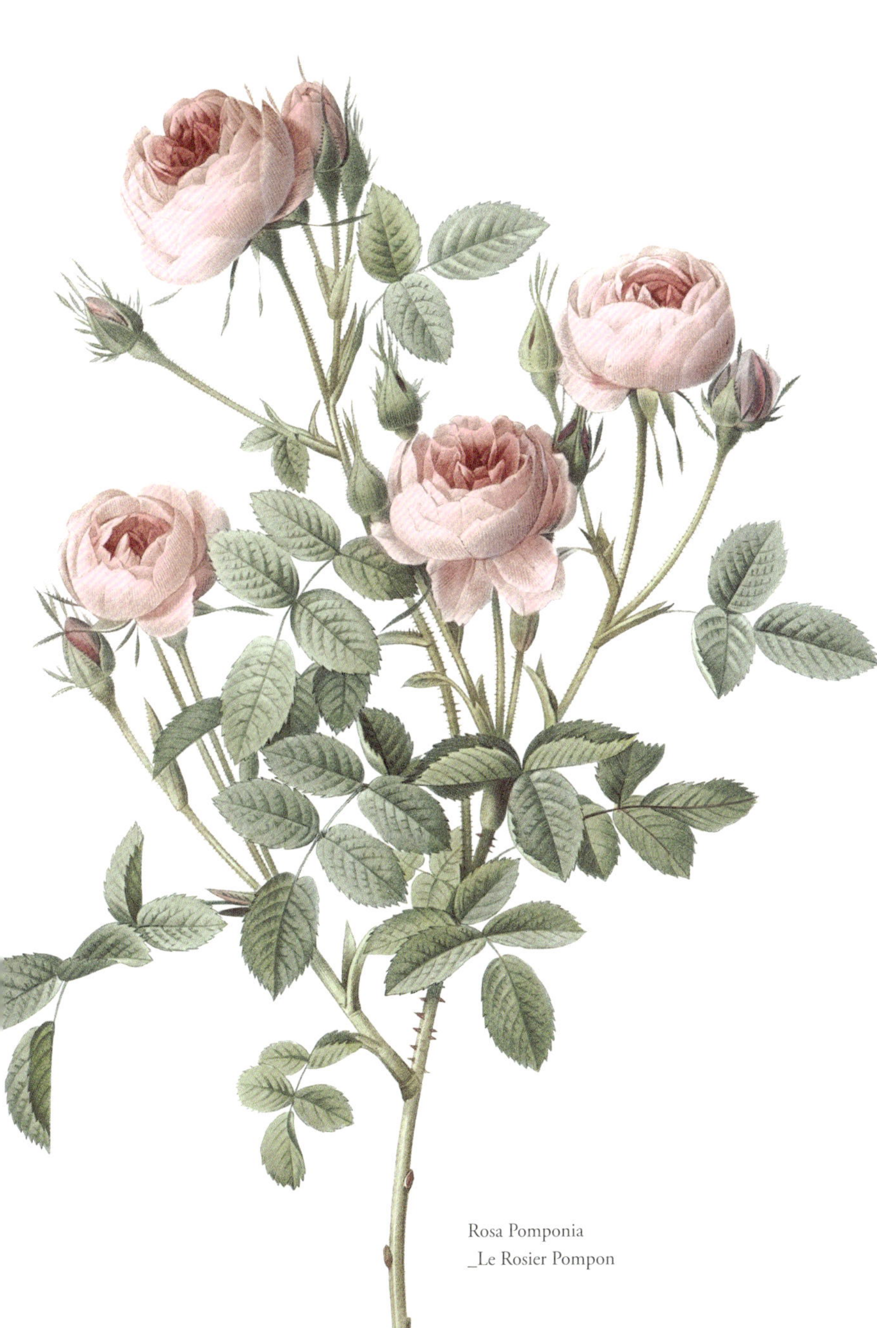

Rosa Pomponia

_Le Rosier Pompon

14 이니스프리

김영랑

나는 일어나 바로 가리, 이니스프리로 가리,
외엮고 흙을 발라 조그만 집을 얽어,
아홉 이랑 밀을 심고 꿀벌의 집은 하나,
숲가운데 빈 땅에 벌 잉잉거리는 곳
내 홀로 게서 살으리

거기서는 내 마음도 얼마쯤 가라앉으리,
안개 어린 아침에서 평화는 흘러내려
밤중에도 환한 기운 한낮에 타는 자주,
해으름은 홍작의 나래소리.

나는 일어나 바로 가리, 언제나 밤낮으로
내 귀에 들리나니, 그 호수의 언덕에

나직이 찰싹거리는 물소리,
회색 포도 위에서나 한길에 서 있을 제
내 맘의 깊은 곳에 들리어 오나니.

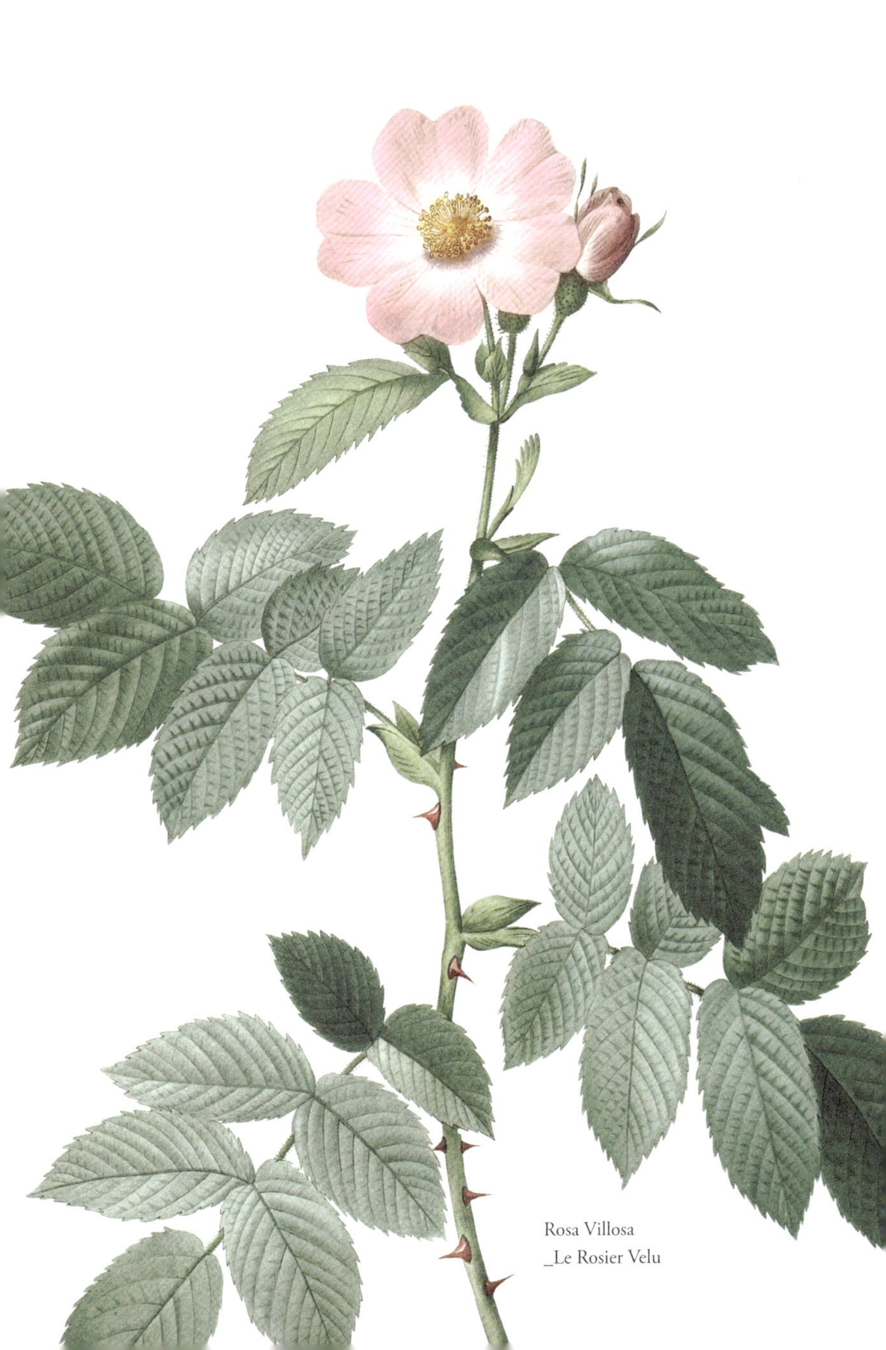

Rosa Villosa
_Le Rosier Velu

15 향내 없다고

김영랑

향내 없다고 버리실라면
내 목숨 꺾지나 말으시오.
외로운 들꽃은 들가에 시들어
철없는 그이의 발끝에 좋을걸.

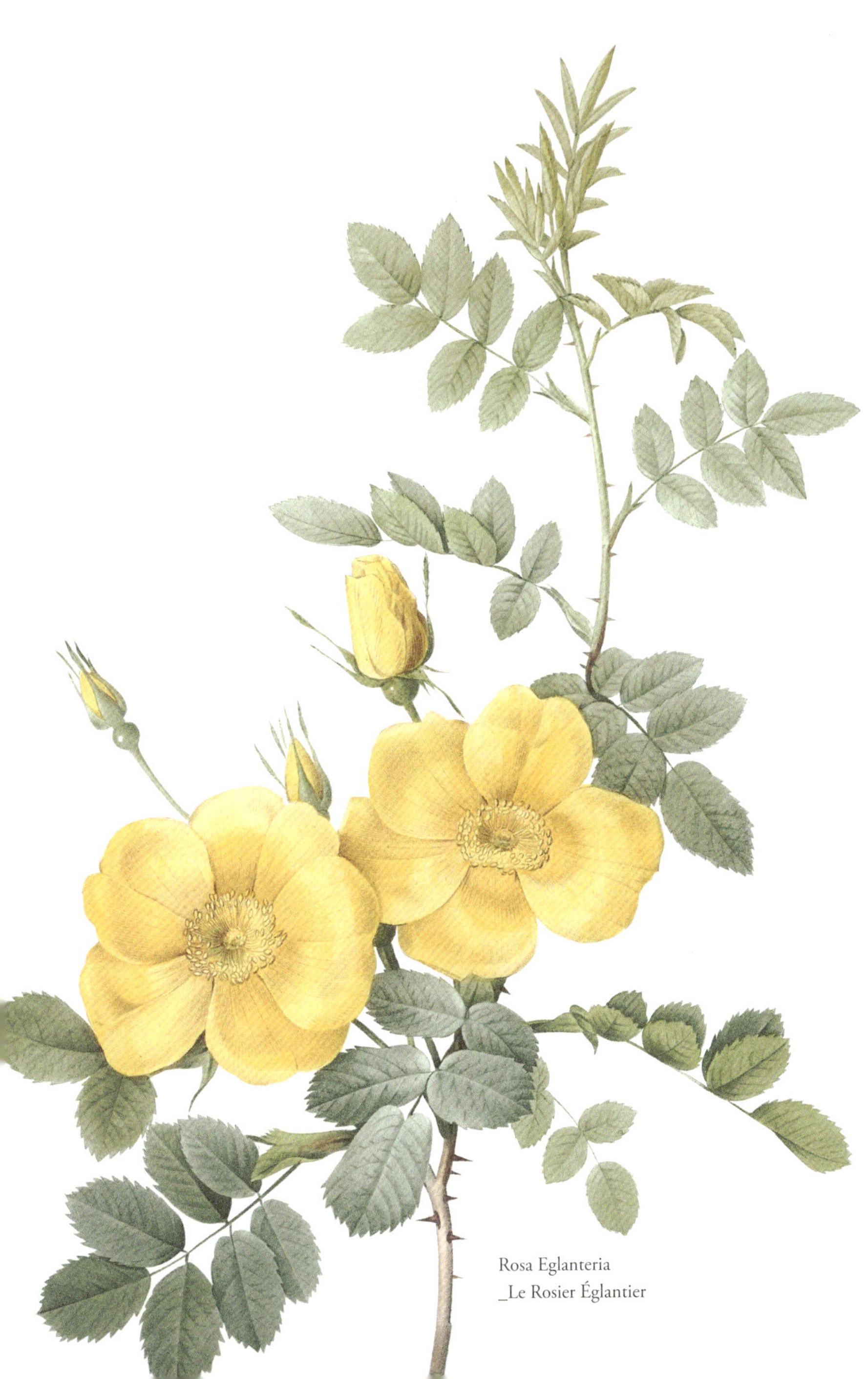

Rosa Eglanteria
_Le Rosier Églantier

16 애닲은 입김

김영랑

그 밖에 더 아실 이 안 계실거나
그이의 젖인 옷깃 눈물이라고
빛나는 별 아래 애닲은 입김이
이슬로 맺히고 맺히였음을.

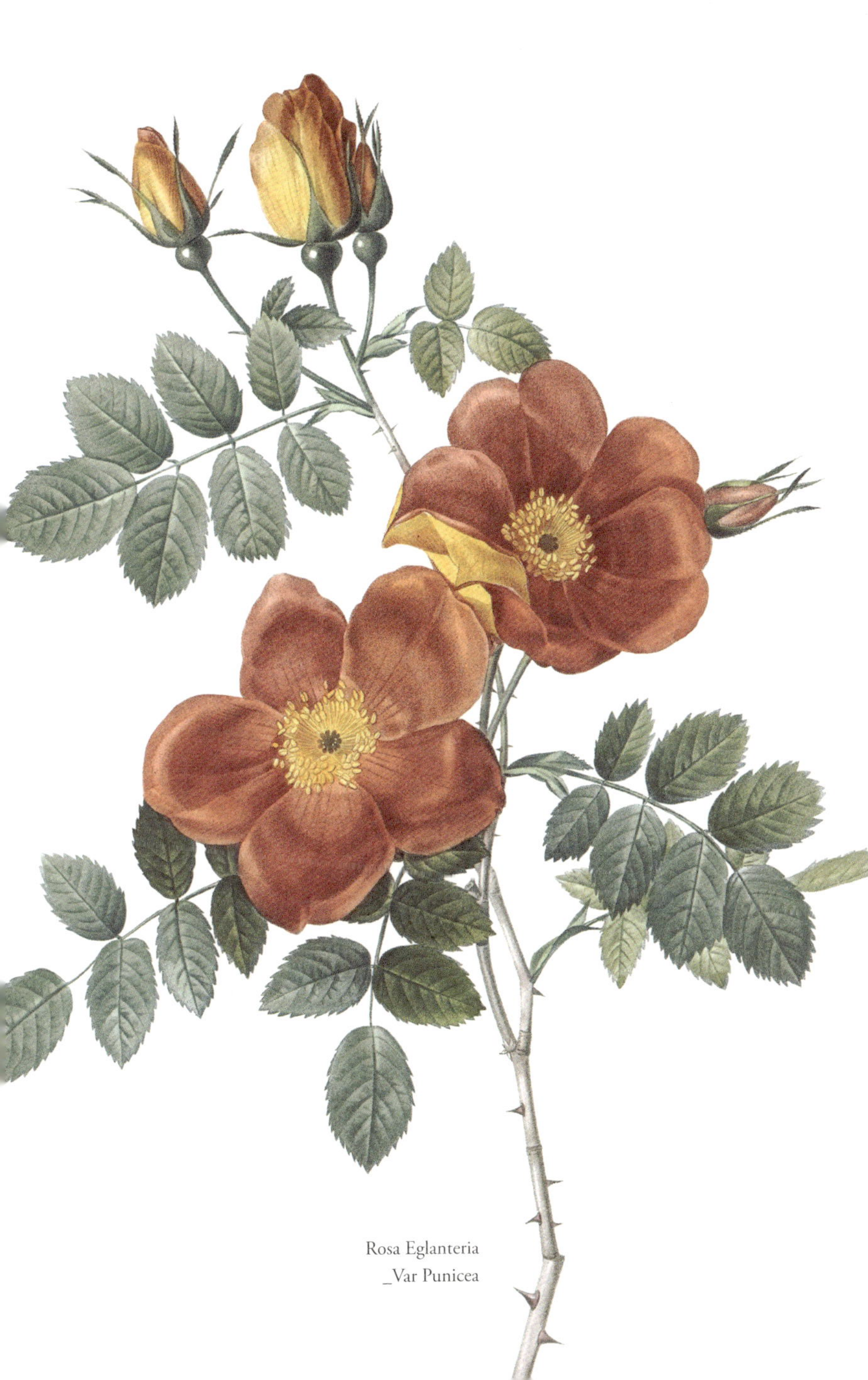

Rosa Eglanteria
_Var Punicea

17 네 몸매

정지용

내가 바로
네고 보면
섯달 들어
긴 긴 밤에
잠 한숨도
못 들겠다
네 몸매가
하도 고아
네가 너를
귀이 노라.

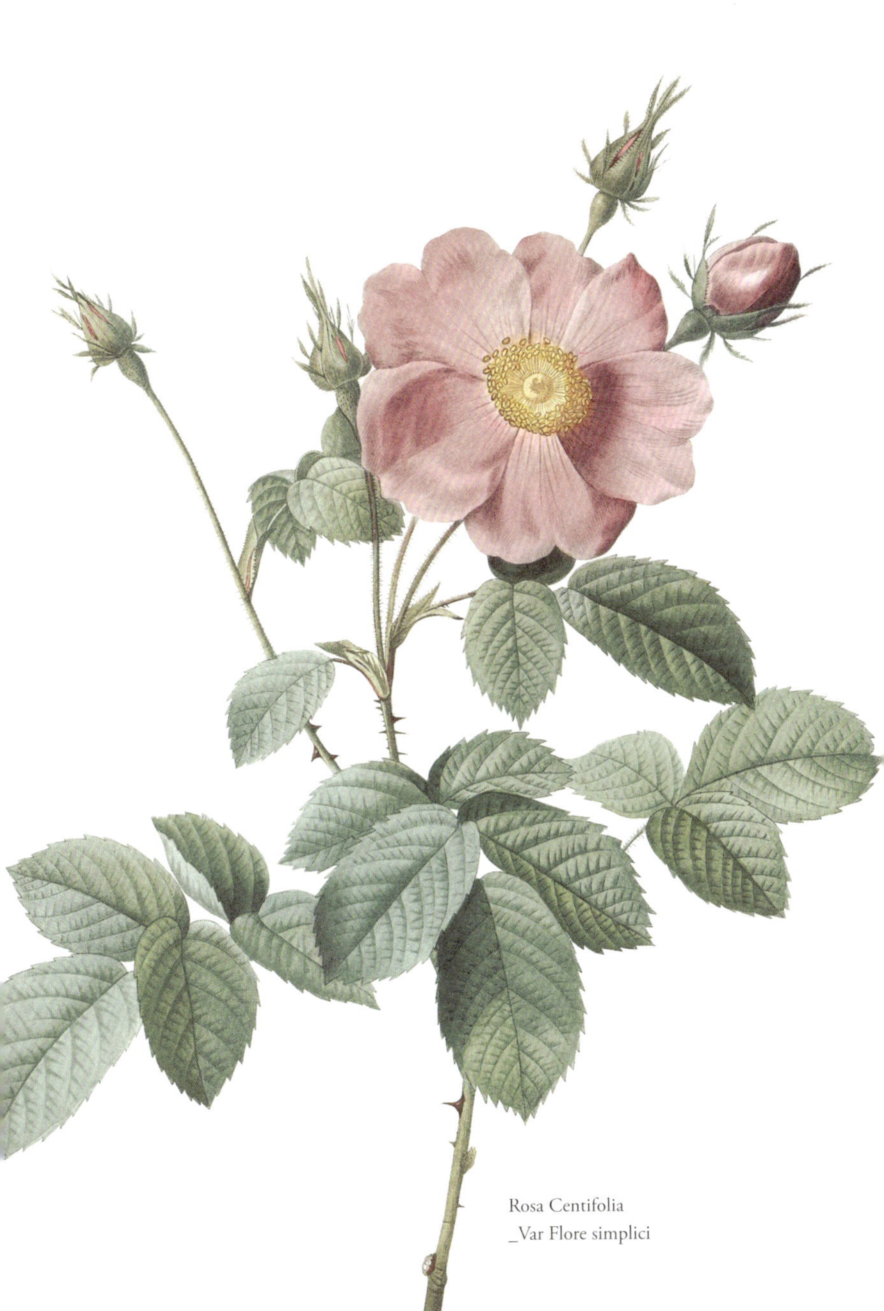

Rosa Centifolia
_Var Flore simplici

    석류

정지용

장미꽃처럼 곱게 피여 가는 화로에 숫불,
입춘 때 밤은 마른풀 사르는 냄새가 난다.

한 겨울 지난 석류열매를 쪼기여
홍보석 같은 알을 한알 두알 맛 보노니,

투명한 옛 생각, 새론 시름의 무지개여,
금붕어처럼 어린 녀릿 녀릿한 느낌이여.

이 열매는 지난 해 시월 상달, 우리 들의
조그마한 이야기가 비롯될 때 익은것이어니.

자근아씨야, 가녀린 동무야, 남몰래 깃들인
네 가슴에 조름 조는 옥토끼가 한쌍.

옛 못 속에 헤염치는 힌고기의 손가락, 손가락,
외롭게 가볍게 스스로 떠는 은실, 은실,

아아 석류알을 알알히 비추어 보며
신라천년의 푸른 하늘을 꿈꾸노니.

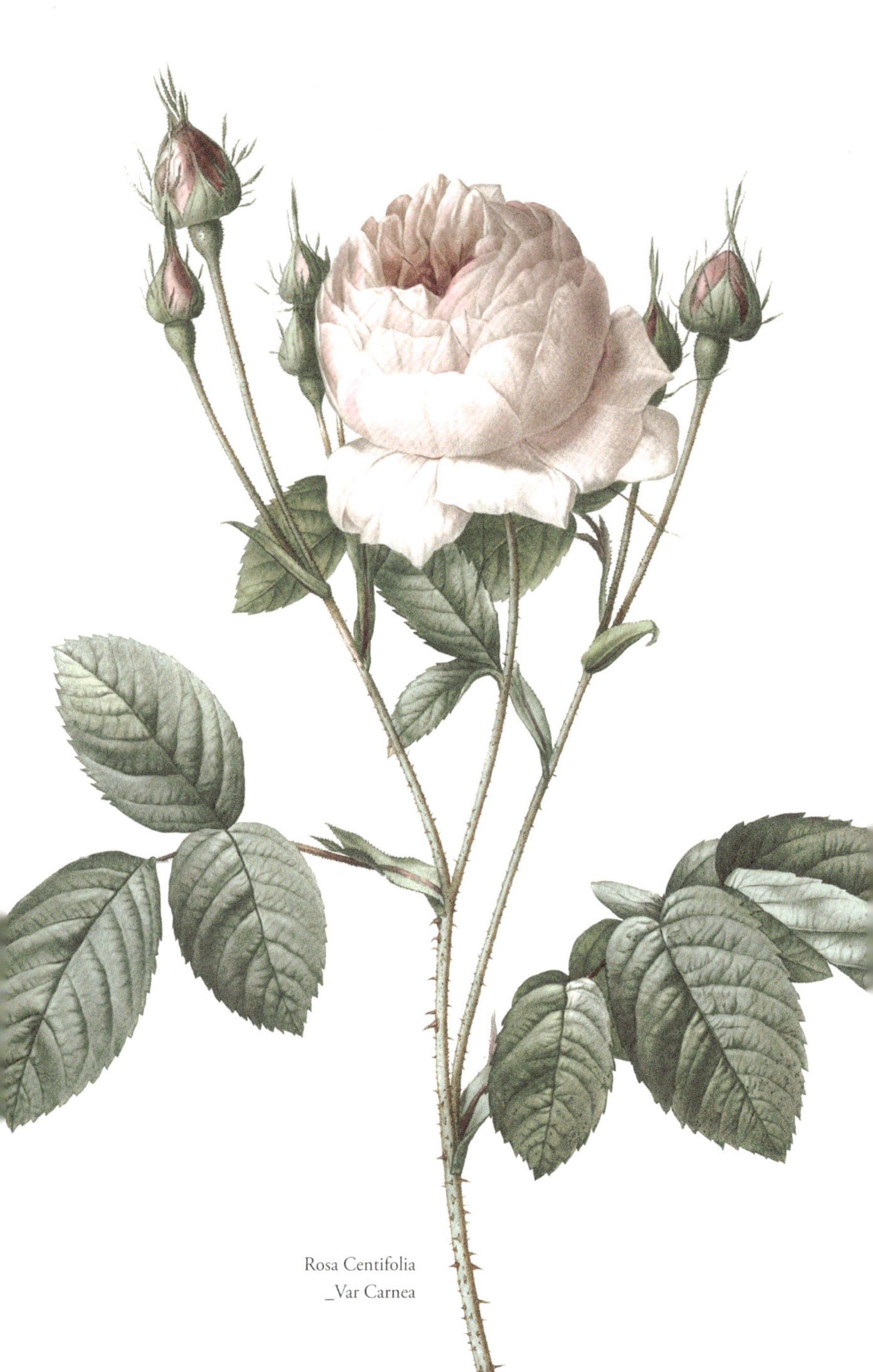

Rosa Centifolia
_Var Carnea

별똥

정지용

별똥 떨어진 곳,
마음에 두었다
다음 날 가보려,
벼르다 벼르다
인젠 다 자랐소.

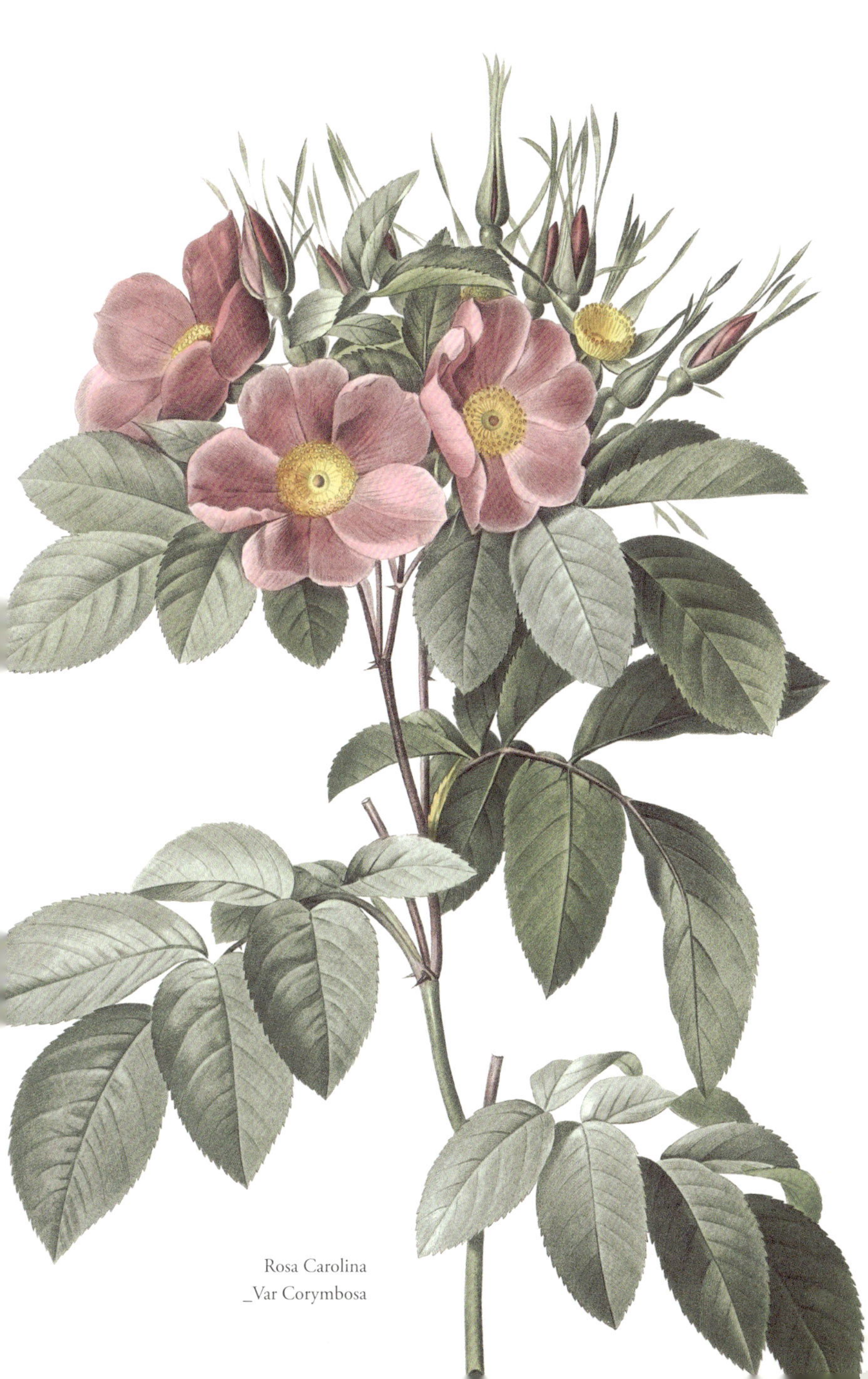

Rosa Carolina
_Var Corymbosa

20 코스모스

한용운

가벼운 갈바람에
나부끼는 코스모스
꽃잎이 날개이냐
날개가 꽃잎이냐
아마도 너의 혼은
호접(蝴蝶)인가 하노라.

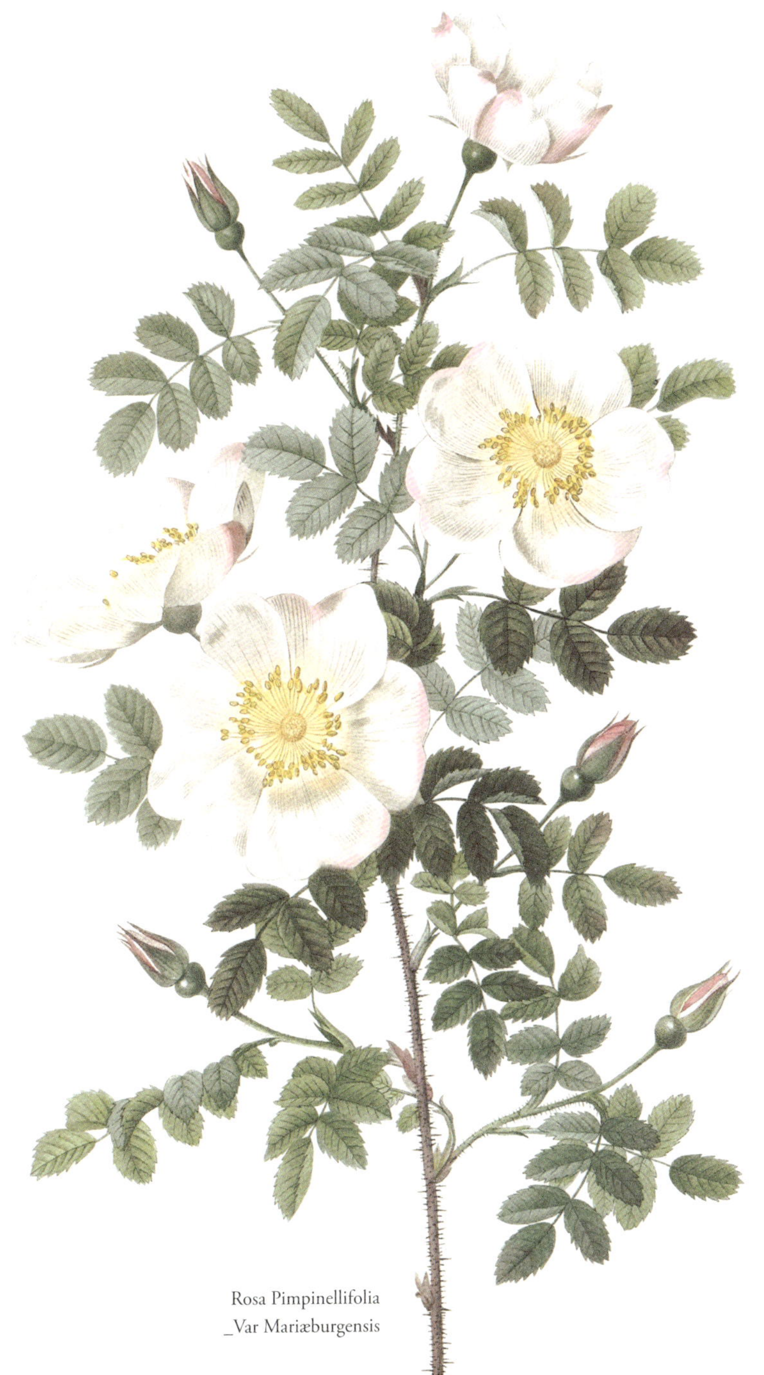

Rosa Pimpinellifolia
_Var Mariæburgensis

21 꽃이 먼저 알아

한용운

옛 집을 떠나서 다른 시골의 봄을 만났습니다.
꿈은 이따금 봄바람을 따라서 아득한 옛터이 이릅니다.
지팡이는 푸르고 푸른 풀빛에 묻혀서,
그림자와 서로 다릅니다.

길가에서 이름도 모르는 꽃을 보고서,
행여 근심을 잊을까 하고 앉아 보았습니다.
꽃송이에는 아침 이슬이 아직 마르지 아니한가 하였더니,
아아, 나의 눈물이 떨어진 줄이야 꽃이 먼저 알았습니다.

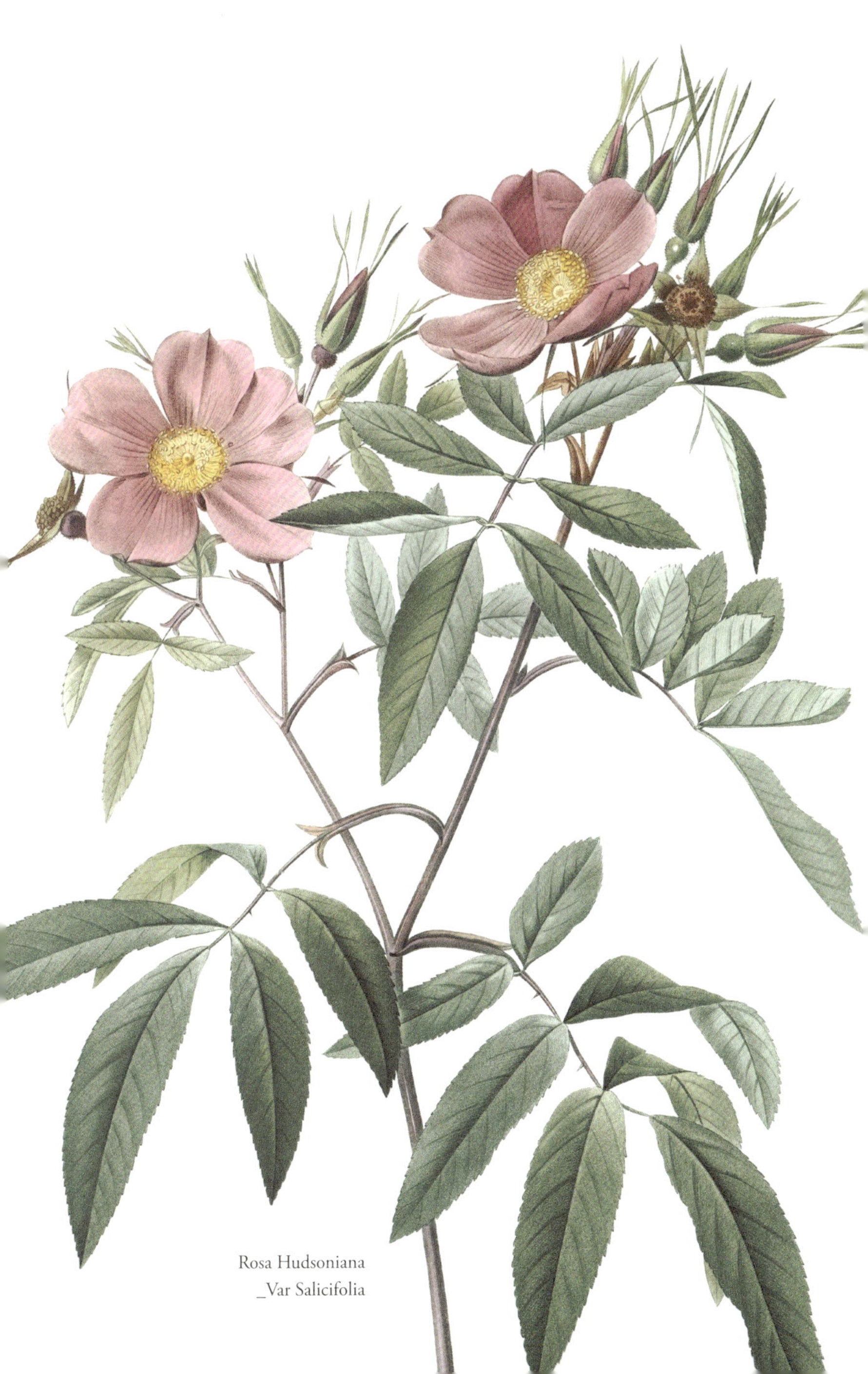

Rosa Hudsoniana
_Var Salicifolia

22 님의 얼굴

한용운

님의 얼굴을 '어여쁘다'고 하는 말은 적당한 말이 아닙니다.
어여쁘다는 말은 인간 사람의 얼굴에 대한 말이요,
님은 인간의 것이라고 할 수가 없을 만치 어여쁜 까닭입니다.

자연은 어찌하여 그렇게 어여쁜 님을 인간으로 보냈는지
아무리 생각하여도 알 수가 없습니다.
알겠습니다. 자연의 가운데에는 님의 짝이 될 만한 무엇이
없는 까닭입니다.

님의 입술같은 연꽃이 어디 있어요.
님의 살빛 같은 백옥이 어디 있어요.
봄 호수에서 님의 눈결 같은 잔물결을 보았습니까.
아침볕에서 님의 미소 같은 방향을 들었습니까.
천국의 음악은 님의 노래의 반향입니다.
아름다운 별들은 님의 눈빛의 화현입니다.
아아, 나의 님은 그림자여요.
님은 님의 그림자밖에는 비길 만한 것이 없습니다.
님의 얼굴을 어여쁘다고 하는 말은 적당한 말이 아닙니다.

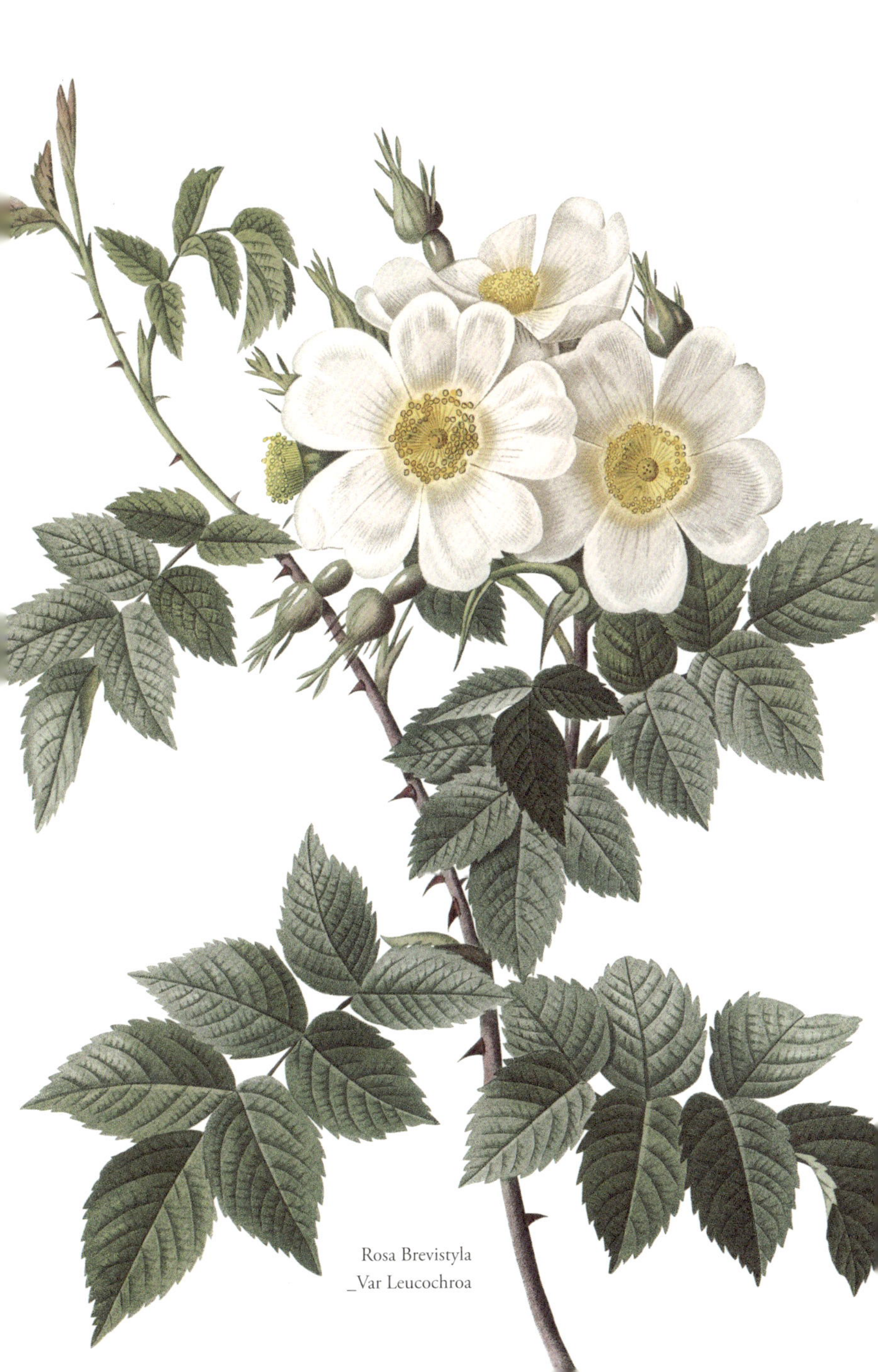

Rosa Brevistyla
_Var Leucochroa

23 달을 보며

한용운

달은 밝고 당신이 하도 기루었습니다.
자던 옷을 고쳐 입고, 뜰에 나와 퍼지르고
앉아서, 달을 한참 보았습니다.

달은 차차차 당신의 얼굴이 되더니 넓은 이마, 둥근 코,
아름다운 수염이 역력히 보입니다.
간 해에는 당신의 얼굴이 달로 보이더니,
오늘 밤에는 달이 당신의 얼굴로 됩니다.

당신의 얼굴이 달이기에 나의 얼굴도 달이 되었습니다.
나의 얼굴은 그믐달이 된 줄을 당신이 아십니까.
아아, 당신의 얼굴이 달이기에 나의 얼굴도 달이 되었습니다.

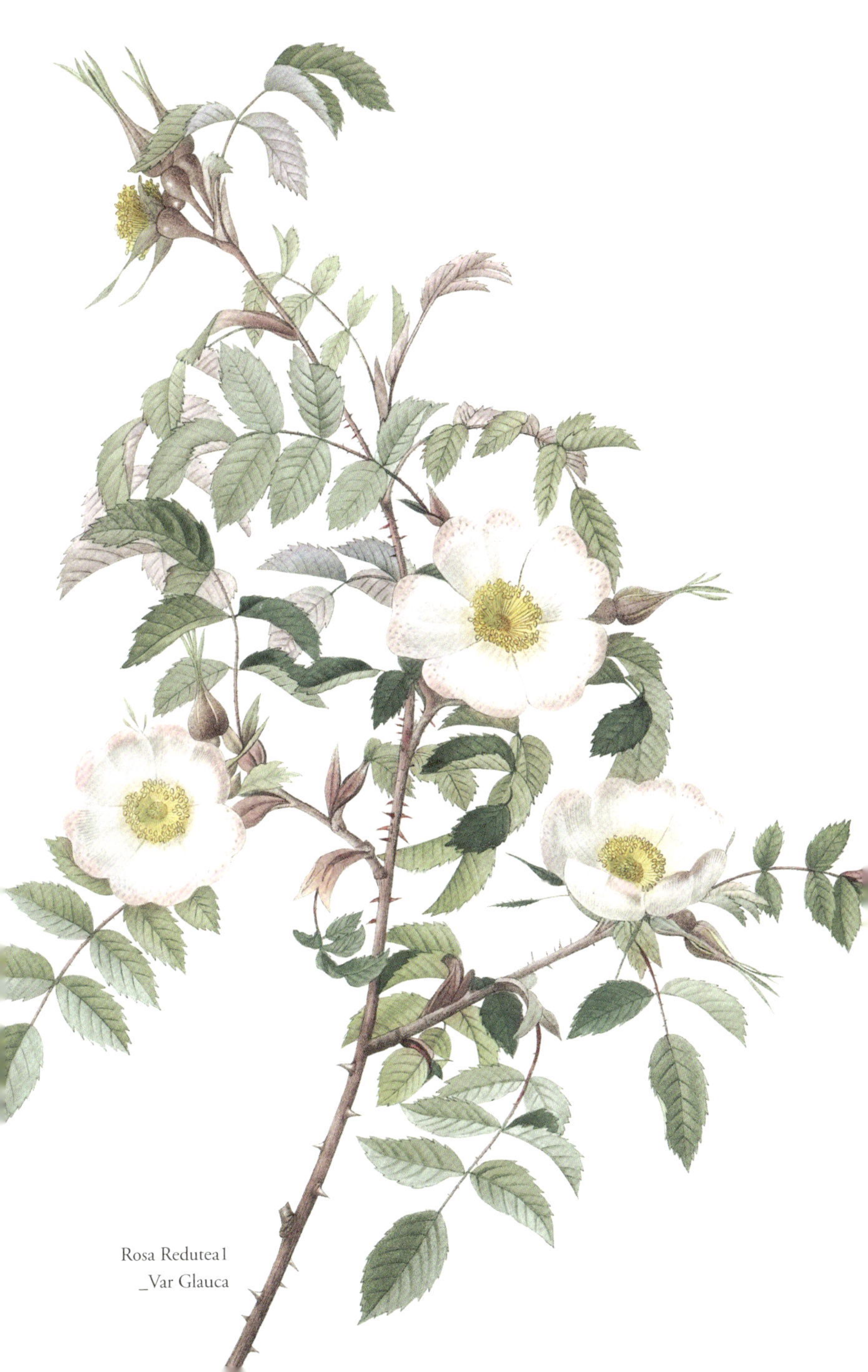

Rosa Redutea1
_Var Glauca

  귀뚜라미

방정환

귀뚜라미 귀뚜르
가느단 소리,
달님도 추워서
파랗습니다.

울 밑에 과꽃이
네 밤만 자면
눈 오는 겨울이 찾아온다고…….

귀뚜라미 귀뚜르
가느단 소리,
뜰 앞에 오동잎이
떨어집니다.

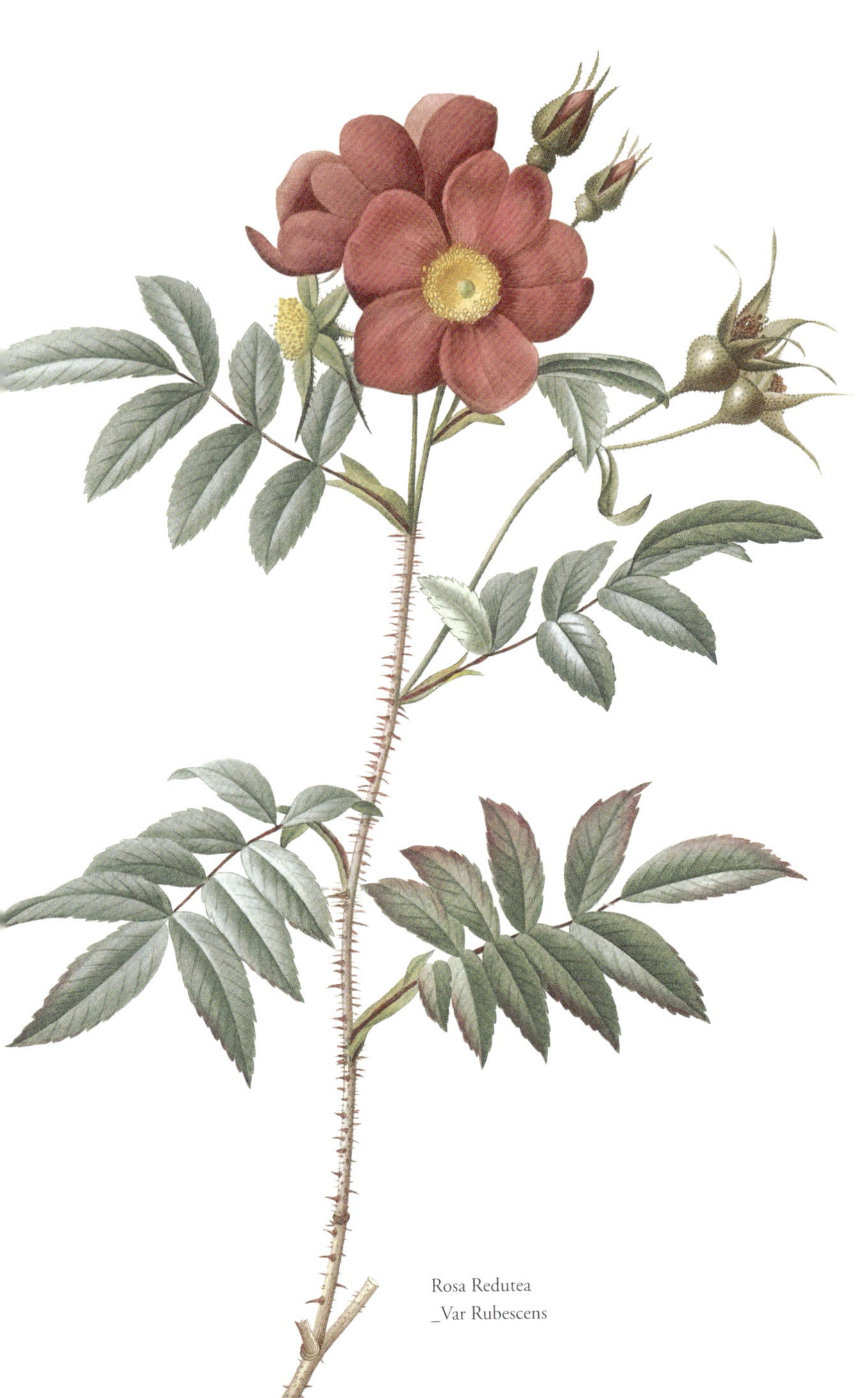

Rosa Redutea
_Var Rubescens

25 개똥벌레

윤곤강

저만이 어둠을 꿰매는 양
꽁무니에 등불을 켜 달고 다닌다.

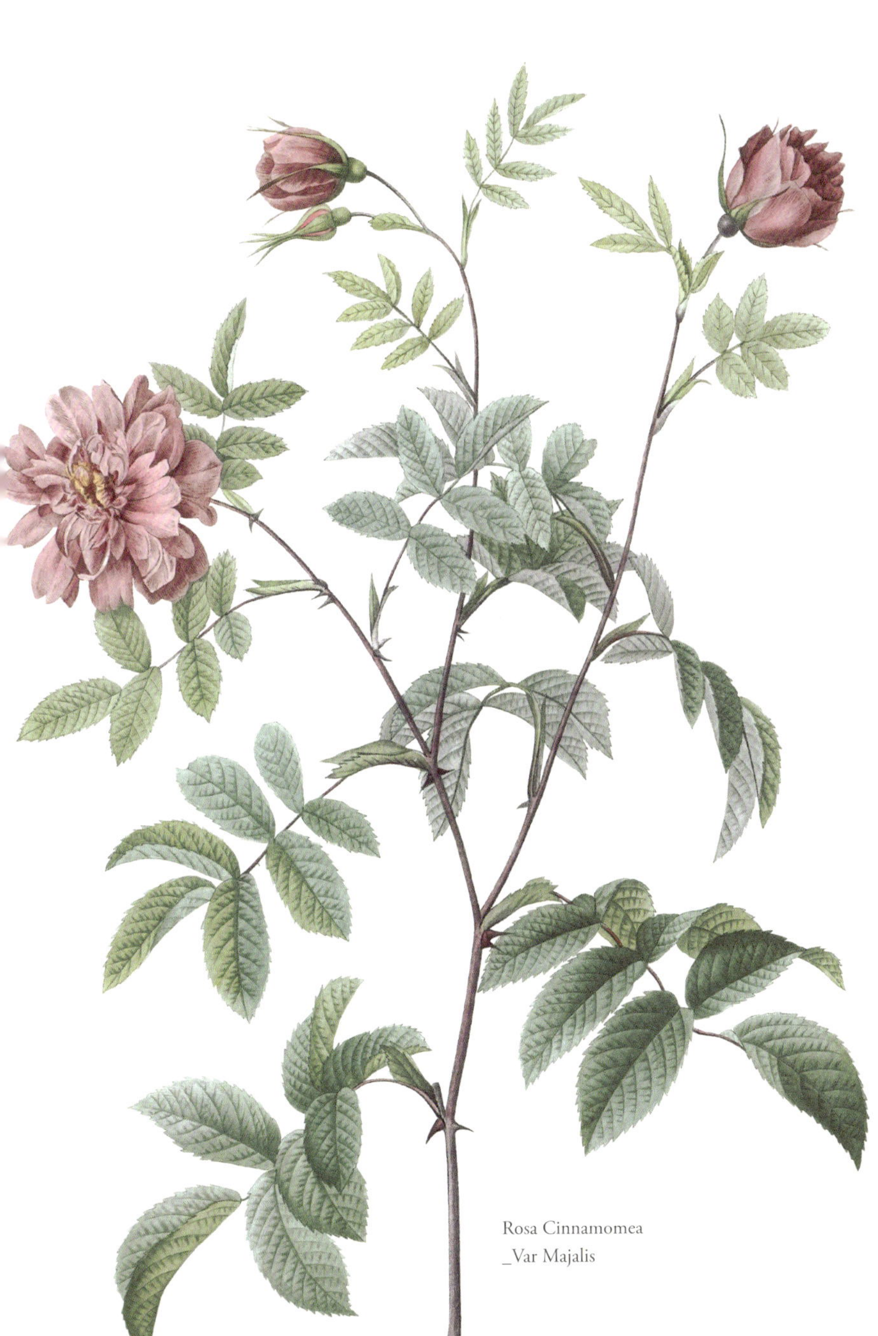

Rosa Cinnamomea
_Var Majalis

너의 그림자

박용철

하이한 모래
가이 없고

적은 구름 우에
노래는 숨었다

아즈랑이 같이 아른대는
너의 그림자

그리움에
홀로 여위여간다.

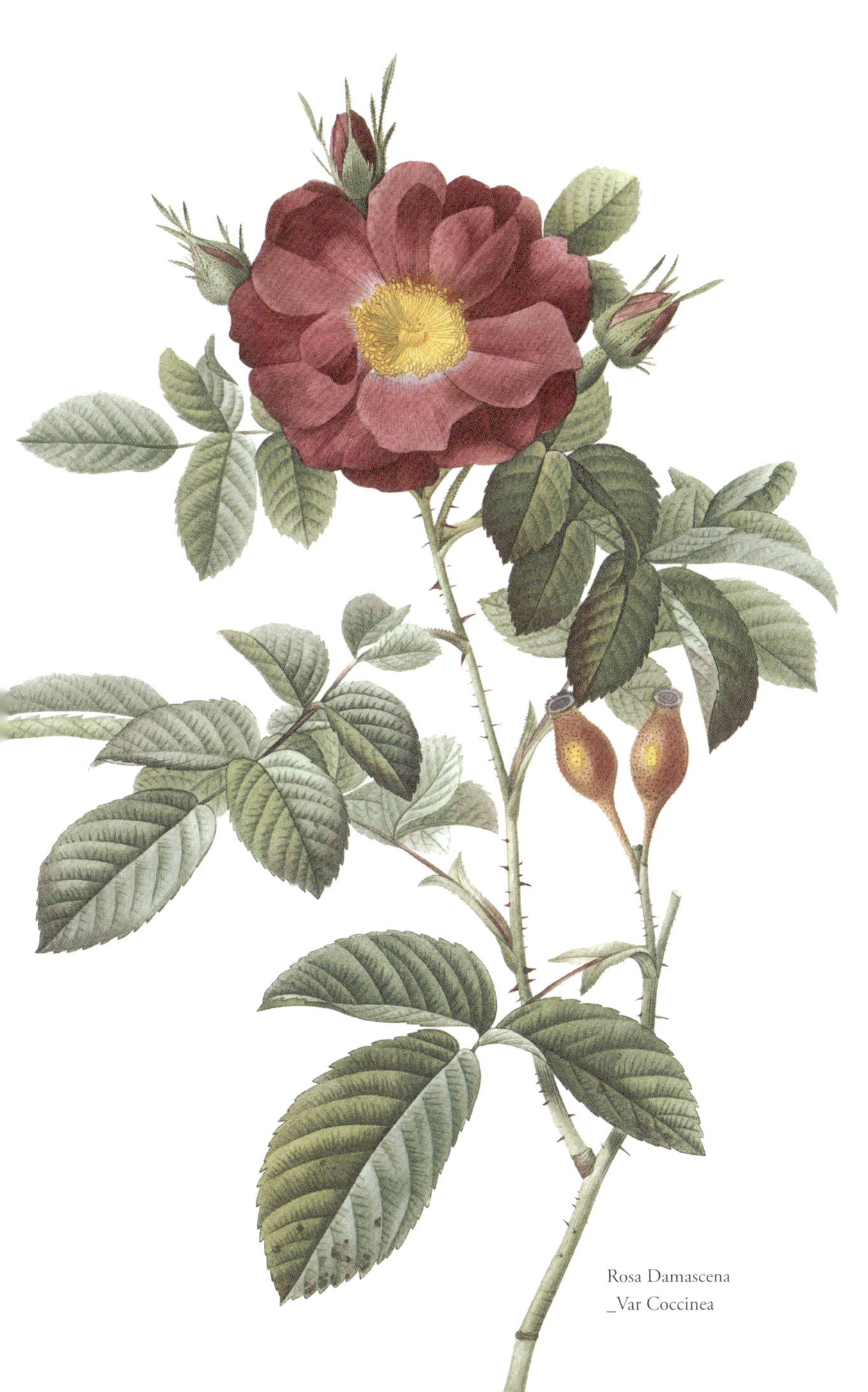

Rosa Damascena
_Var Coccinea

하얀 국화가 피던 날

라이너 마리아 릴케

하얀 국화가 피어 있는 날이었다.
그 짙은 화사함이 어쩐지 불안했다.
그날 밤 늦게 조용히
네가 내 마음에 다가왔다.

나는 불안했다. 아주 상냥히 네가 왔다.
마침 꿈속에서 너를 생각하고 있었다.
네가 오고, 그리고 동화에서처럼
은은히 밤이 울려 퍼졌다.

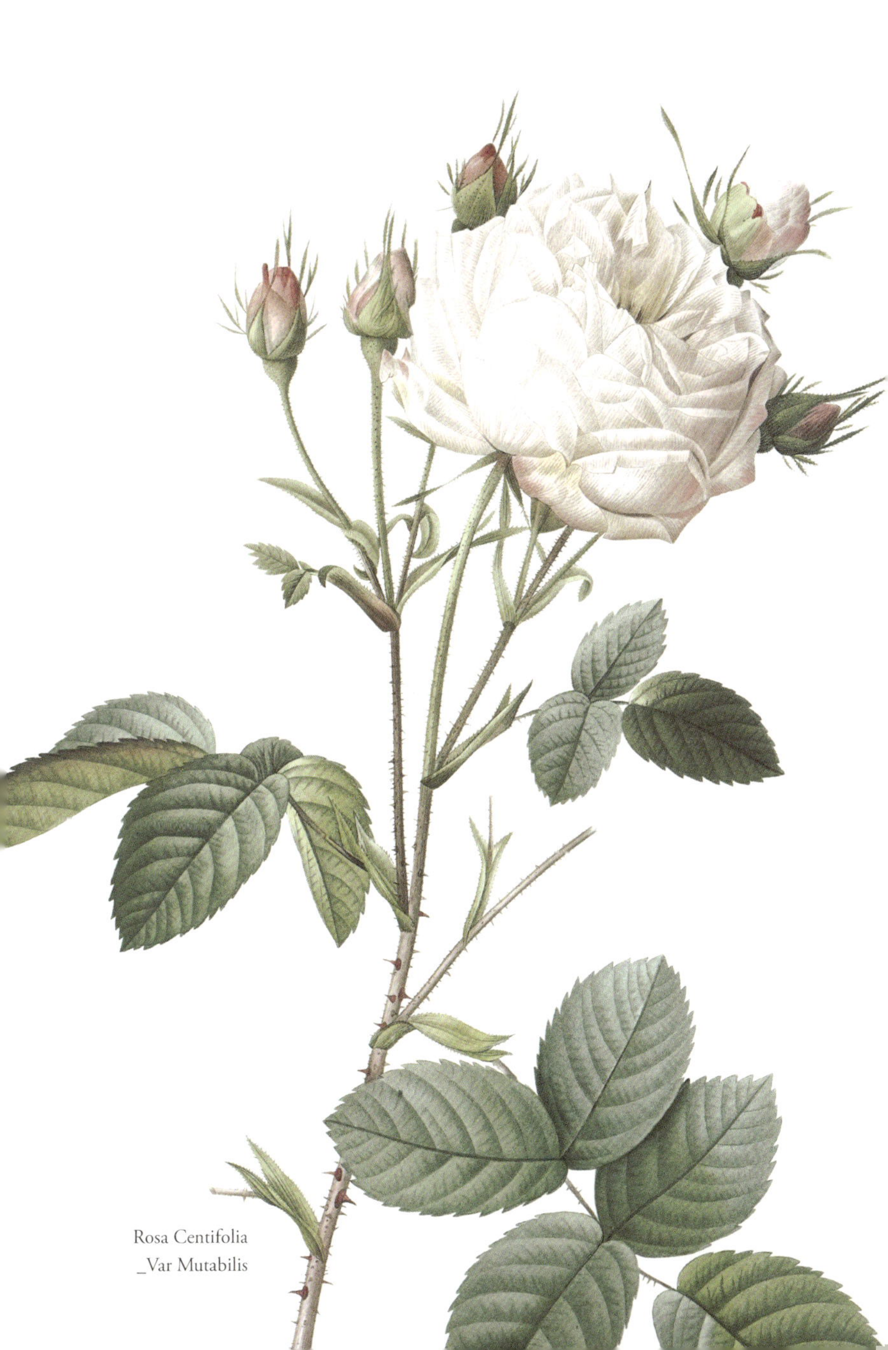

Rosa Centifolia
_Var Mutabilis

28 저녁

라이너 마리아 릴케

쓸쓸한 들판은 잠들고,
오직 내 마음만이 깨어 있네.
항구 위 저녁노을은
붉은 돛을 내려놓는다네.

꿈을 지키는 밤이
이제 땅 위를 헤매고,
달은 순백의 백합처럼
그 손 안에서 피어나네.

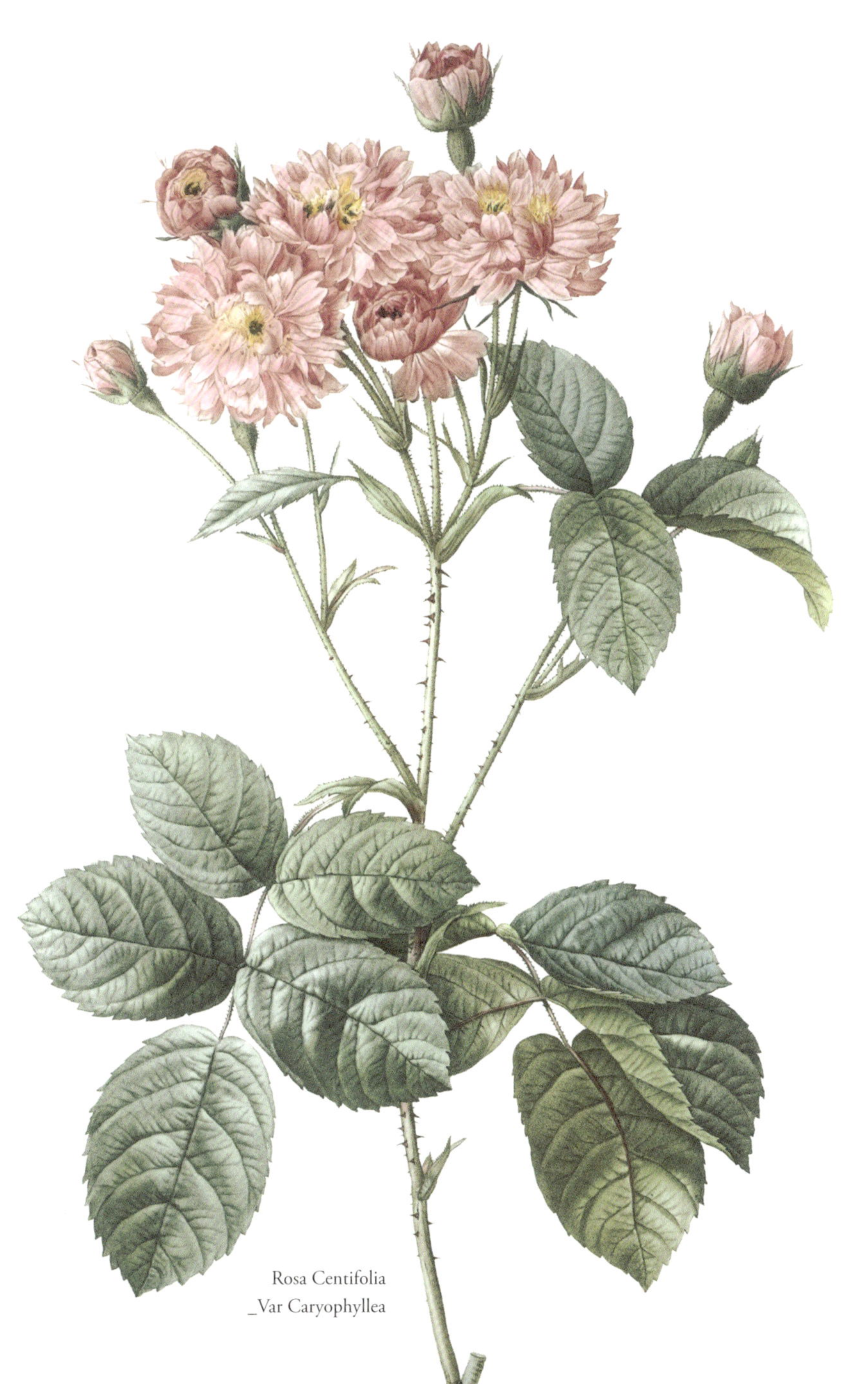

Rosa Centifolia
_Var Caryophyllea

29 깊은 맹세

W. B. 예이츠

그 깊이 맹세했던 약속을
당신이 지키지 않았기에,
다른 이들이 내 곁의 벗이 되었지.

하지만 언제나——
죽음을 마주하는 순간에도,
잠의 절정에 오를 때에도,
혹은 술에 들떠 마음이 붉게 달아오를 때에도,
불현듯 나는
당신의 얼굴과 마주치네.

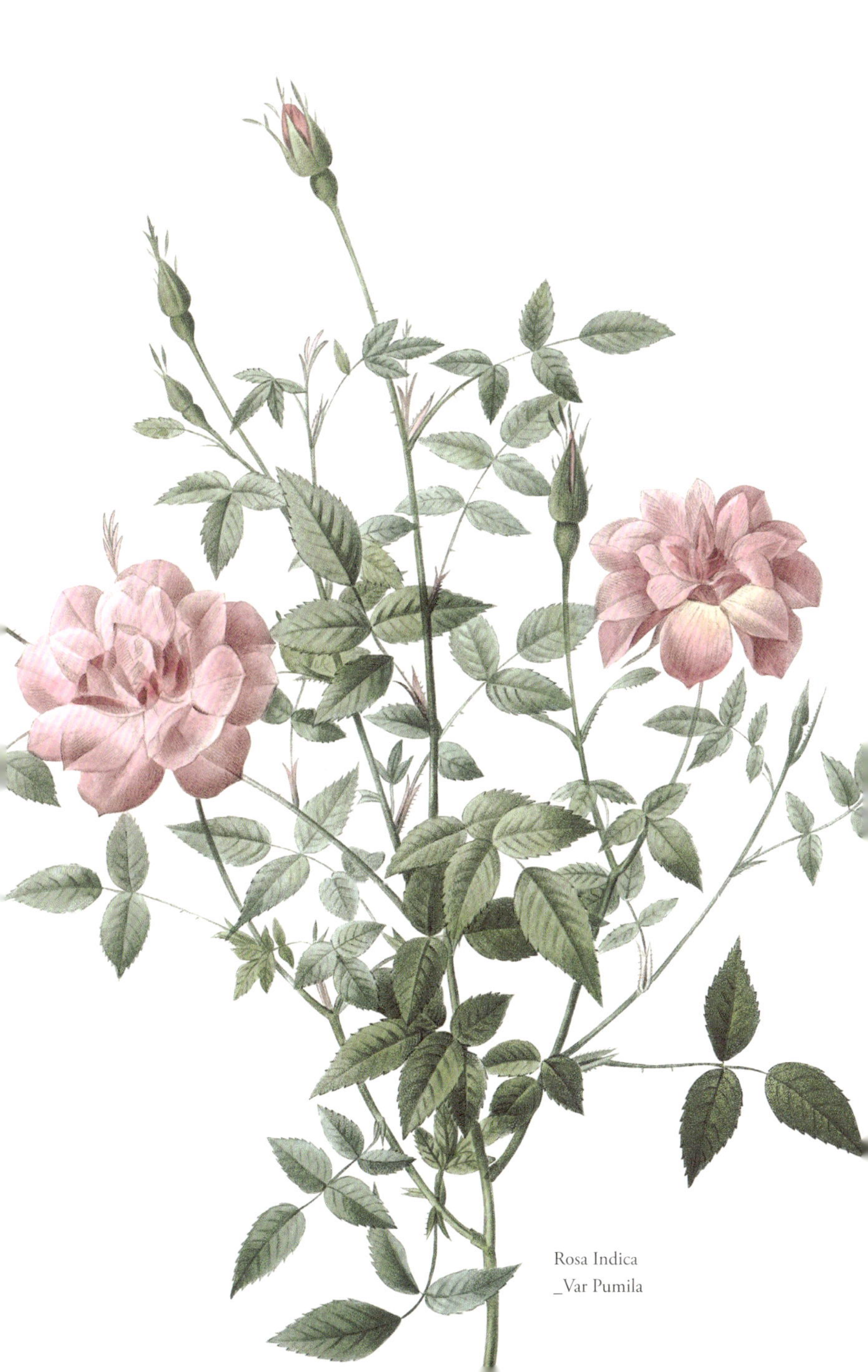

Rosa Indica
_Var Pumila

30 심상들

W. B. 예이츠

시간은 스러지듯 흘러내리네,
다 타버린 촛불처럼.
산과 숲도
그들만의 날을 맞고, 또 지나가네.

그러니 저 불꽃처럼
타오르던 감정들의 행렬 속에서——
과연 무엇이
떨어져 나간 것일까?

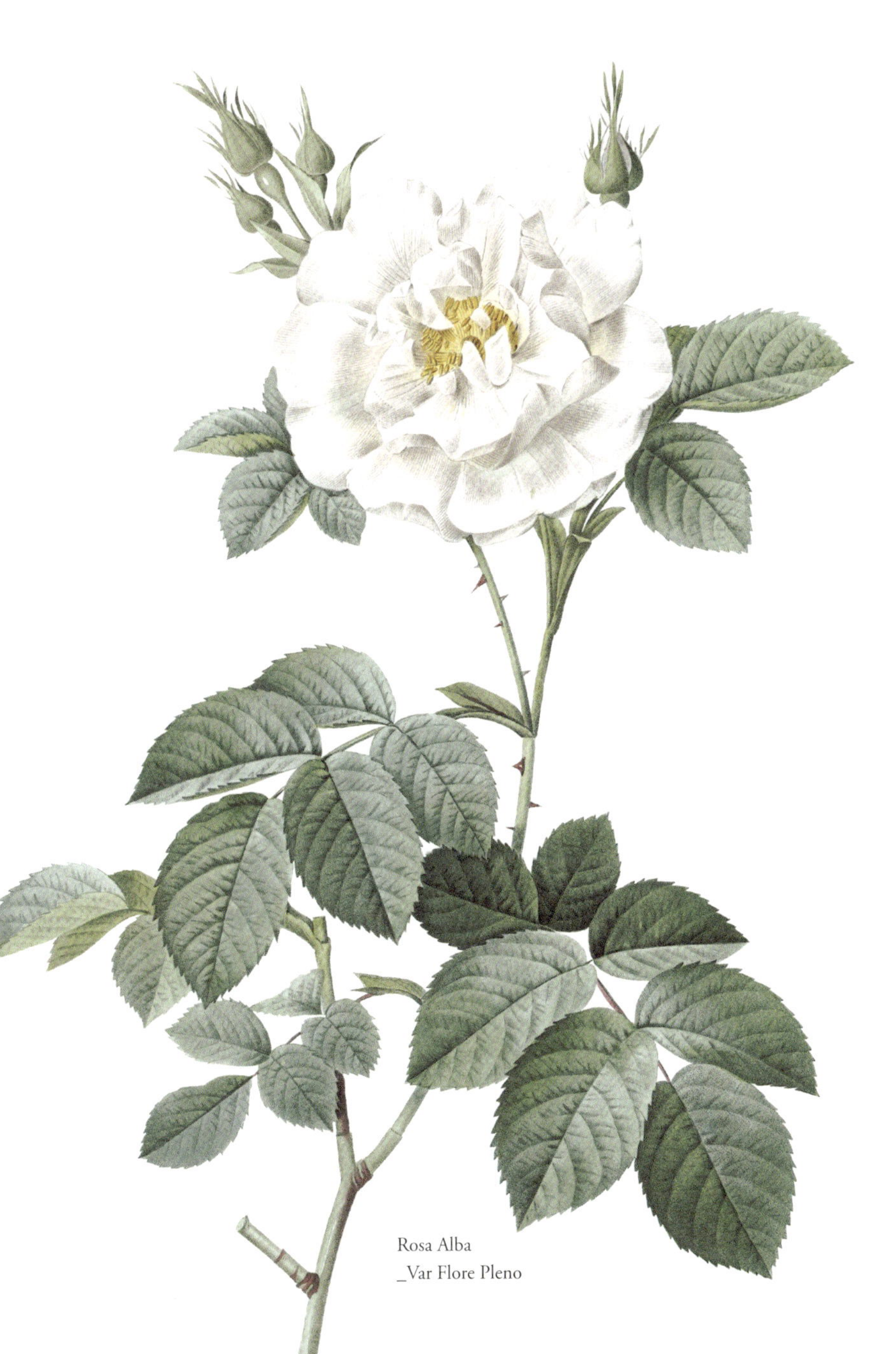

Rosa Alba
_Var Flore Pleno

31 여인의 마음

W. B. 예이츠

오, 내게 무슨 의미일까——
기도와 안식으로 가득하던 그 작은 방은.
그가 날 어둠 속으로 부르자
이젠 내 가슴이 그의 가슴 위에 누웠네.

오, 내게 무슨 의미일까——
날 따뜻하게 품어주던 어머니의 보살핌,
그 안전하고 포근했던 집은.
내 머릿결의 그늘진 꽃이
이 거센 폭풍 속에서도
우릴 가려주리라.

오, 머릿결이여, 이슬 맺힌 눈이여,
이제 나는 더 이상 삶과 죽음 속에 머물지 않네.
내 마음은 그의 따뜻한 가슴 위에 놓여 있고,
내 숨결은 그의 숨결에 섞여 있네.

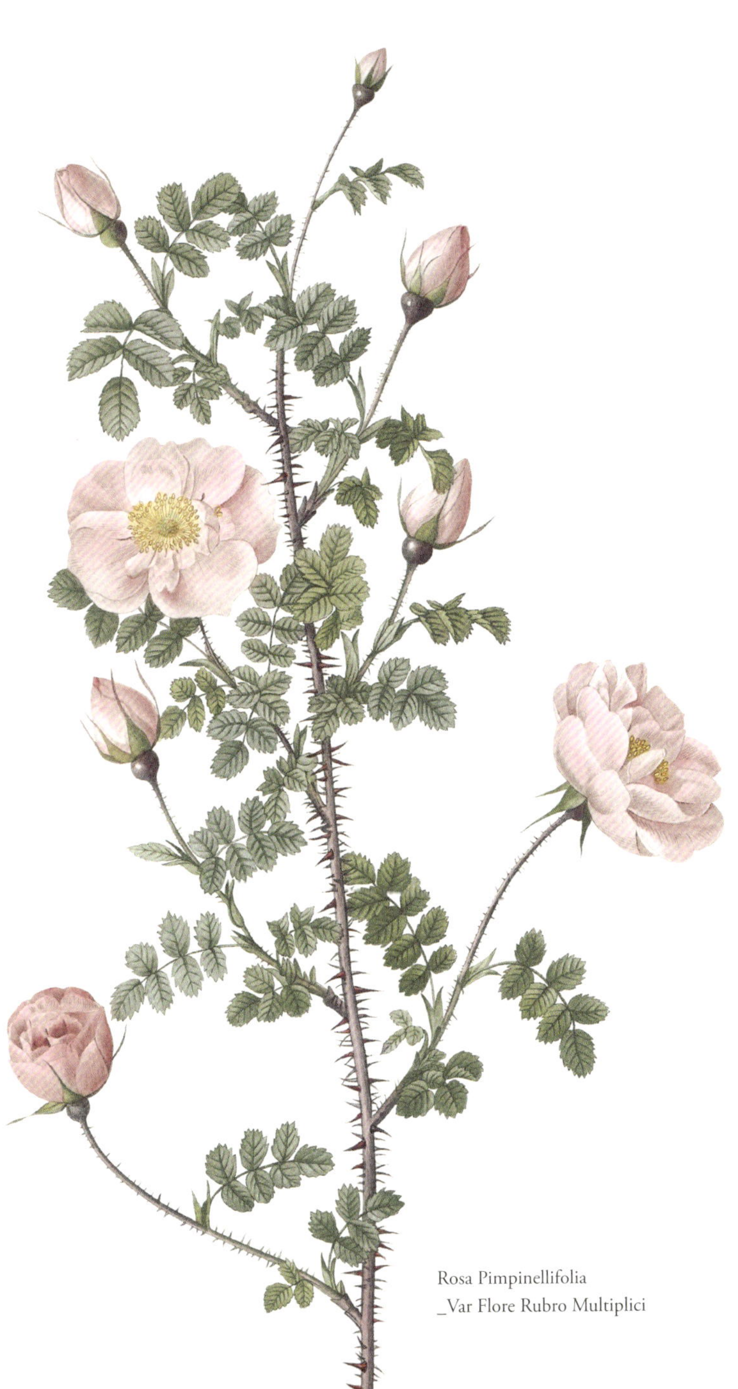

Rosa Pimpinellifolia
_Var Flore Rubro Multiplici

32 갓난아기의 기쁨

윌리엄 블레이크

"나는 아직 이름이 없어요.
태어난 지 이틀밖에 안 됐거든요."
그럼 널 뭐라고 부를까?

"나는 기뻐요.
기쁨이 내 이름이에요."
달콤한 기쁨이 너에게 가득하길!

예쁜 기쁨아!
단 이틀밖에 되지 않은
사랑스러운 기쁨이여.
나는 널 '달콤한 기쁨'이라 부를게.
너는 웃고,
나는 그 웃음에 노래하네.
달콤한 기쁨이 너에게 가득하길!

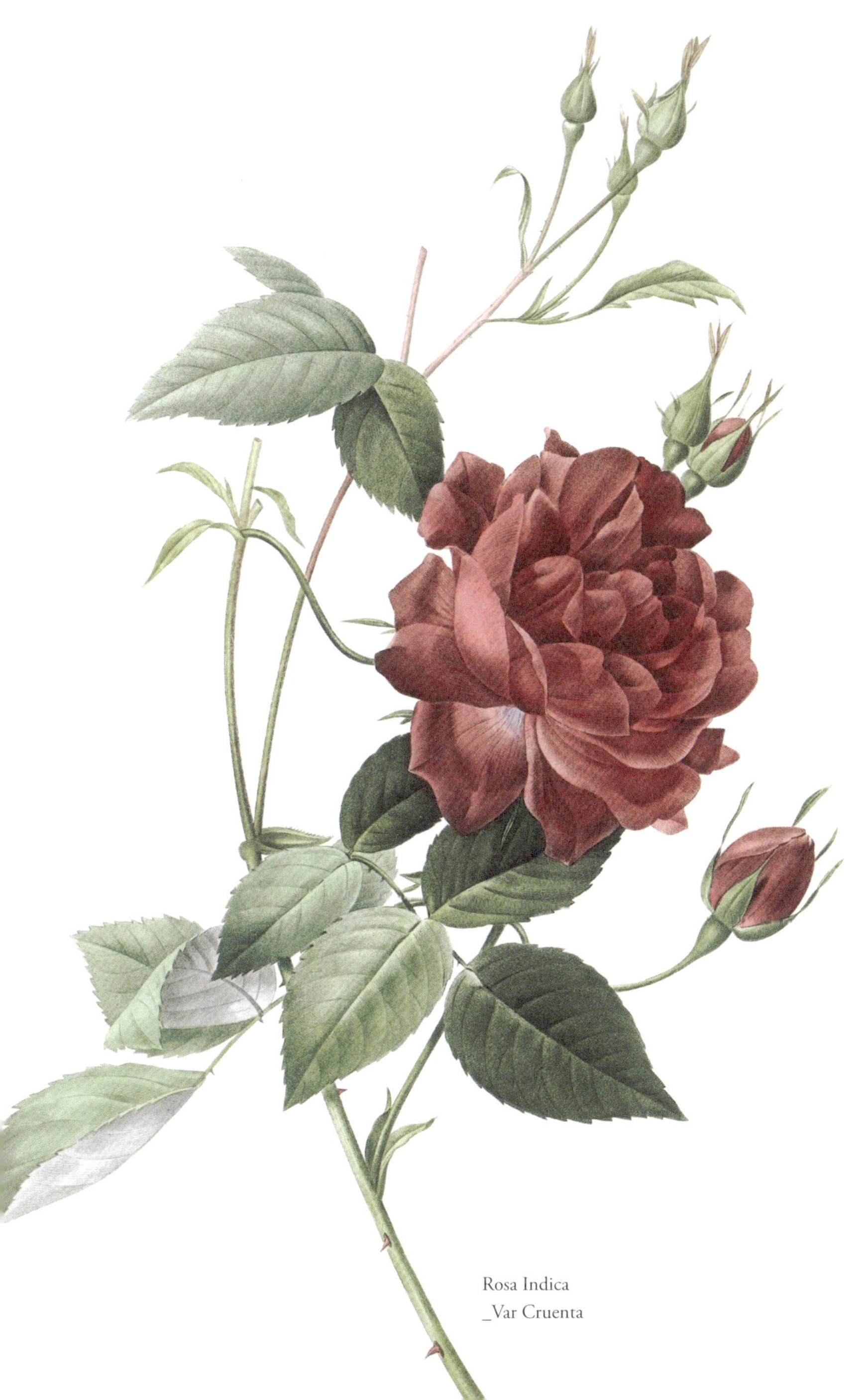

Rosa Indica

_Var Cruenta

33 여행 중에

윌리엄 워즈워스

바로 여기가 그곳이야——
지느러진 나뭇잎 사이로
햇살이 어찌 이리도 부드럽게 스며드는지!
이 숲의 익숙한 침묵 속에서
공기는 침묵 그 이상으로 깊구나.
이 야생의 땅이 펼쳐진 자리에
이보다 달콤한 쉼터가 또 있을까?

이리 와!
조용한 생각 속으로
천천히 스며드는 꿈에 잠겨보렴.
네 눈이, 바람이 멎은 뒤의 호수처럼
맑고 고요해질 때까지 말이야——
어디로 흘러가는지 아무도 알 수 없는 그런 고요처럼.

사랑하는 벗이여,
우리 둘이 함께한 그 많은 행복한 시간들——
그걸 떠올리는 순간마다
내 마음은 저절로 녹아내리는구나.

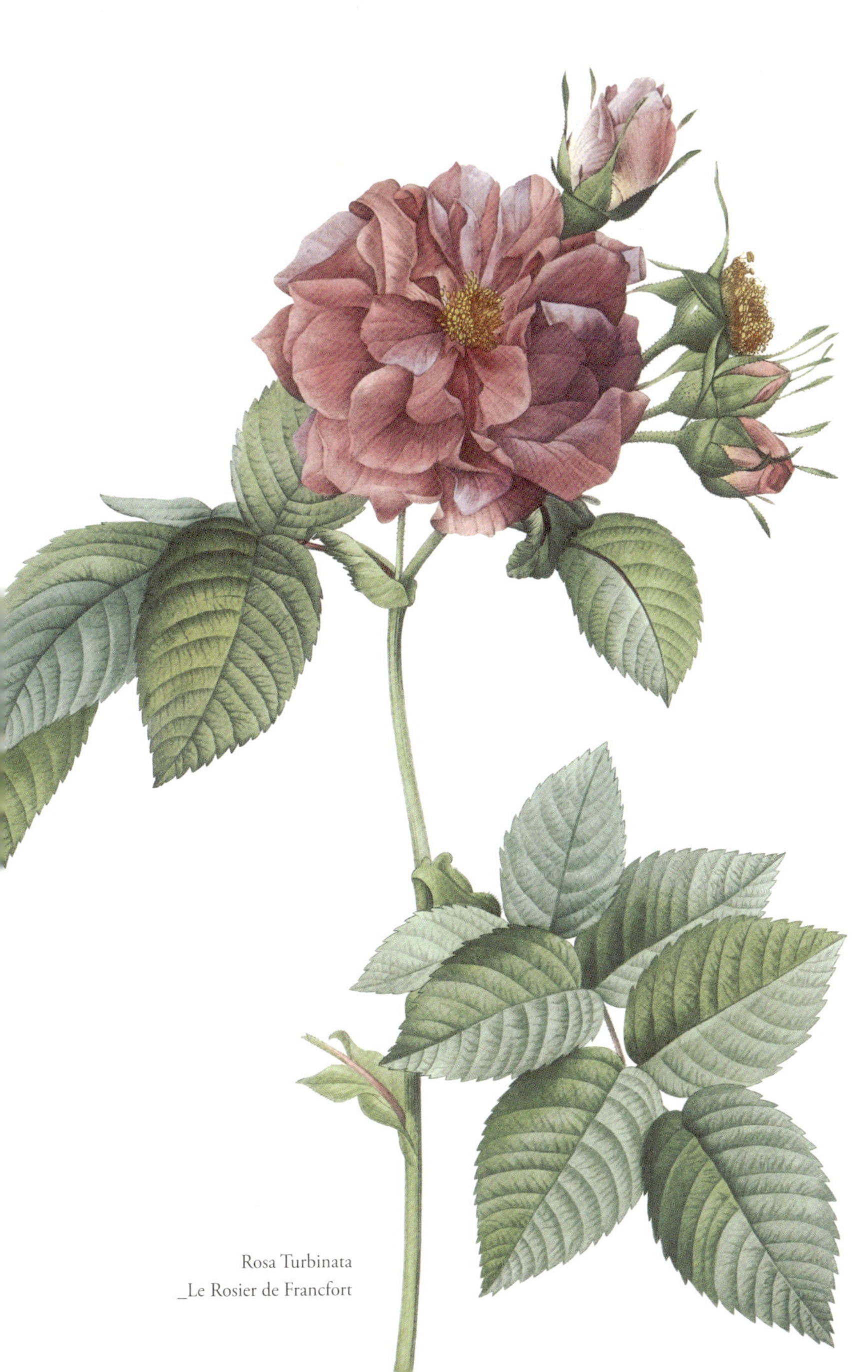

Rosa Turbinata
_Le Rosier de Francfort

34   내 마음은 뛰노네

윌리엄 워즈워스

하늘의 무지개를 볼 때마다
내 가슴 설레느니,
나 어린 시절에 그러했고
다 자란 오늘에도 그러하길.
쉰 예순에도 그러지 못하다면
차라리 죽음이 나으리라.
어린이는 어른의 아버지
바라노니 나의 하루하루가
자연의 믿음에 이어지고자.

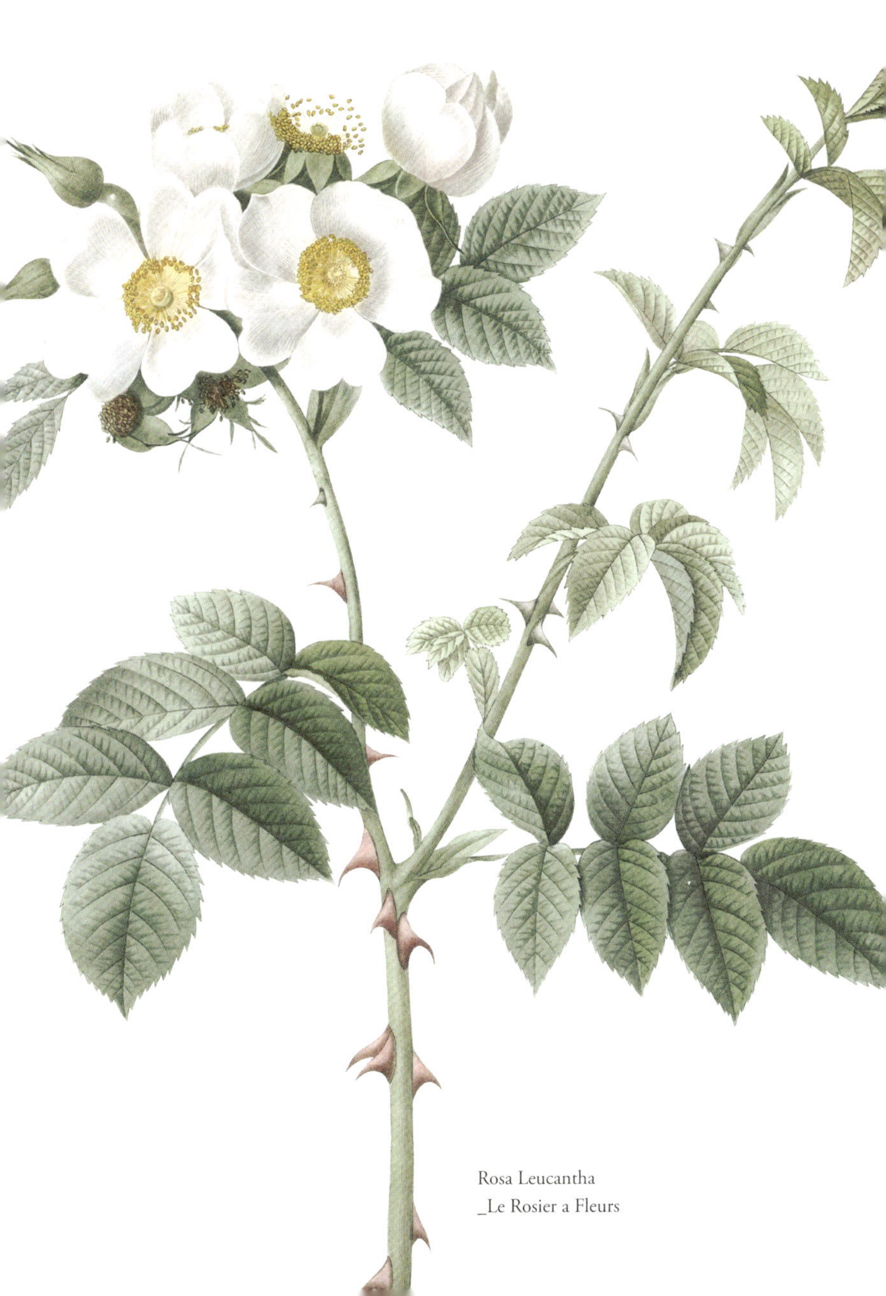

Rosa Leucantha
_Le Rosier a Fleurs

35 기쁨과 슬픔

윌리엄 블레이크

기쁨과 슬픔은 섬세하게 엮여 있다.
숭고한 영혼을 위한 옷으로

슬픔과 그리움마다
명주실처럼 엮인 기쁨이 흐른다.

그래야 하는 것이 맞다.

인간은
기쁨과 슬픔으로 만들어졌음을
마땅히 알고 있어야만
안전하게 살아갈 수 있다.

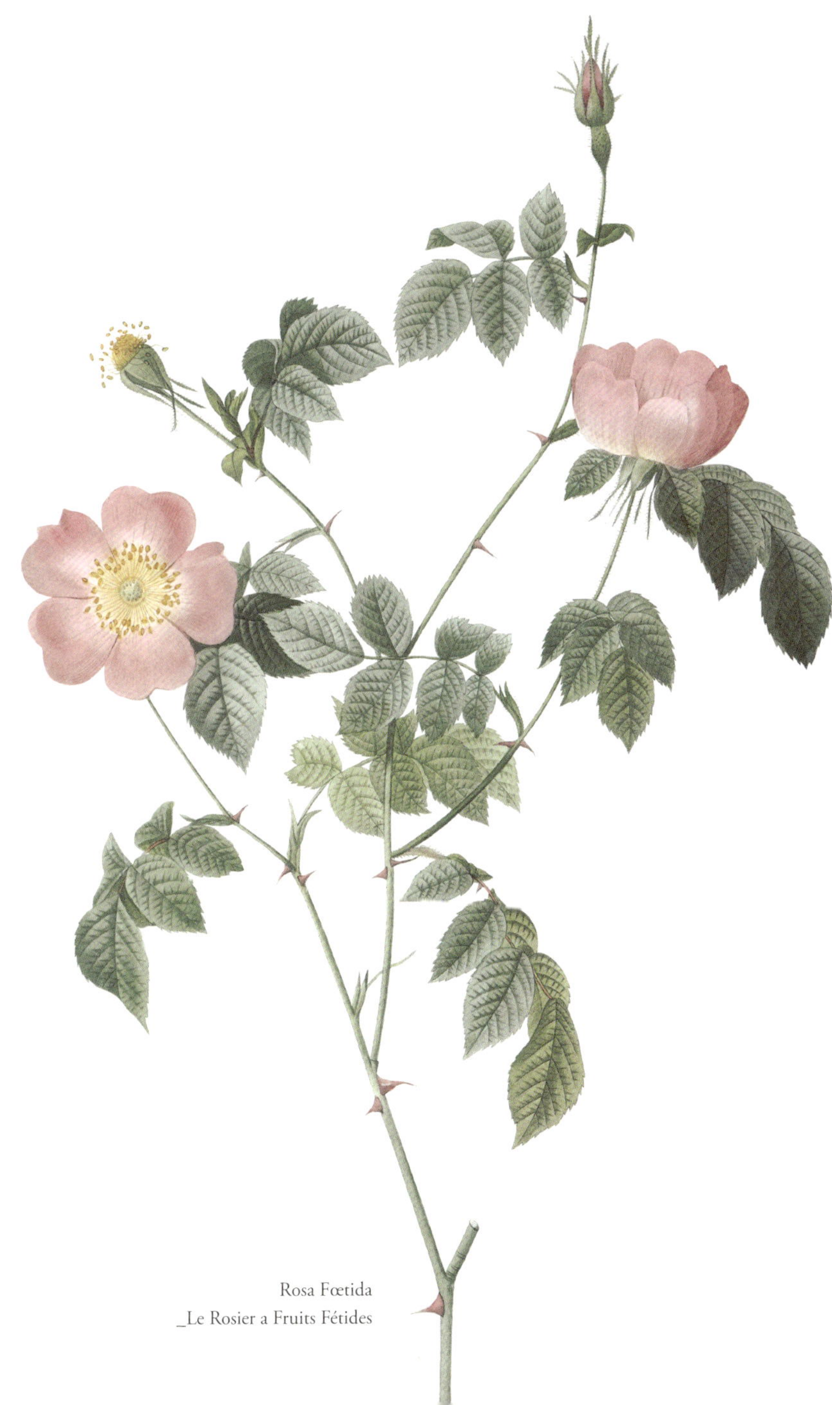

Rosa Fœtida
_Le Rosier a Fruits Fétides

36   이 살아 있는 손

존 키츠

이 살아 있는 손——
지금은 따뜻하고,
진심 어린 움켜쥠이 가능한 이 손은——
만약 차가워지고,
무덤의 얼어붙은 침묵 속에 놓인다면,

그때 이 손은
너의 낮을 따라다니고,
너의 밤의 꿈을 얼어붙게 만들어
너로 하여금
차라리 너의 심장에서 피가 마르길 바라게 하리라——
그래야 내 핏줄에 다시
붉은 생명이 흐를 수 있고,
너는 비로소 양심의 평화를 되찾게 되겠지.

여기—— 이 손이 있다——
내가 너에게 내밀고 있네.

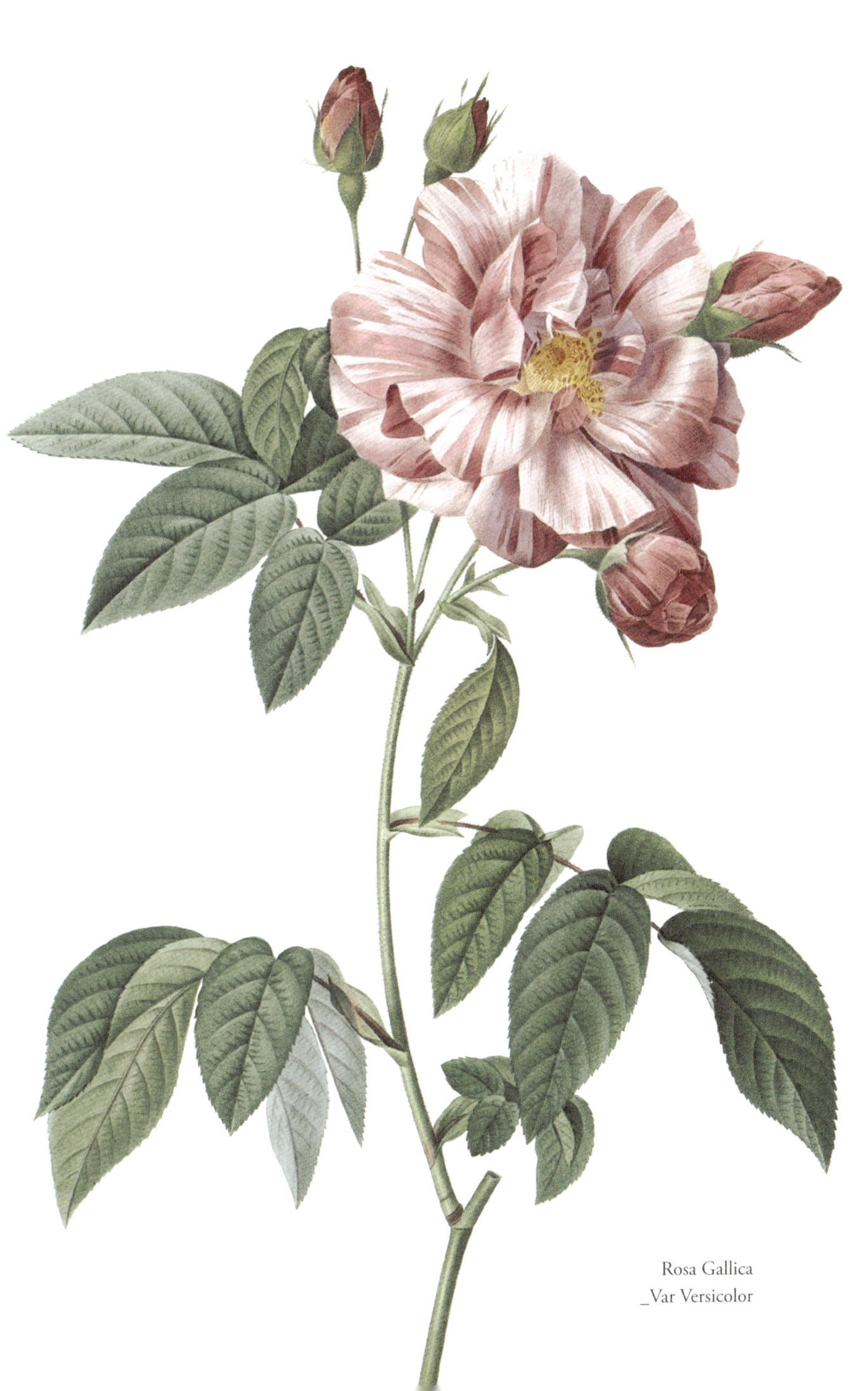

Rosa Gallica
_Var Versicolor

37 청춘

사무엘 울만

청춘이란 인생의 어떤 기간이 아니라
마음가짐이다.
장밋빛의 용모, 붉은 입술,
나긋나긋한 손발이 아니라 굳은 의지,
풍부한 상상력, 타오르는 열정을 가리킨다.
청춘이란 인생의 깊은 샘의 청신함이다.

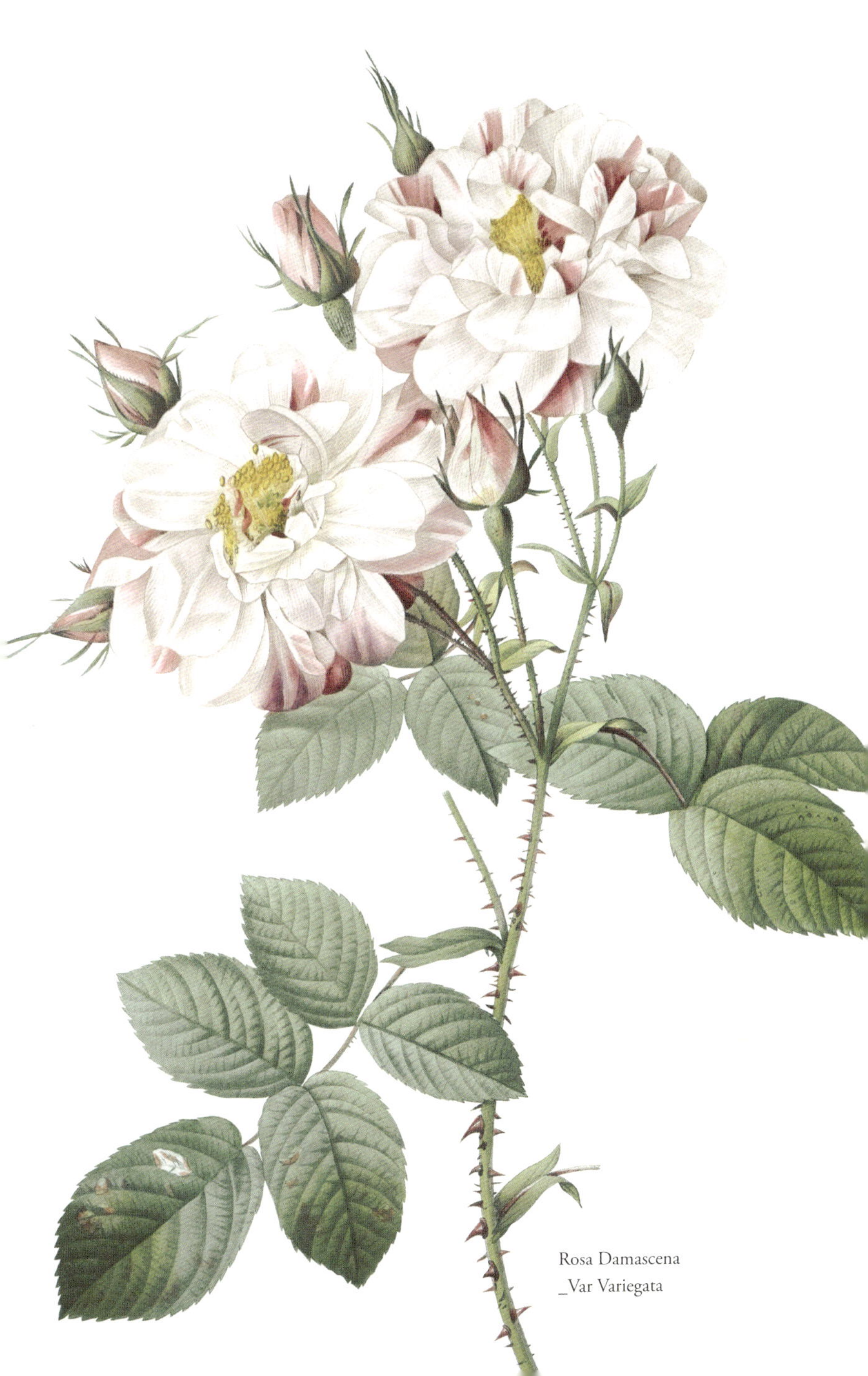

Rosa Damascena
_Var Variegata

38 작은 것들

줄리아 카니

작은 물방울들이
작은 모래알들이
거대한 바다를 만들고
쾌적한 땅을 만든다

작은 친절한 행동이
작은 사랑의 말들이
저 높은 하늘처럼
우리의 세상을 천국으로 만든다.

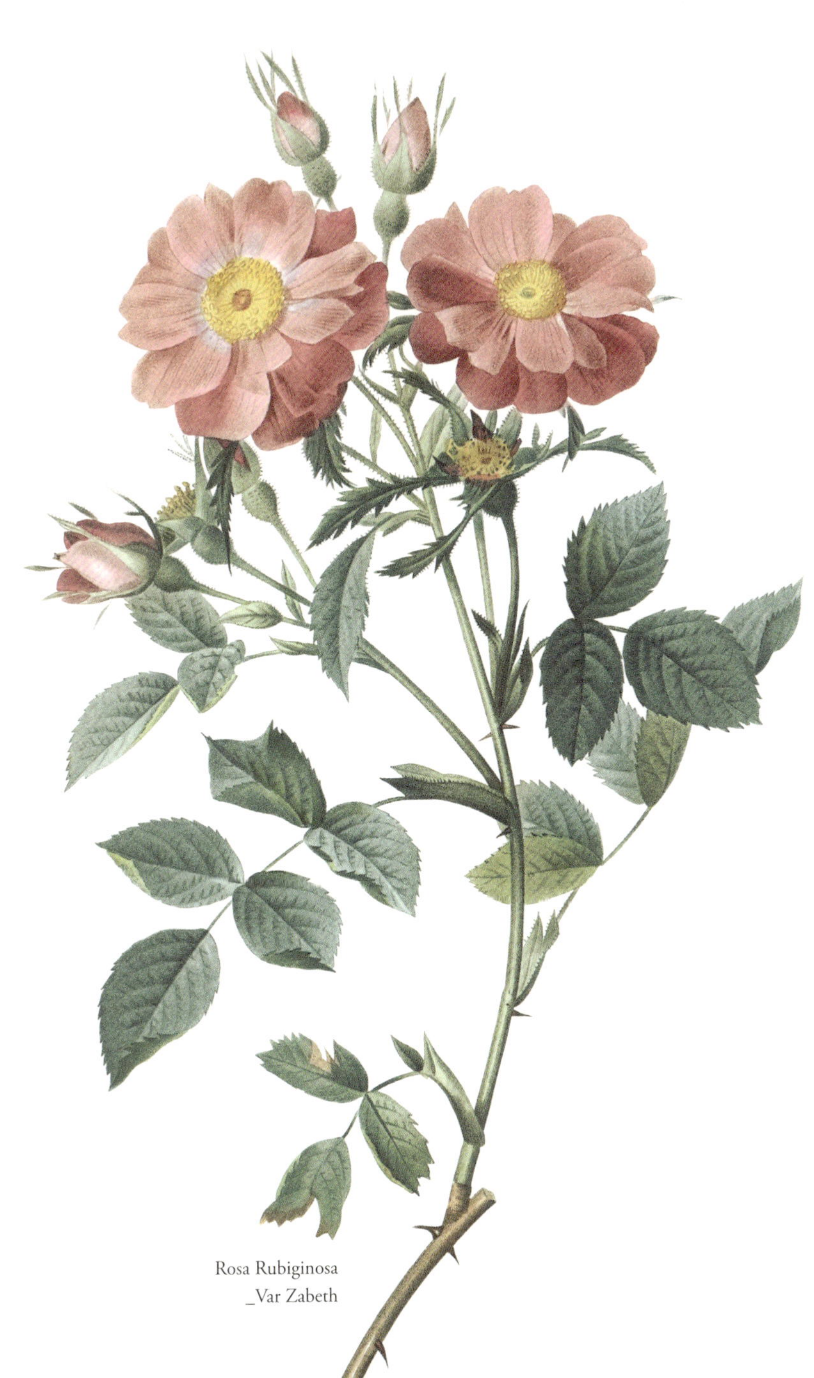

Rosa Rubiginosa
_Var Zabeth

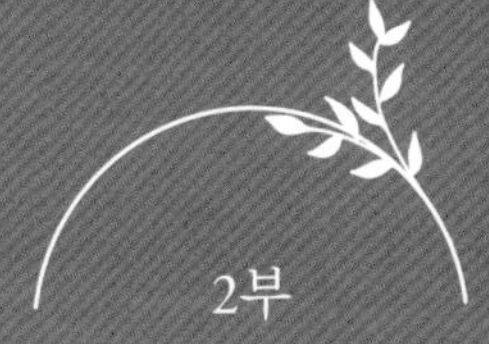

2부

"보기만 하여도 활짝 피어나는"

_한용운 외

39 사랑

한용운

봄물보다 깊으니라.
갈산보다 높으니라.
달보다 빛나리라.
돌보다 굳으리라.
사랑을 묻는 이 있거든
이대로만 말하리.

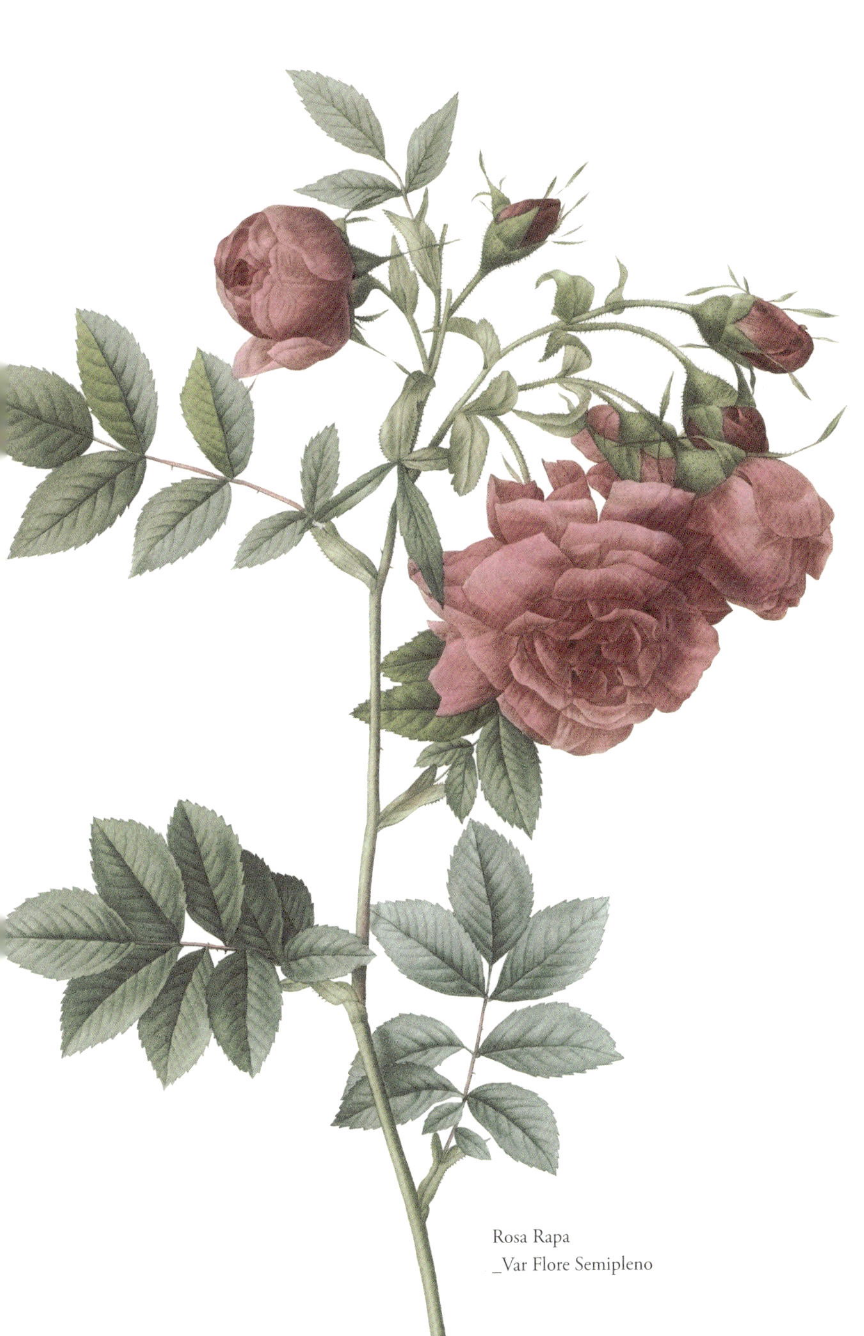

Rosa Rapa

_Var Flore Semipleno

'사랑'을 사랑하여요

한용운

당신의 얼굴은 봄 하늘의 고요한 별이어요.
그러나 찢어진 구름 사이로 돌아 오는 반달 같은
얼굴이 없는 것이 아닙니다.
만일 어여쁜 얼굴만을 사랑한다면
왜 나의 베갯모에 달을 수놓지 않고 별을 수놓아요.

당신의 마음은 티 없는 숫옥(玉)이어요.
그러나 곱기도 밝기도 굳기도 보석 같은
마음이 없는 것이 아닙니다.
만일 아름다운 마음만을 사랑한다면
왜 나의 반지를 보석으로 아니하고 옥으로 만들어요.
당신의 시는 봄비에 새로 눈트는 금(金)결 같은 버들이어요.
그러나 기름 같은 검은 바다에 피어 오르는 백합꽃 같은
시가 없는 것이 아닙니다. 만일 좋은 문장만을 사랑한다면
왜 내가 꽃을 노래하지 않고 버들을 찬미하여요.

온 세상 사람이 나를 사랑하지 아니할 때에
당신만이 나를 사랑하였습니다.
나는 당신을 사랑하여요.
나는 당신의 '사랑'을 사랑하여요.

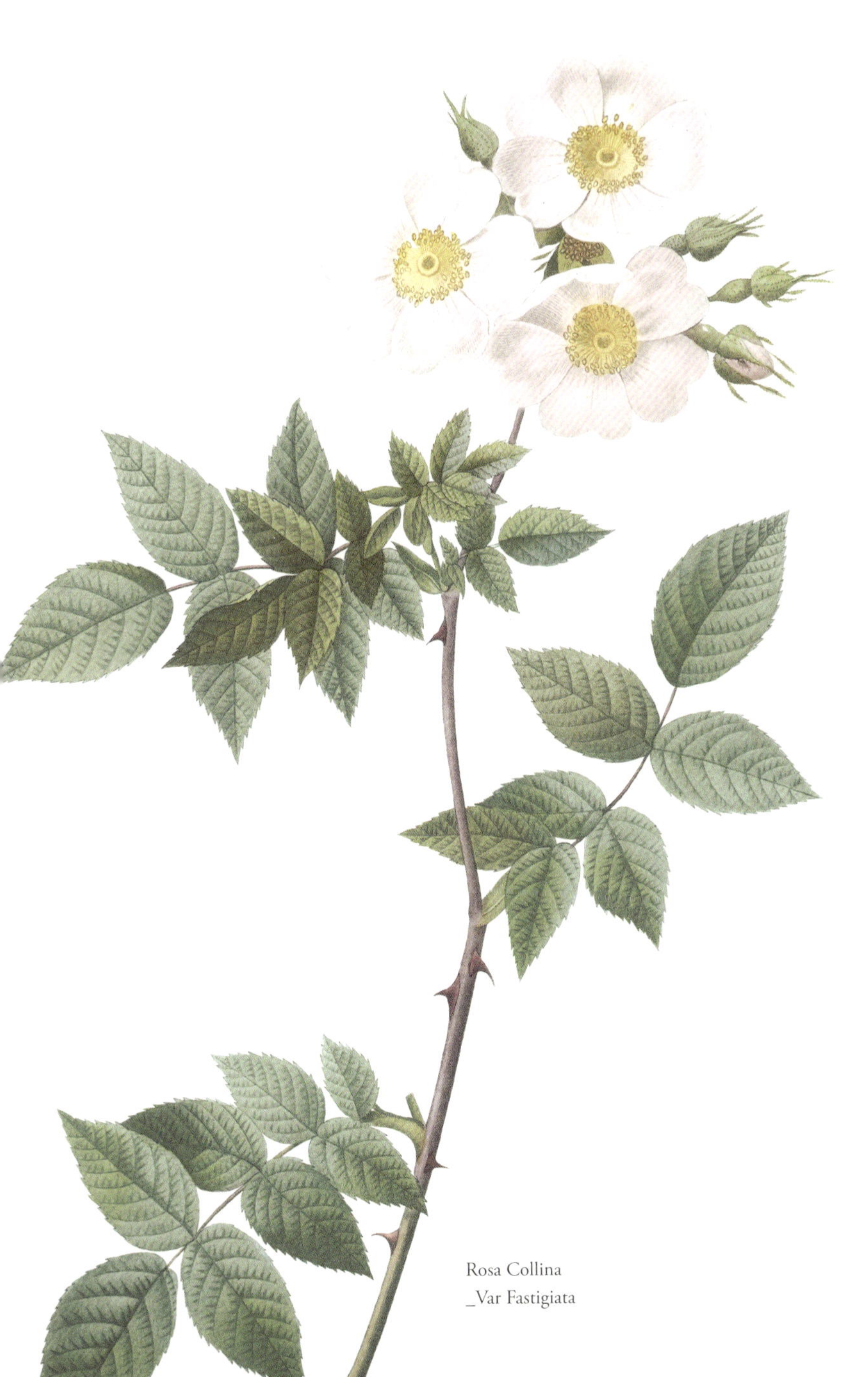

Rosa Collina
_Var Fastigiata

　　첫키스

한용운

마셔요 제발 마셔요.

보면서 못 보는 체 마셔요.

마셔요 제발 마셔요.

입술을 다물고 눈으로 말하지 마셔요.

마셔요 제발 마셔요.

뜨거운 사랑에 웃으면서 차디찬 잔 부끄럼에 울지 마셔요.

마셔요 제발 마셔요.

세계의 꽃을 혼자 따면서 항분(亢奮)에 넘쳐서 떨지 마셔요.

마셔요 제발 마셔요.

미소는 나의 운명의 가슴에서 춤을 춥니다 새삼스럽게
스스러워 마셔요.

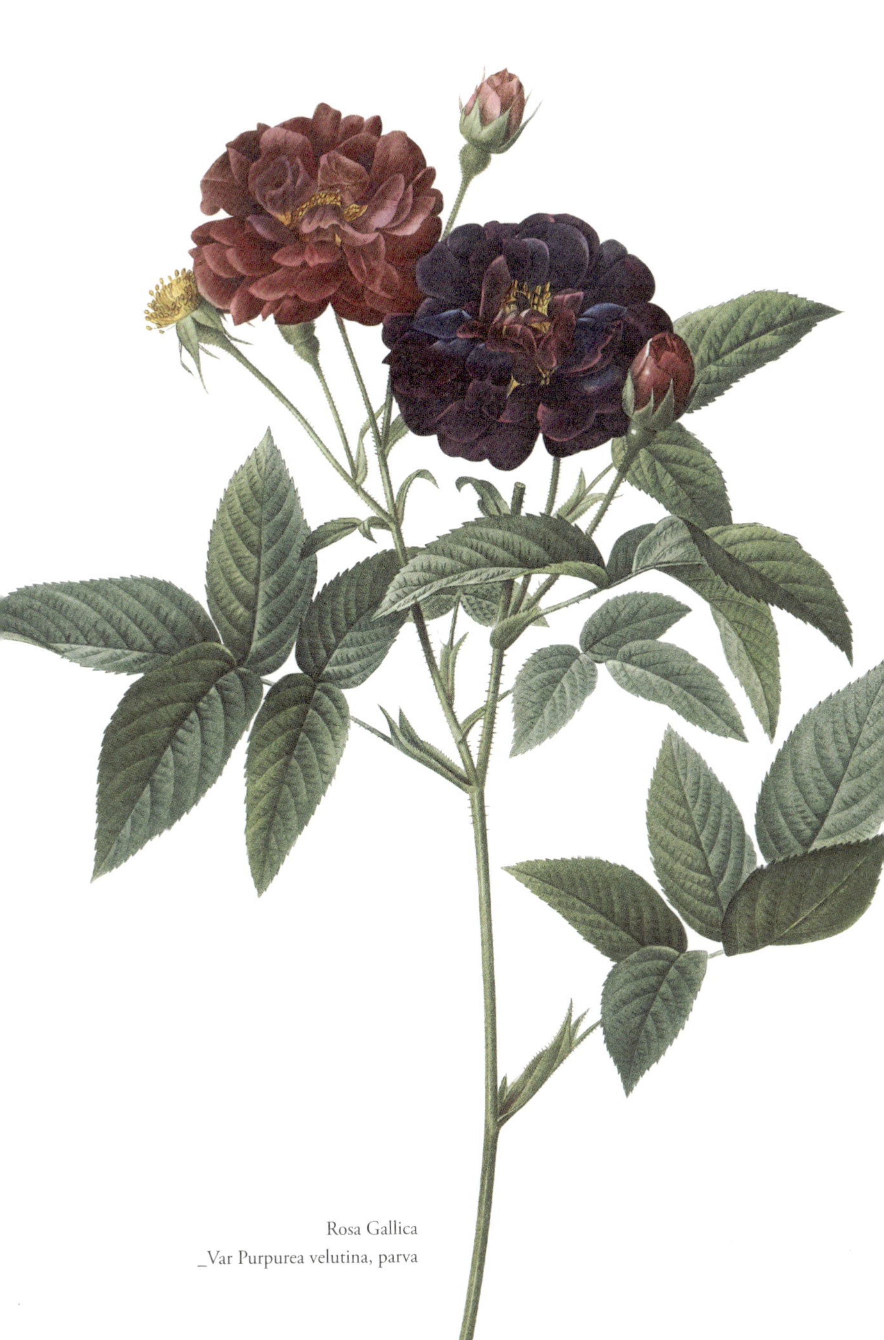

Rosa Gallica
_Var Purpurea velutina, parva

42 사랑하는 까닭

한용운

내가 당신을 사랑하는 것은
까닭이 없는 것은 아닙니다.
다른 사람들은 나의 홍안만을 사랑하지만은
당신은 나의 백발도 사랑하는 까닭입니다.

내가 당신을 사랑하는 것은
까닭이 없는 것은 아닙니다.
다른 사람들은 나의 미소만을 사랑하지만은
당신은 나의 눈물도 사랑하는 까닭입니다.

내가 당신을 사랑하는 것은
까닭이 없는 것은 아닙니다.
다른 사람들은 나의 건강만을 사랑하지만은
당신은 나의 죽음도 사랑하는 까닭입니다.

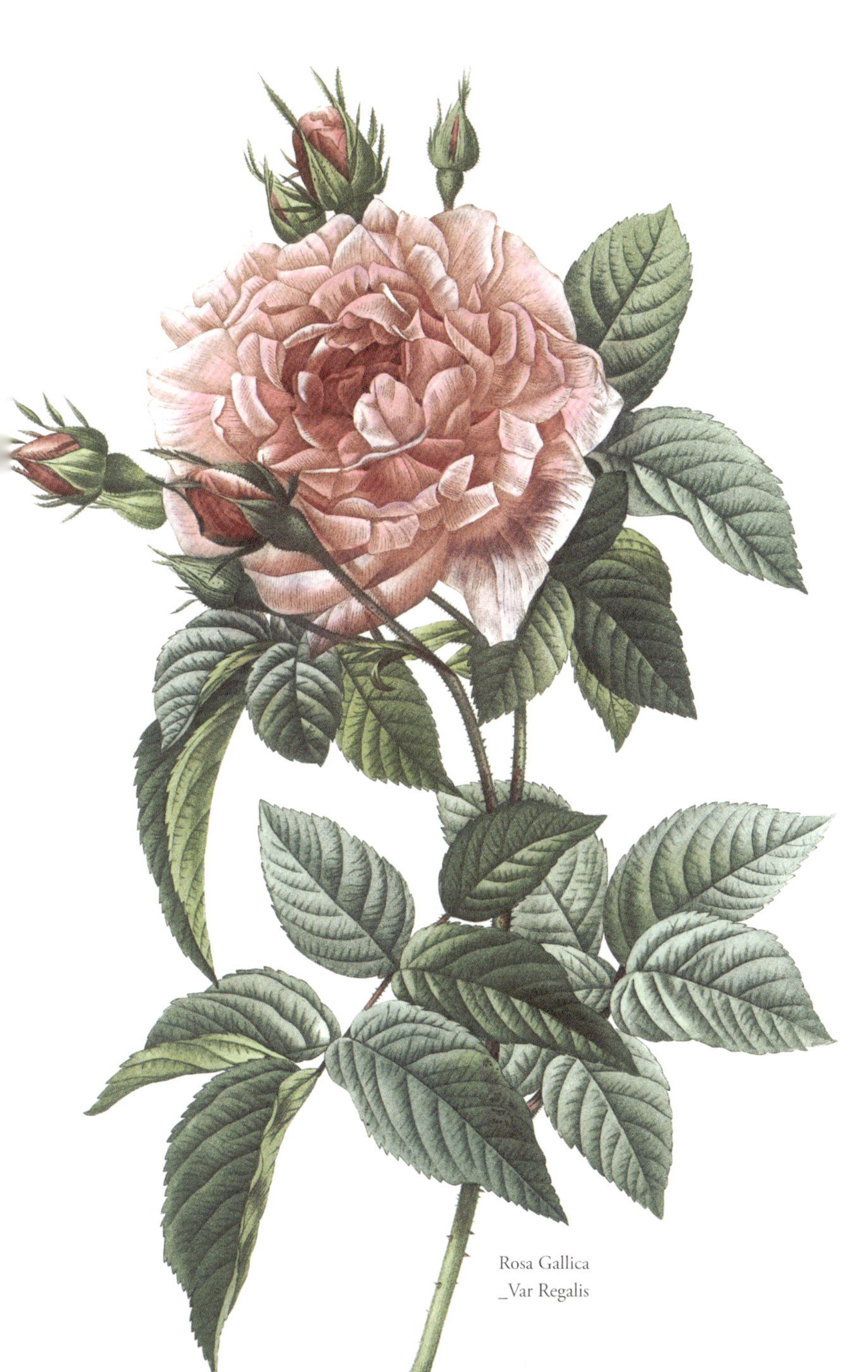

Rosa Gallica
_Var Regalis

43 예술가

한용운

나는 서투른 화가여요.
잠 아니 오는 잠자리에 누워서 손가락을 가슴에 대고
당신의 코와 입과 두 볼에 샘 파지는 것까지 그렸습니다.
그러나 언제든지 작은 웃음이 떠도는 당신의 눈자위는
그리다가 백 번이나 지웠습니다.

나는 파겁 못한 성악가여요.
이웃 사람도 돌아가고 버러지 소리도 끊쳤는데
당신의 가르쳐 주시던 노래를 부르려다가
조는 고양이가 부끄러워서 부르지 못하였습니다.
그래서 가는 바람이 문풍지를 스칠 때에 가만히 합창하였습니다.

나는 서정시인이 되기에는 너무도 소질이 없나봐요.
'즐거움'이니 '슬픔'이니 '사랑'이니 그런 것은 쓰기 싫어요.
당신의 얼굴과 소리와 걸음걸이와를 그대로 쓰고 싶습니다.
그리고 당신의 집과 침대가 꽃밭에 있는 작은 돌도 쓰겠습니다.

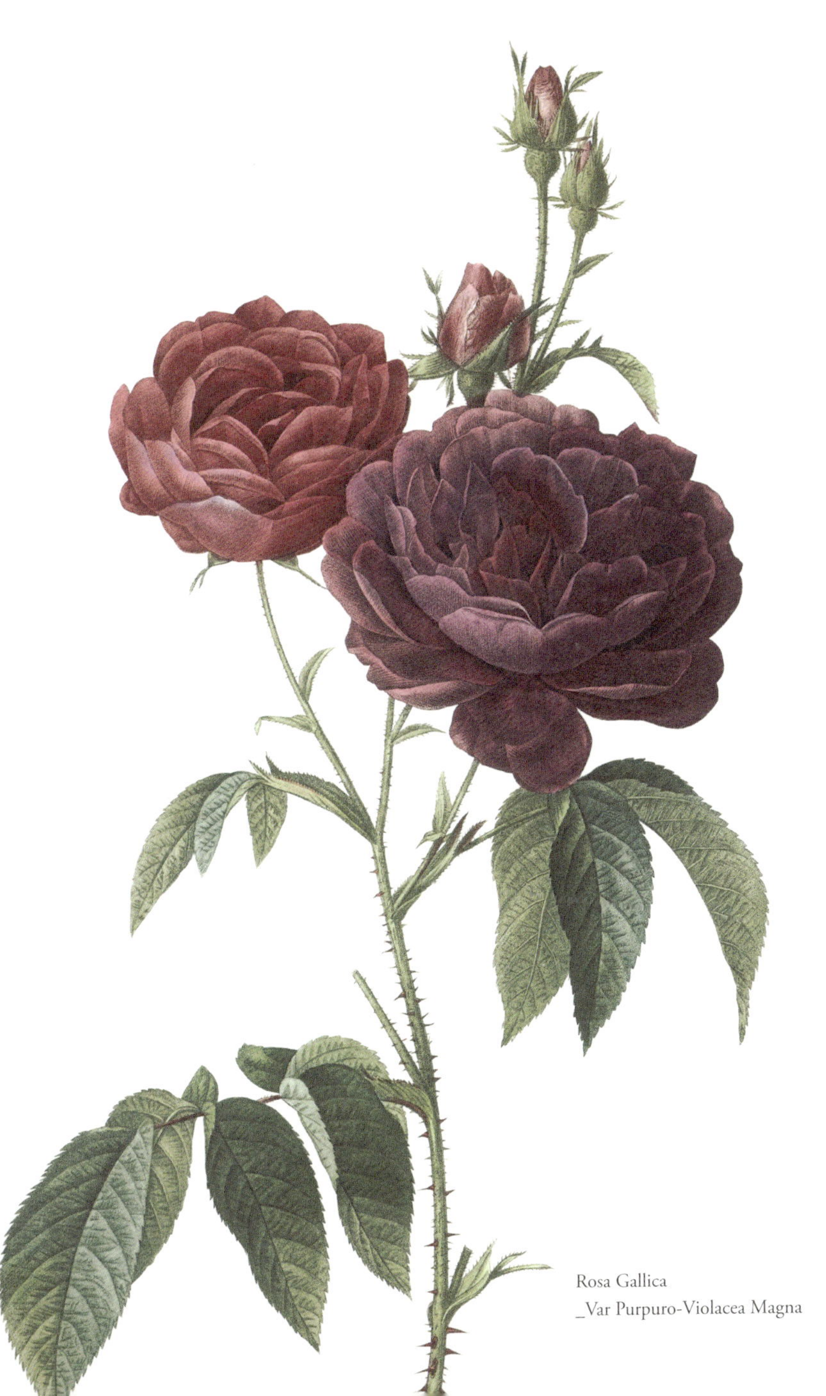

Rosa Gallica
_Var Purpuro-Violacea Magna

44 당신의 마음

한용운

나는 당신의 눈썹이 검고 귀가 갸름한 것도 보았습니다.
그러나 당신의 마음을 보지 못하였습니다.
당신이 사과를 따서 나를 주려고 크고 붉은 사과를
따로 쌀 때에 당신의 마음이 그 사과 속으로
들어가는 것을 분명히 보았습니다.

나는 당신의 둥근 배와 잔나비 같은 허리를 보았습니다.
그러나 당신의 마음을 보지 못하였습니다.
당신이 나의 사진과 어떤 여자의 사진을 같이 들고 볼 때에
당신의 마음이 두 사진과 사이에서
초록빛이 되는 것을 분명히 보았습니다.

나는 당신의 발톱이 희고 발꿈치가 둥근 것도 보았습니다.
그러나 당신의 마음을 보지 못하였습니다.
당신이 떠나시려고 나의 큰 보석반지를 주머니에 넣으실 때에 당신
의 마음이 보석반지 너머로
얼굴을 가리고 숨는 것을 분명히 보았습니다.

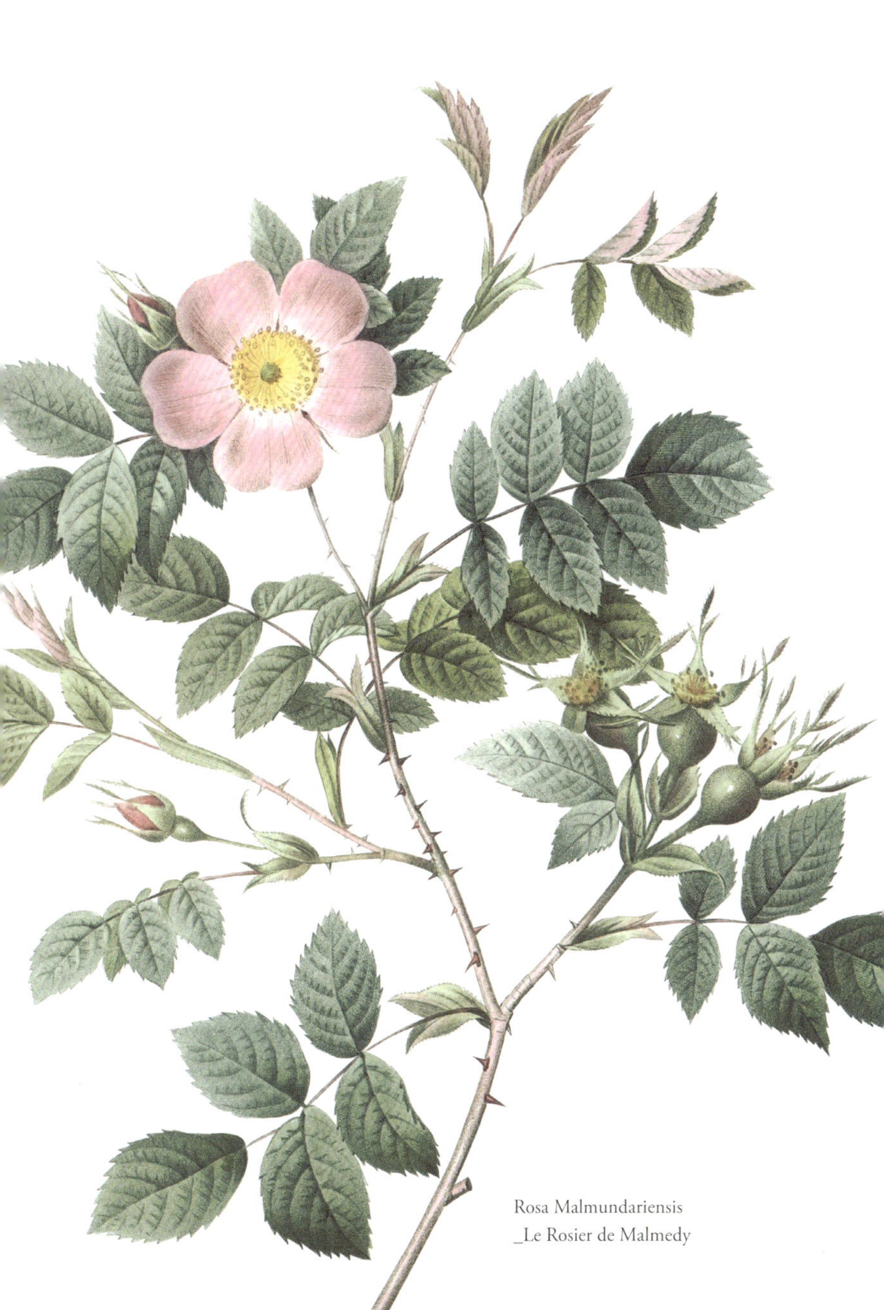

Rosa Malmundariensis
_Le Rosier de Malmedy

45 당신이 아니더면

한용운

당신이 아니더면 포시럽고 매끄럽던 얼굴이 왜 주름살이 접혀요.
당신이 기룹지만 않다면, 언제까지라도 나는 늙지 아니할테예요.
맨 첨에 당신에게 안기던 그때대로 있을 테여요.

그러나 늙고 병들도 죽기까지라도, 당신 때문이라면
나는 싫지 안하여요.
나에게 생명을 주든지 죽음을 주든지 당신의 뜻대로만 하셔요.
나는 곧 당신이어요.

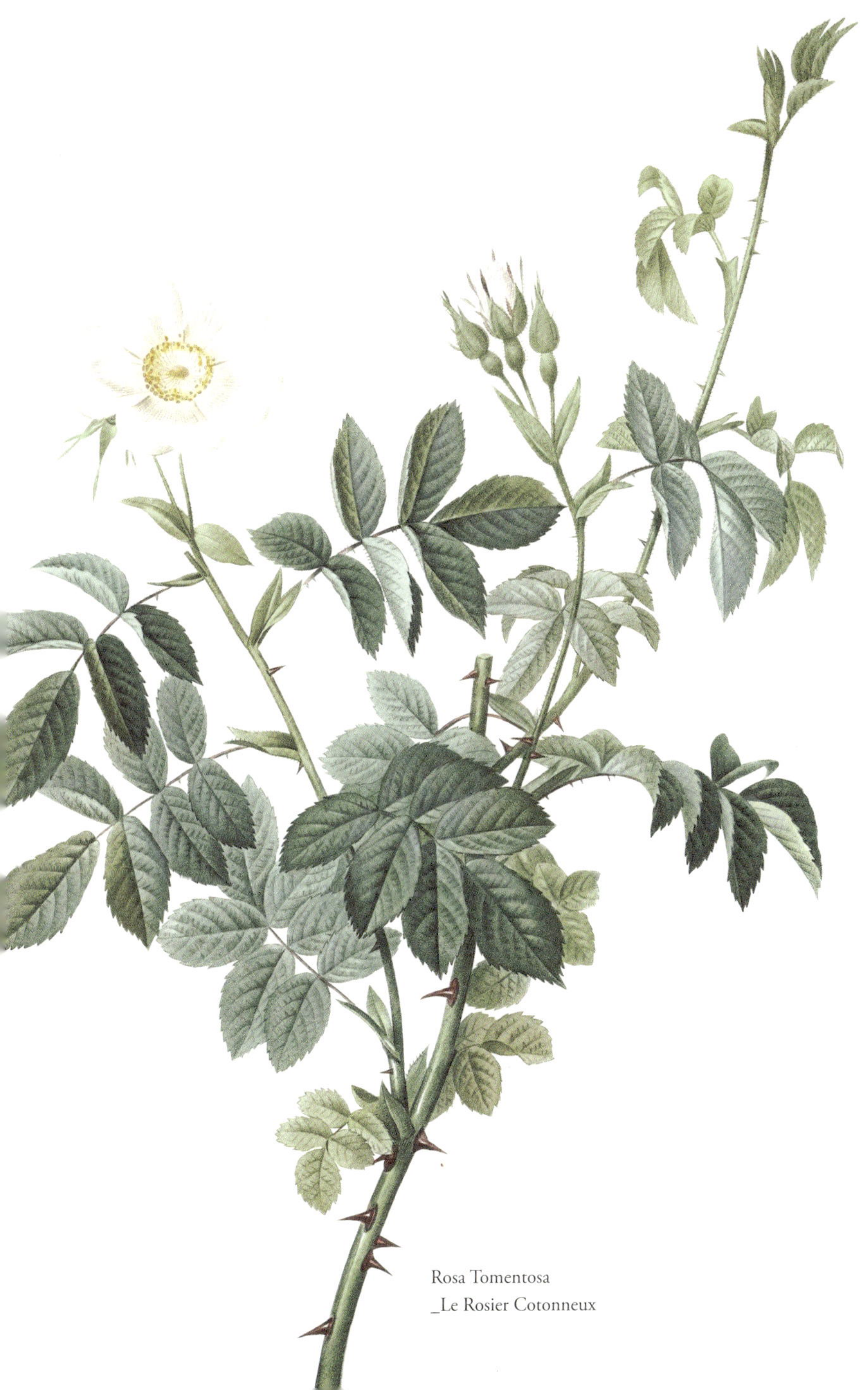

Rosa Tomentosa
_Le Rosier Cotonneux

46 복종

한용운

남들은 자유를 사랑한다지마는, 나는 복종을 좋아하여요.
자유를 모르는 것은 아니지만, 당신에게는 복종만 하고 싶어요.
복종하고 싶은데 복종하는 것은 아름다운 자유보다도 달콤합니다.
그것이 나의 행복입니다.

그러나, 당신이 나더러 다른 사람을 복종하라면
그것만은 복종할 수가 없습니다. 다른 사람을 복종하려면
당신에게 복종할 수 없는 까닭입니다.

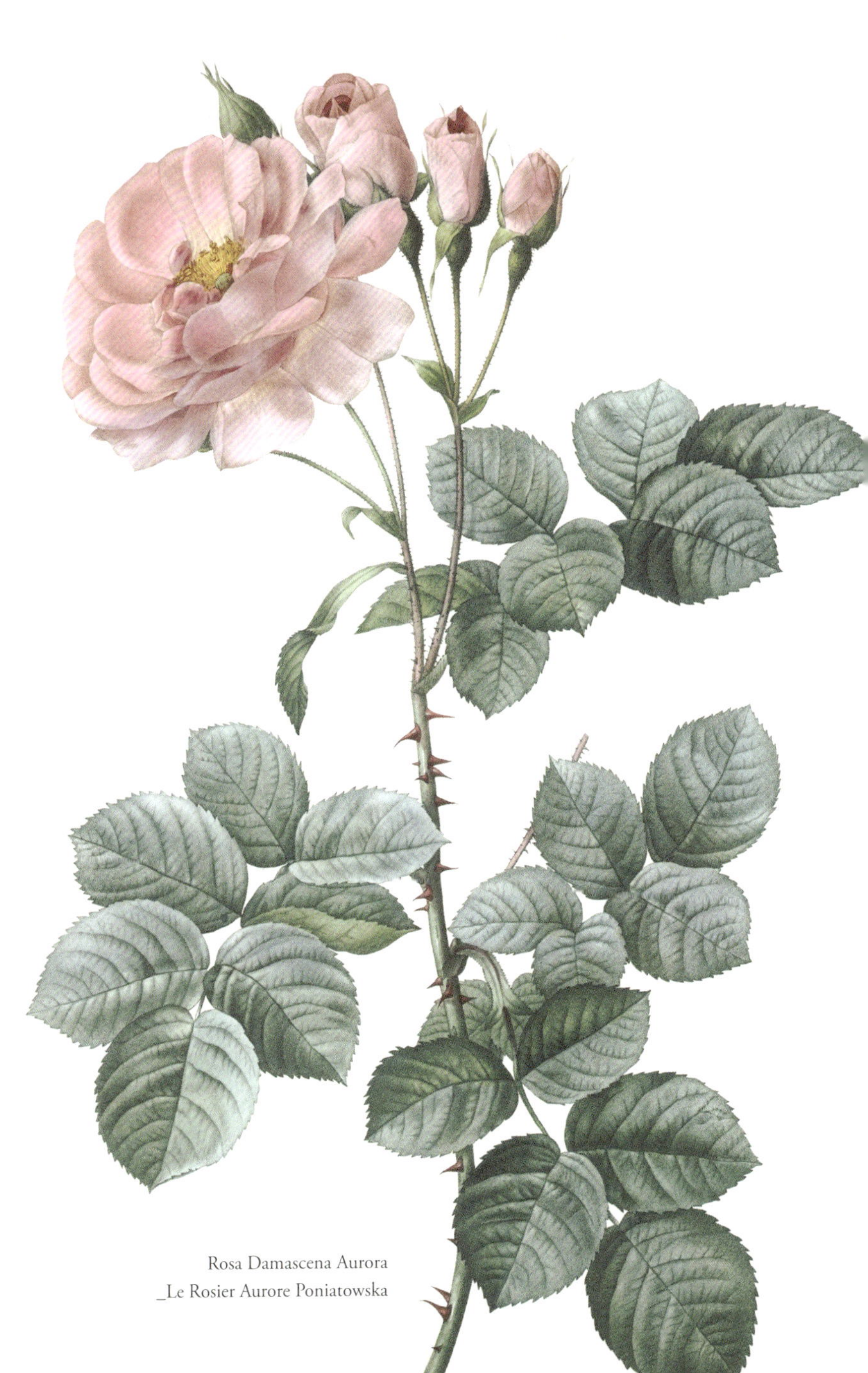

Rosa Damascena Aurora
_Le Rosier Aurore Poniatowska

47 꿈 깨고서

한용운

님이면 나를 사랑하련마는
밤마다 문 밖에 와서 발자취 소리만 내이고
한 번도 돌아오지 아니하고 도로 가니
그것이 사랑인가요.
그러나 나는 발자취나마 님의 문 밖에 가 본 적이 없습니다.
아마 사랑은 님에게만 있나 봐요.

아아, 발자국 소리가 아니더면 꿈이나 아니 깨었으련마는
꿈은 님을 찾아가려고 구름을 탔었어요.

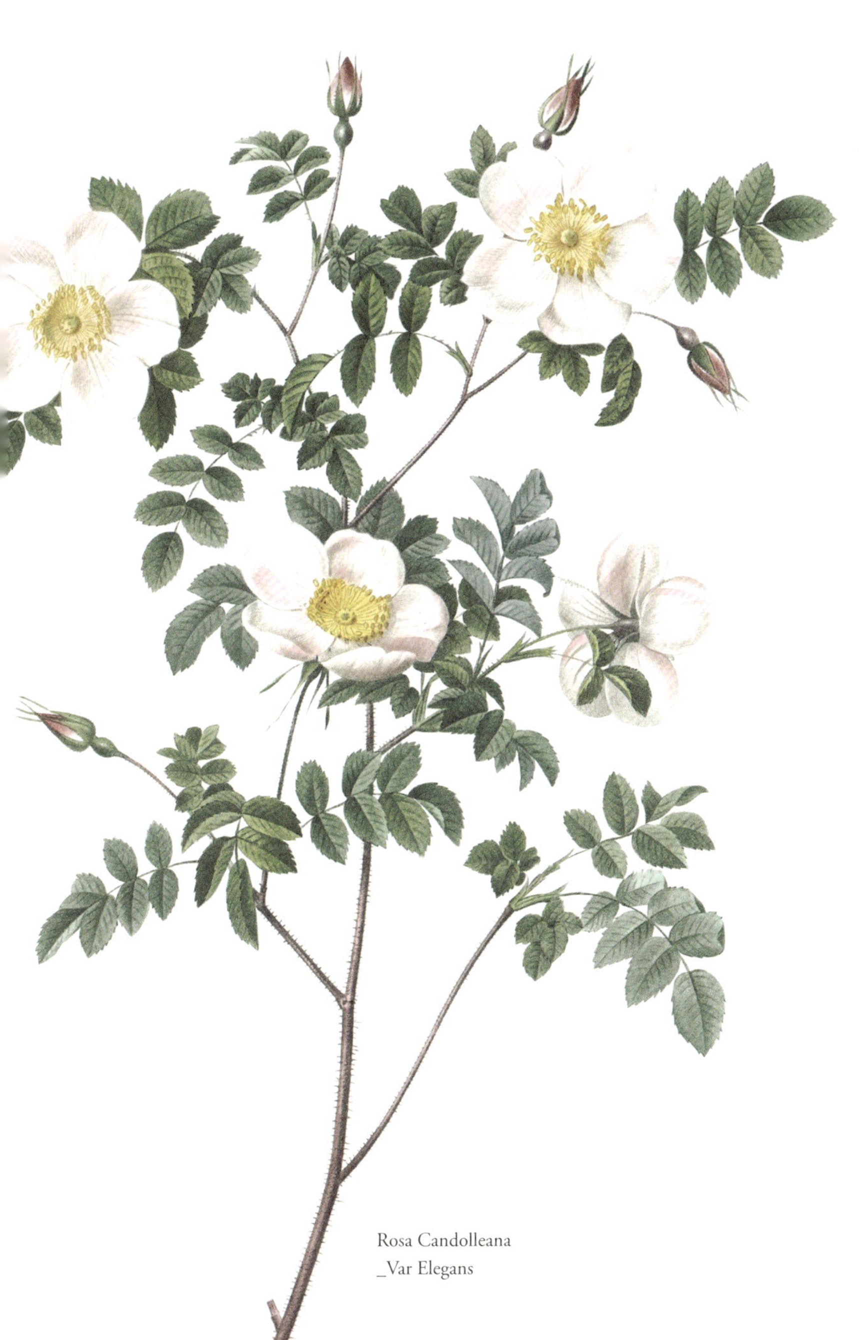

Rosa Candolleana
_Var Elegans

48 꿈이라면

한용운

사랑의 속박이 꿈이라면
출세의 해탈도 꿈입니다
웃음과 눈물이 꿈이라면
무심의 광명도 꿈입니다.
일체 만법이 꿈이라면
사랑의 꿈에서 불멸을 얻겠습니다.

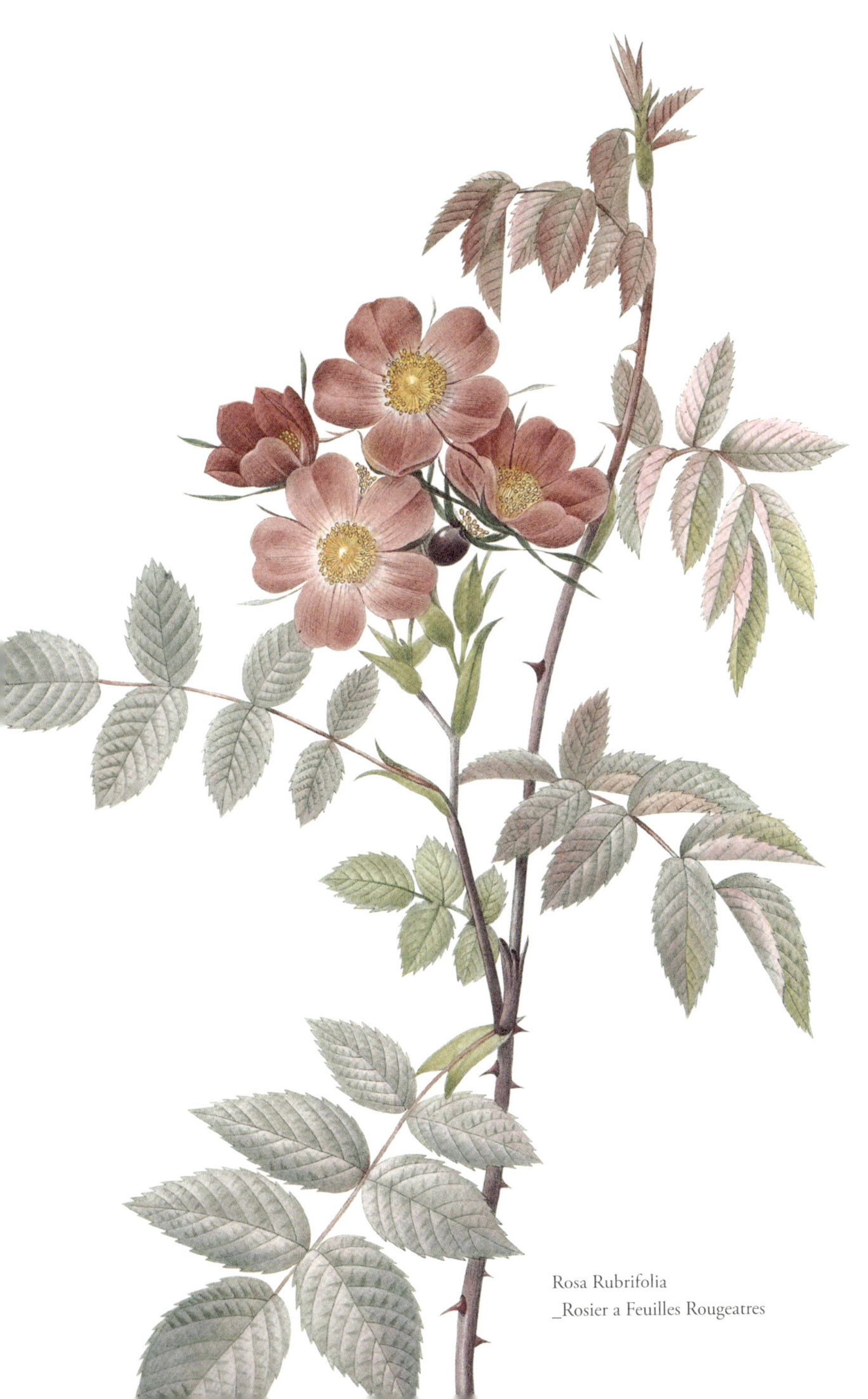

Rosa Rubrifolia
_Rosier a Feuilles Rougeatres

하나가 되어 주셔요

한용운

님이여,
나의 마음을 가져가려거든 마음을 가진 나에게서 가져가셔요.
그리하여 나로 하여금 님에게서 하나가 되게 하셔요.
그렇지 아니하거든 나에게 고통만 주지 마시고
님의 마음을 다 주셔요.
그리고 마음을 가진 님에게서 나에게 주셔요.
그래서 님으로 하여금 나에게서 하나가 되게 하셔요.
그렇지 아니하거든 나의 마음을 돌려 주셔요.
그리고 나에게 고통을 주셔요.
그러면 나는 나의 마름을 가지고 님이 주시는 고통을
사랑하겠습니다.

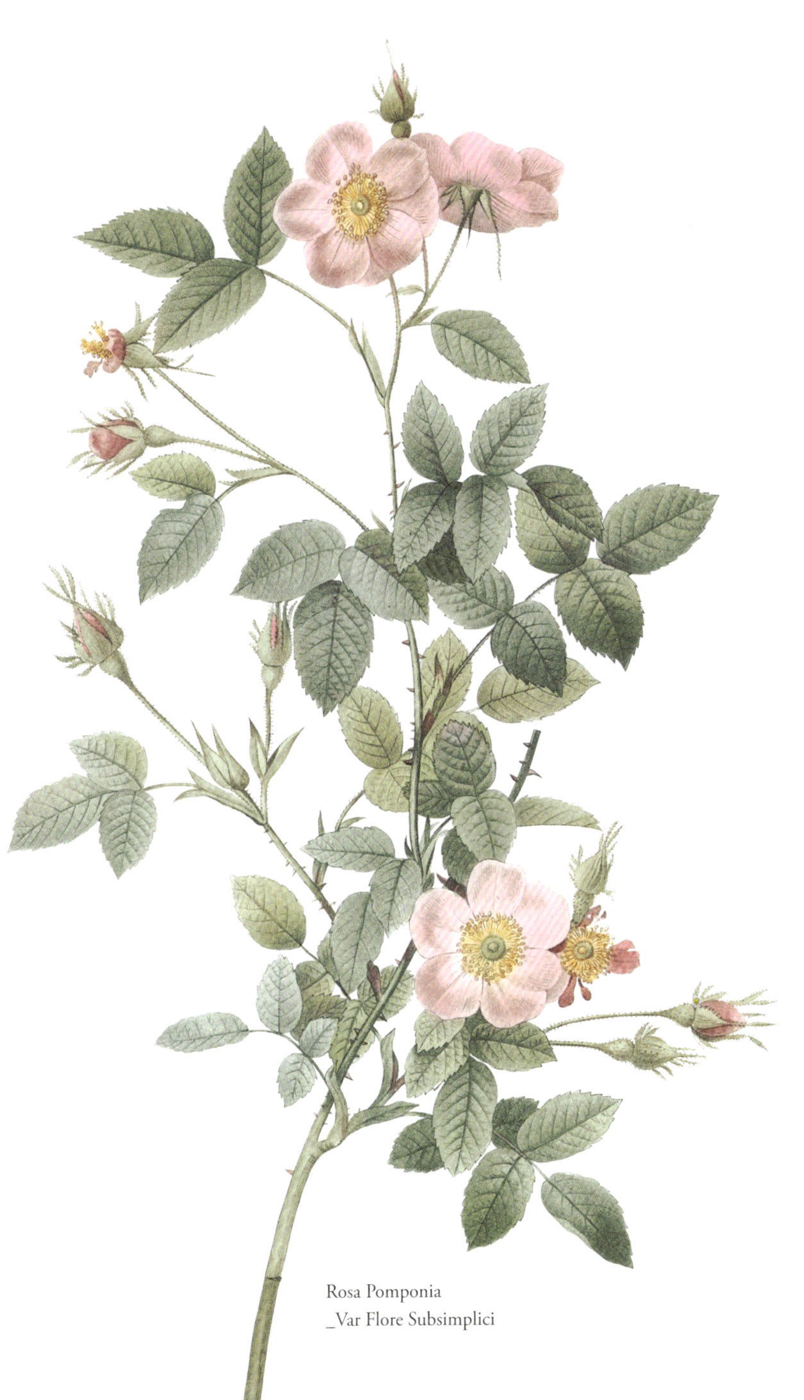

Rosa Pomponia
_Var Flore Subsimplici

50　사랑의 측량

한용운

즐겁고 아름다운 일은 양이 많을수록 좋은 것입니다.
그런데 당신의 사랑은 양이 적을수록 좋은가 봐요.
당신의 사랑은 당신과 나와 두 사람 사이에 있는 것입니다.
당신의 사랑은 당신과 나의 거리를 측량할 수밖에 없습니다
그래서 당신과 나의 거리가 멀면 사랑의 양이 많고,
거리가 가까우면 사랑의 양이 적은 것입니다.
그런데 적은 사랑은 나를 웃기더니, 많은 사랑은 나를 울립니다.

뉘라서 사람이 멀어지면, 사랑도 멀어진다고 하여요.
당신이 가신 뒤로 사랑이 멀어졌으면, 날마다 날마다
나를 울리는 것이 사랑이 아니고 무엇이여요.

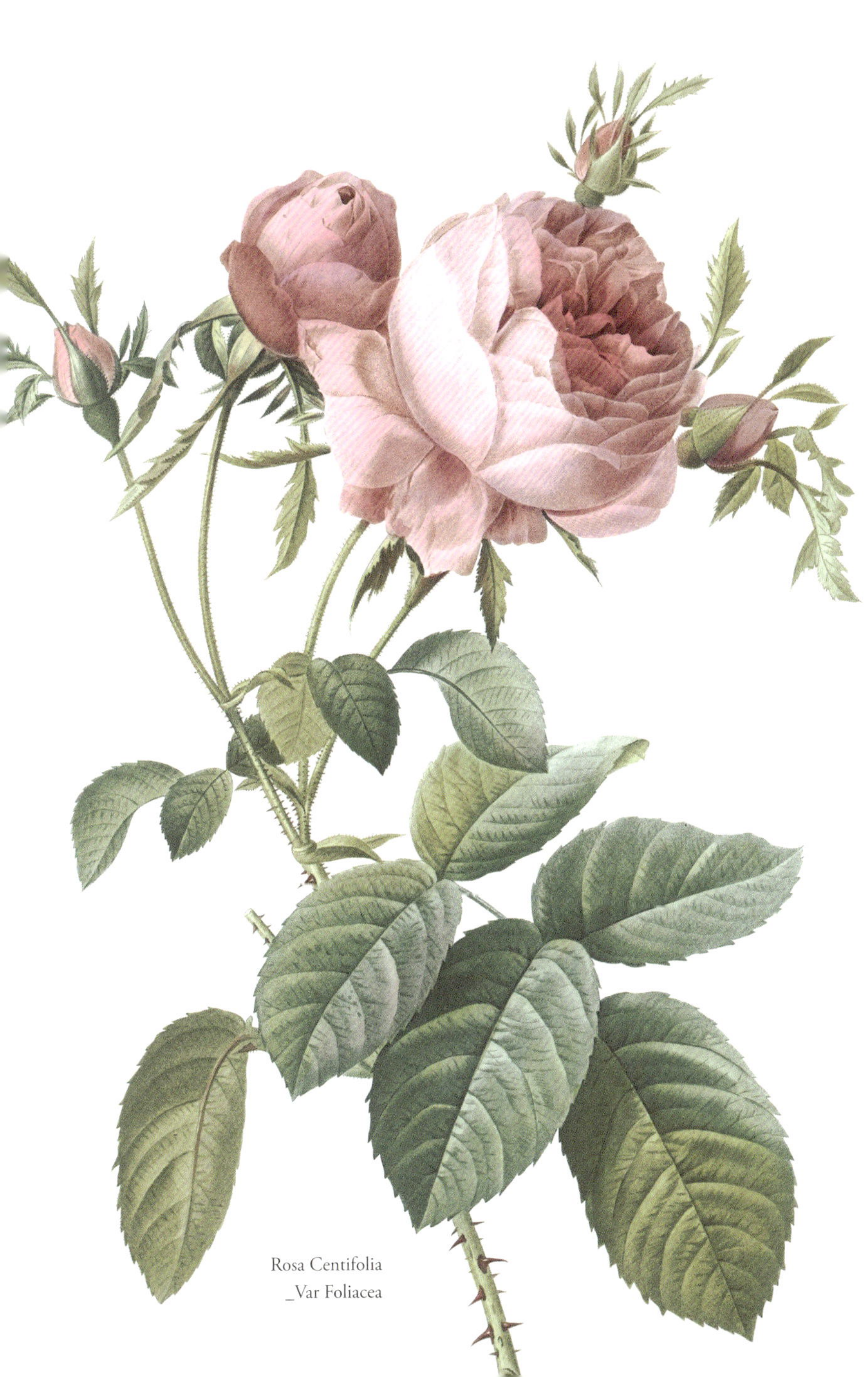

Rosa Centifolia
_Var Foliacea

51 백지편지

장정심

쓰자니 수다하고 안 쓰잔 억울하오.
다 쓰지 못할바엔 백지로 보내오니
호의로 읽어보시오 좋은 뜻만 씨웠소.

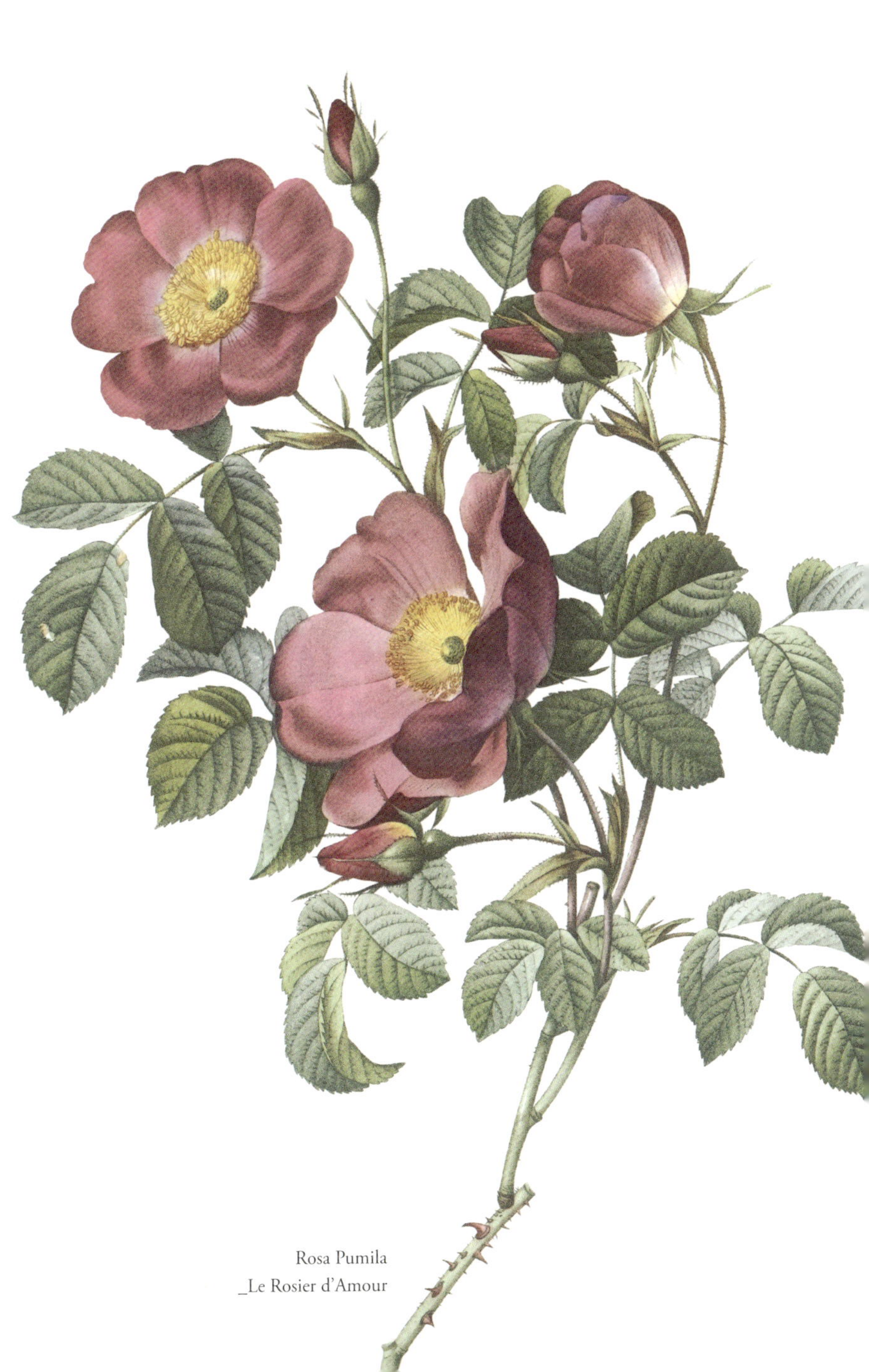

Rosa Pumila

_Le Rosier d'Amour

당신에게

장정심

당신에게 노래를 청할 수 있다면
들일락 말락 은은 소리로
우리 집 창밖에 홀로 와서
내 귀에 가마니 속삭여주시오.

당신에게 웃음을 청할 수 있다면
꿈인 듯 생신 듯 연연한음조로
봉오리 꽃같이 고은 웃음
괴롭든 즐겁든 늘 웃어주시오.

당신에게 침묵을 청할 수 있다면
우리가 전일 화원에 앉어서
말없이 즐겁게 침묵하던
그 침묵 또다시 보내어 주시오.

당신에게 무엇을 청할지라도
거절 안하실 터이오니
사랑의 그 마음 고이 싸서
만나는 그날에 그대로 주시오.

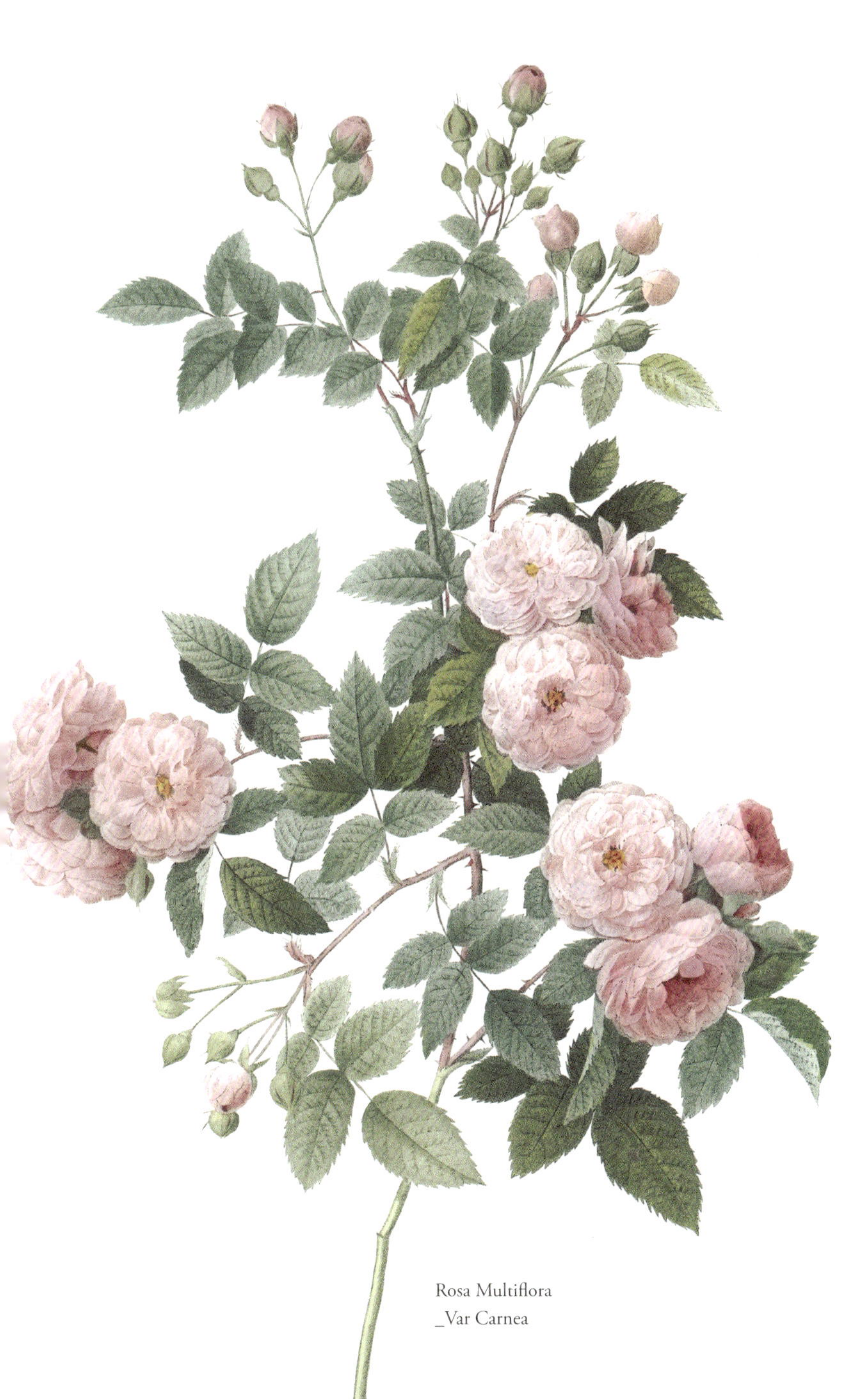

Rosa Multiflora
_Var Carnea

53 편지 속의 꽃

장정심

한송이 그대 마음 한송이 나의 마음
두송이 보낸 뜻은 모를리 없건마는
그래도 믿지 못할 맘 두 맘이나 아닐까.

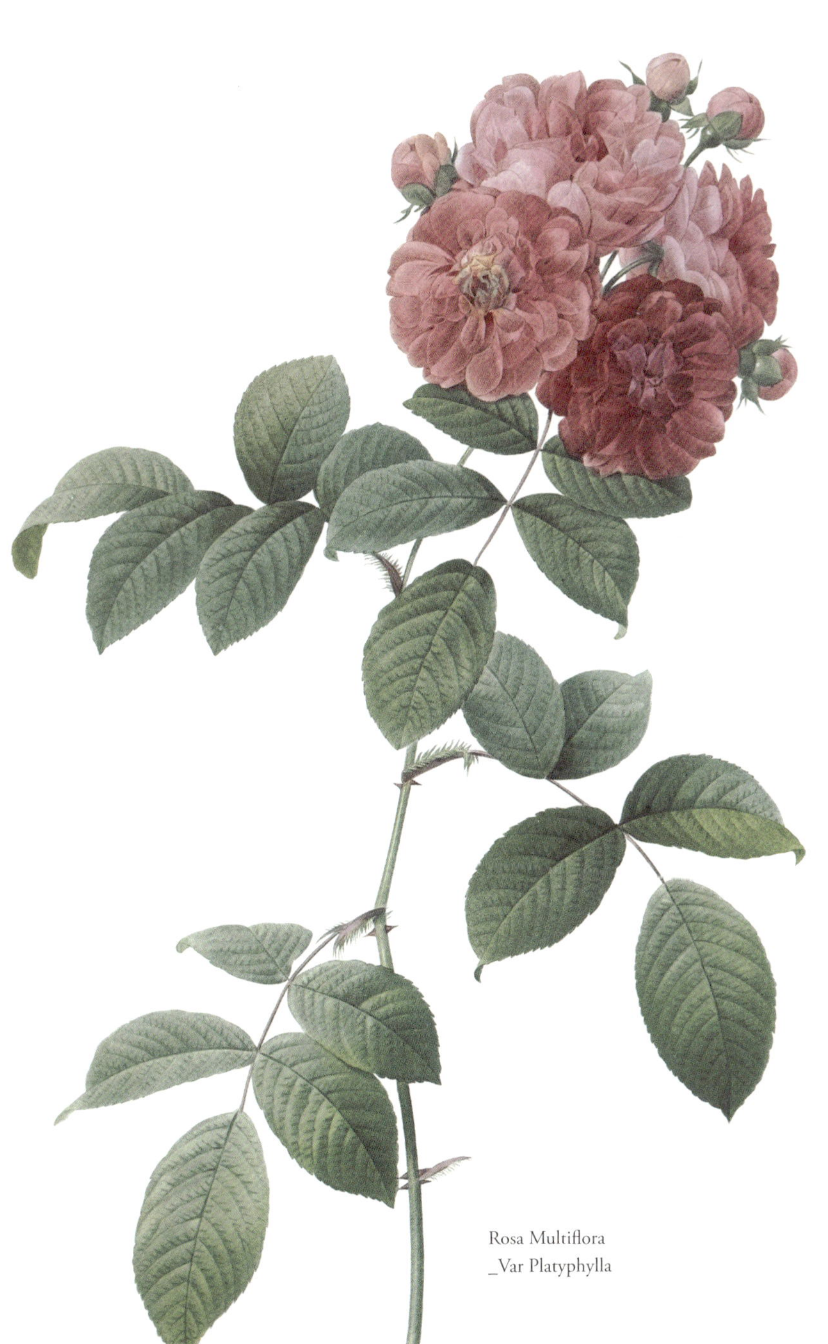

Rosa Multiflora
_Var Platyphylla

54 예전엔 미처 몰랐어요

김소월

봄 가을 없이 밤마다 돋는 달도
예전엔 미처 몰랐어요.

이렇게 사무치게 그리울 줄도
예전엔 미처 몰랐어요.

달이 암만 밝아도 쳐다볼 줄을
예전엔 미처 몰랐어요.

이제금 저 달이 설움인 줄을
예전엔 미처 몰랐어요.

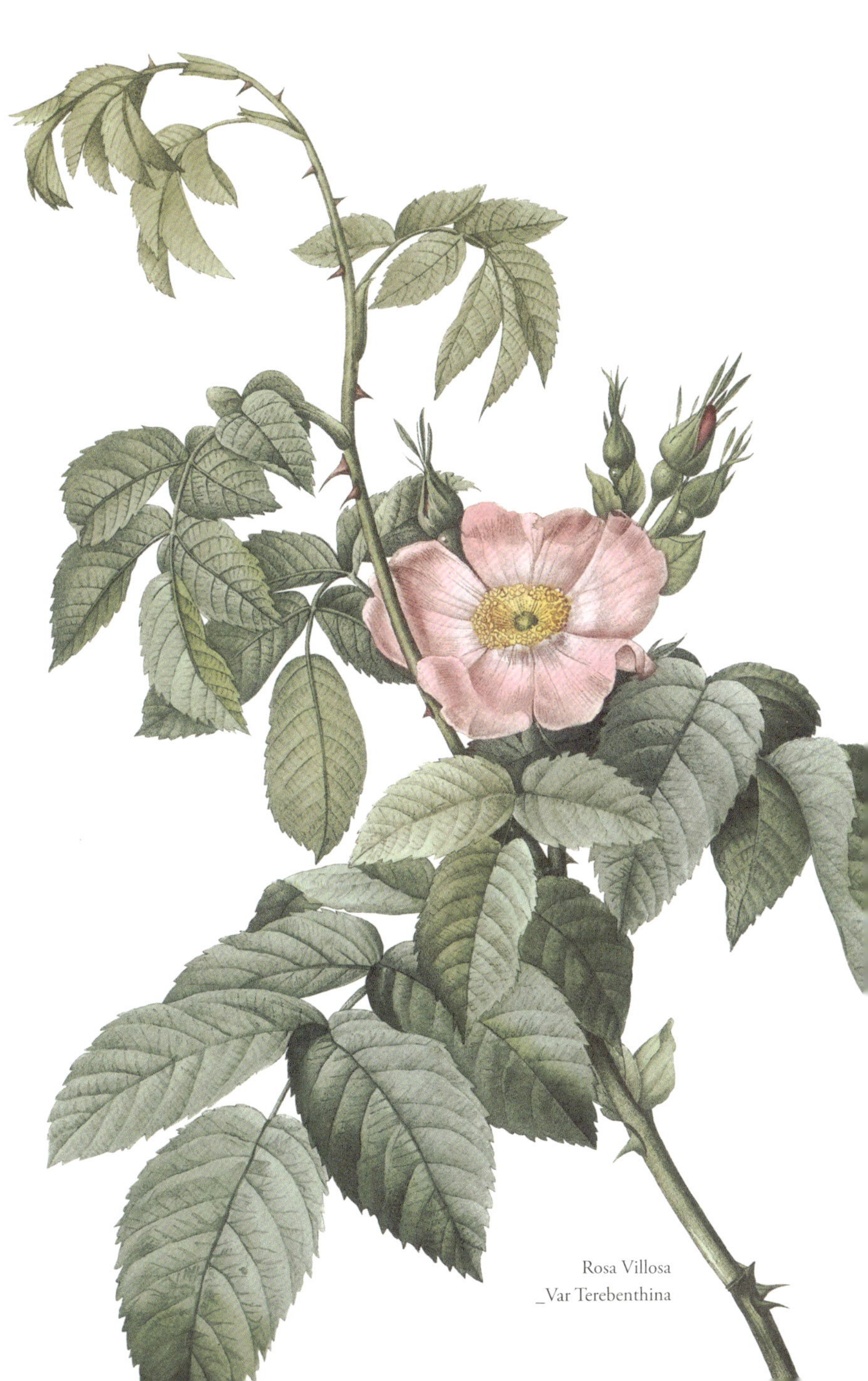

Rosa Villosa
_Var Terebenthina

55　호수

정지용

얼굴 하나야
손바닥 둘로
폭 가리지만,

보고 싶은 마음
호수만 하니
눈 감을 밖에.

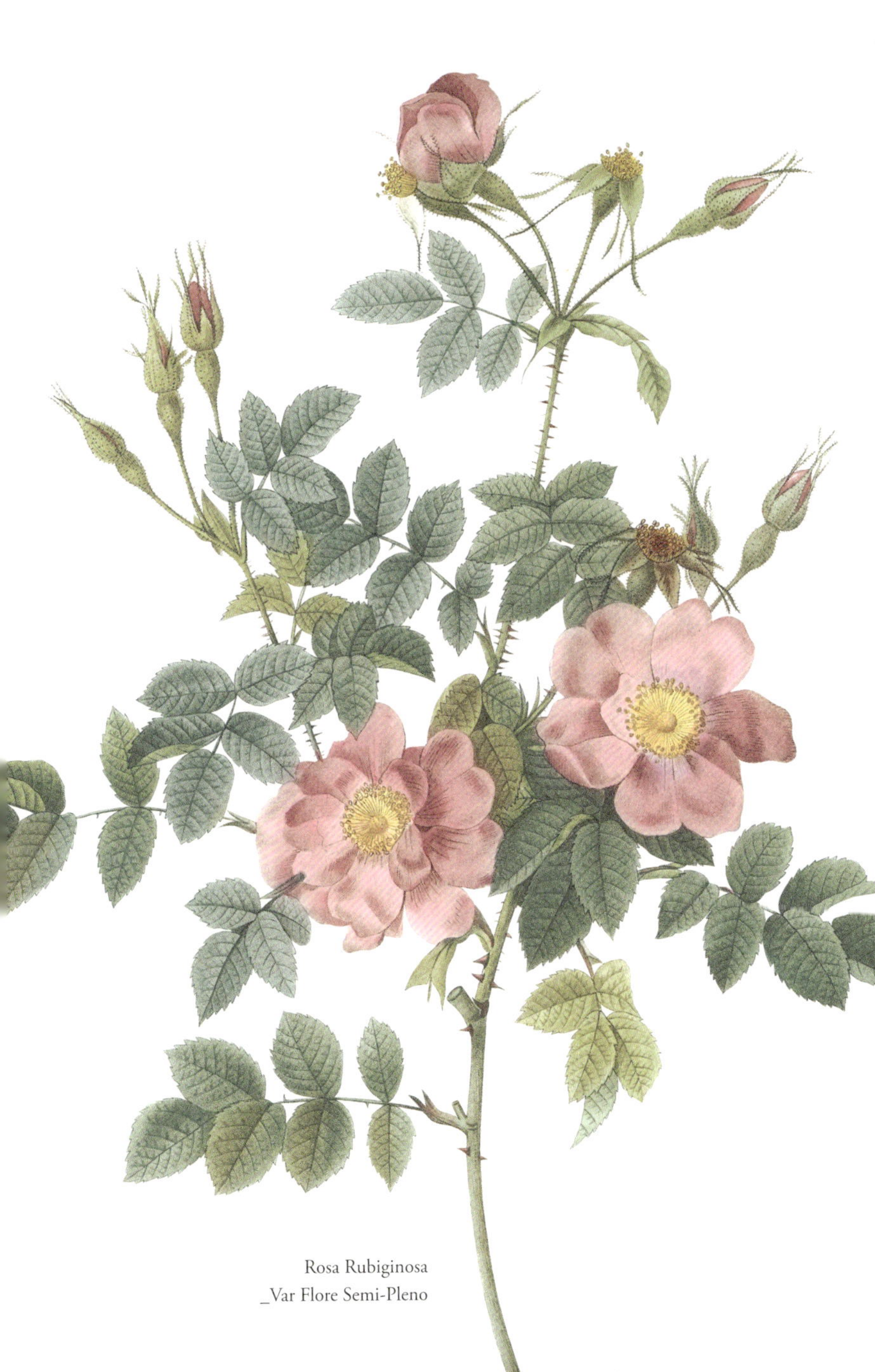

Rosa Rubiginosa
_Var Flore Semi-Pleno

56 달같이

윤동주

연륜이 자라듯이
달이 자라는 고요한 밤에
달같이 외로운 사랑이
가슴하나 뻐근히
연륜처럼 피어 나간다.

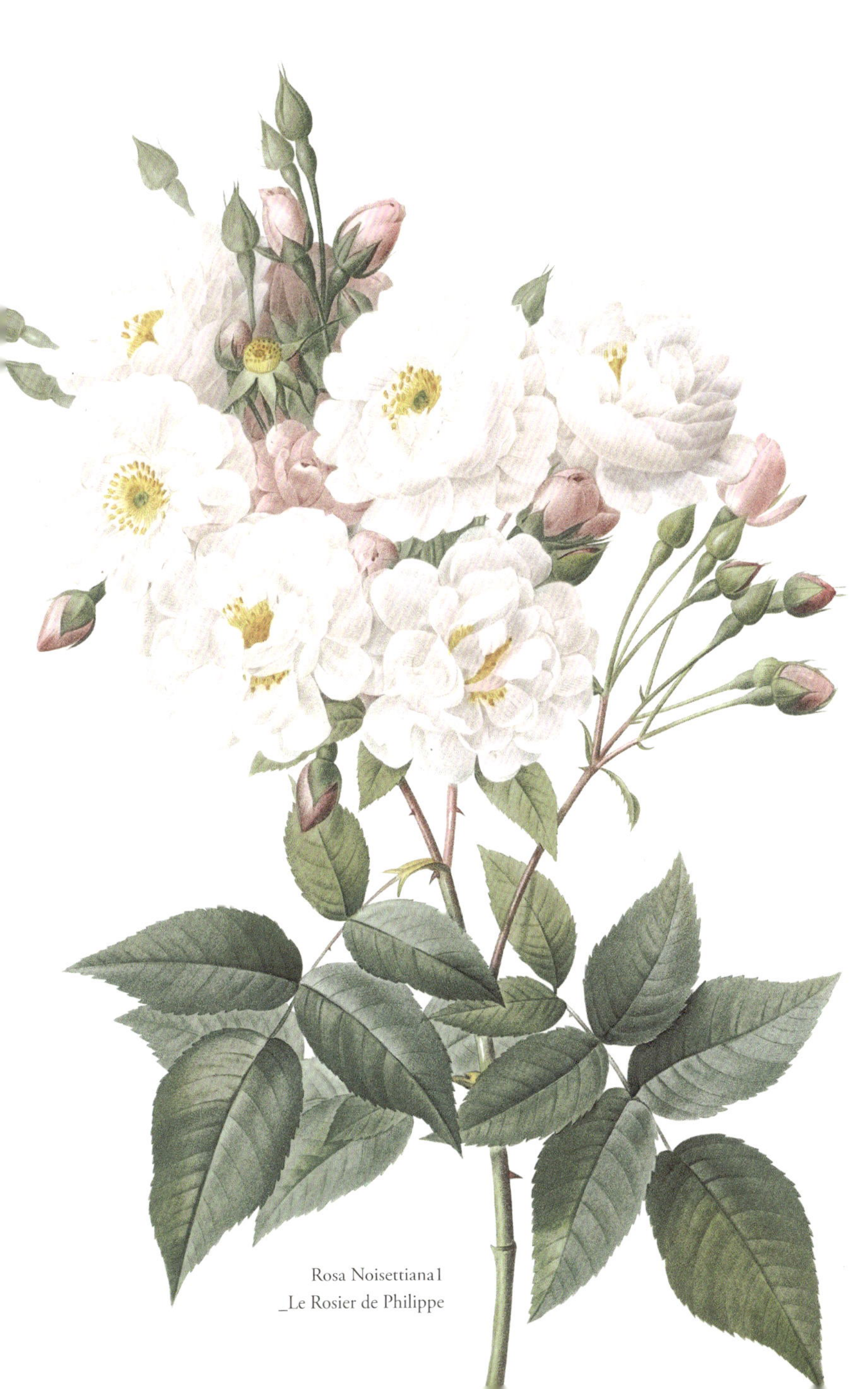

Rosa Noisettiana1
_Le Rosier de Philippe

연애

박용철

어젯날이 채 가지도 않아
또 새로운 날이 부챗살을 피는 나라 오−로−라
언덕에는 꽃이 가득히 피고
새들은 수없이 가지에서 노래한다.

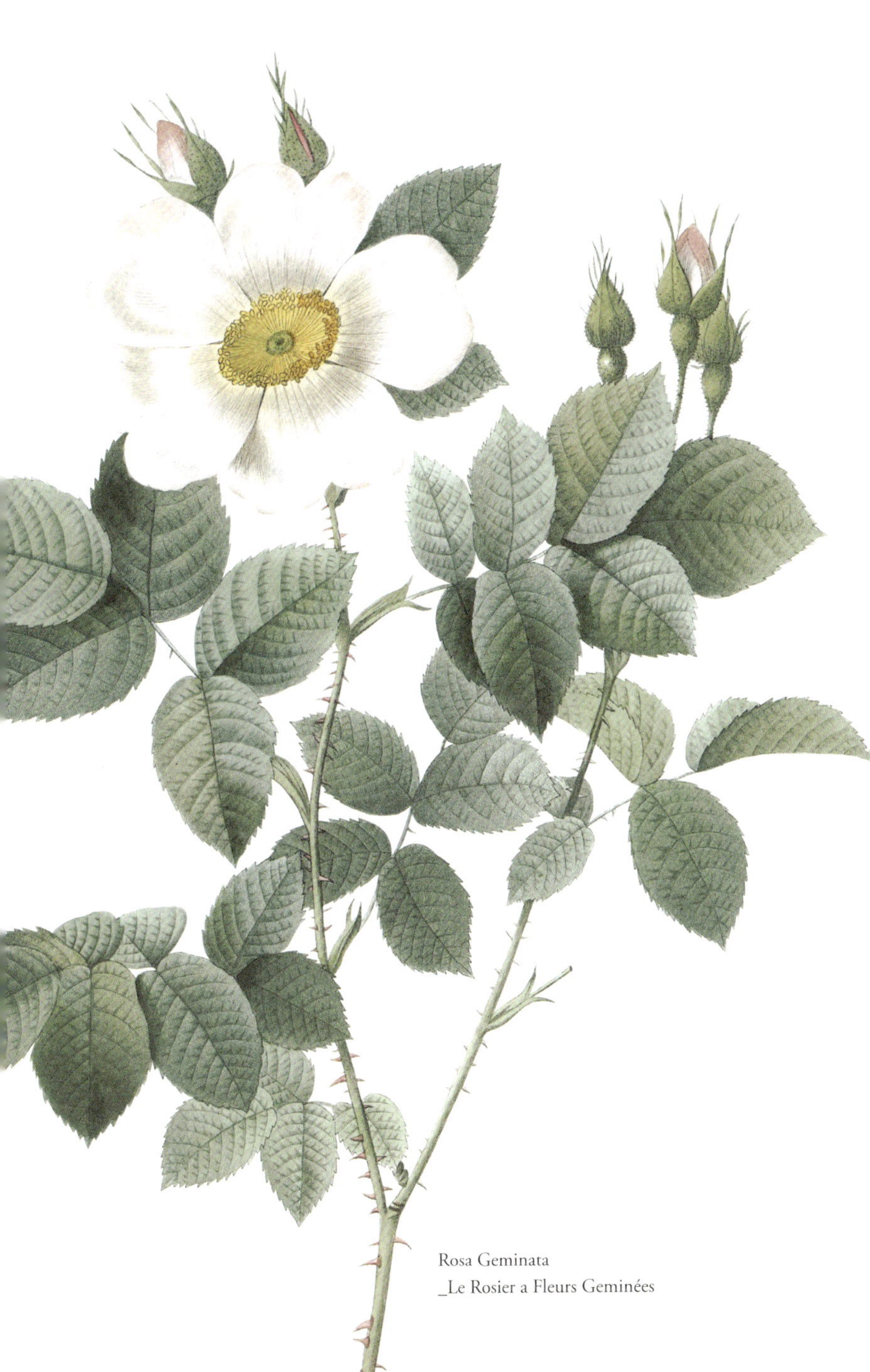

Rosa Geminata
_Le Rosier a Fleurs Geminées

58   내 마음을 아실 이

김영랑

내 마음을 아실 이
내 혼자 마음 날 같이 아실 이
그래도 어데나 계실 것이면

내 마음에 때때로 어리우는 티끌과
속임없는 눈물의 간곡한 방울방울
푸른 밤 고이 맺는 이슬 같은 보람을
보밴 듯 감추었다 내어드리지.

아! 그립다.
내 혼자 마음 날 같이 아실 이
꿈에나 아득히 보이는가.

향맑은 옥돌에 불이 달어
사랑은 타기도 하오련만
불빛에 연긴 듯 희미론 마음은
사랑도 모르리 내 혼자 마음은.

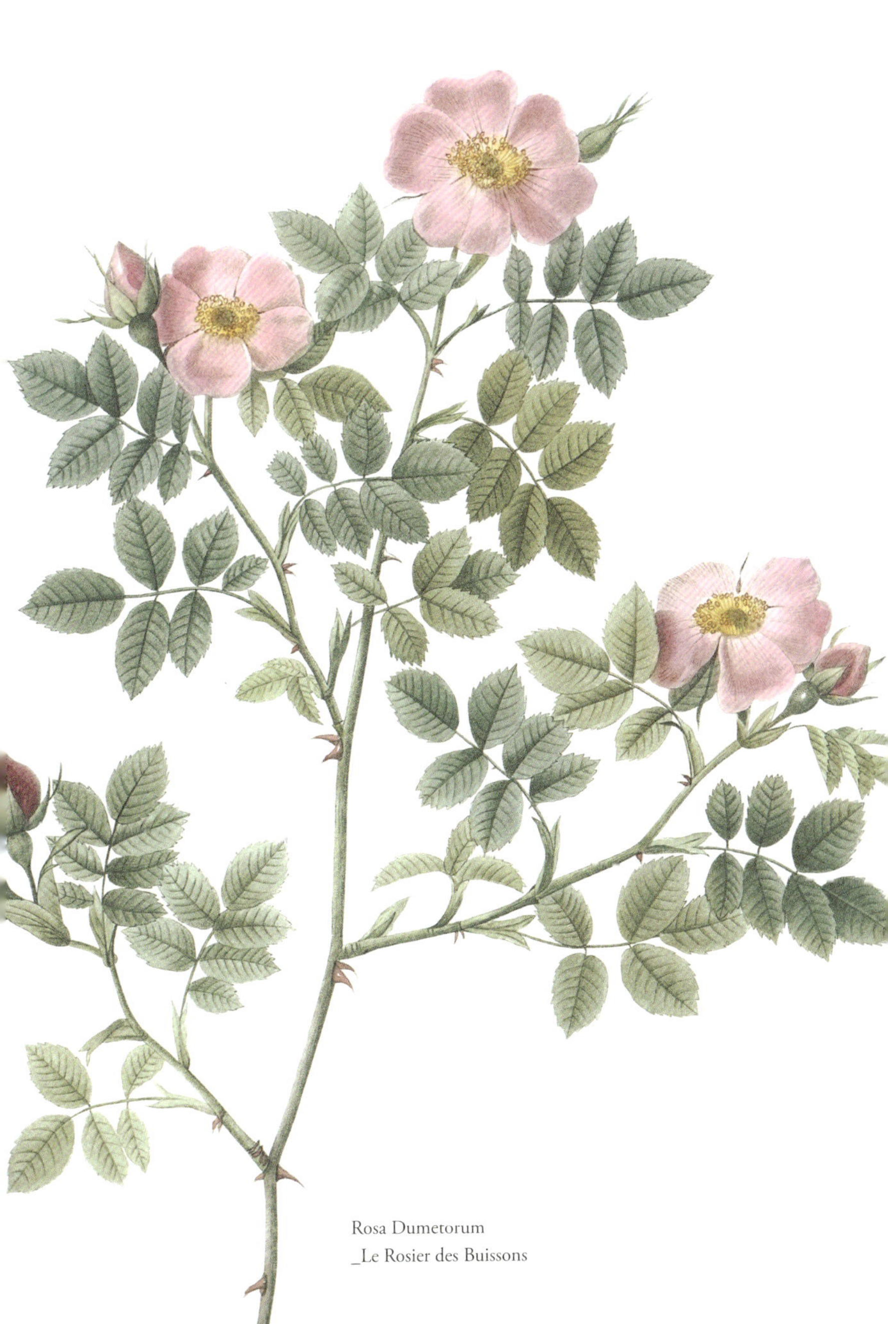

Rosa Dumetorum

_Le Rosier des Buissons

59 사랑은 깊으기 푸른 하늘

김영랑

사랑은 깊으기 푸른 하늘
맹세는 가볍기 흰구름쪽
그 구름 사라진다 서럽지는 않으나
그 하늘 큰 조화 못 믿지는 않으나.

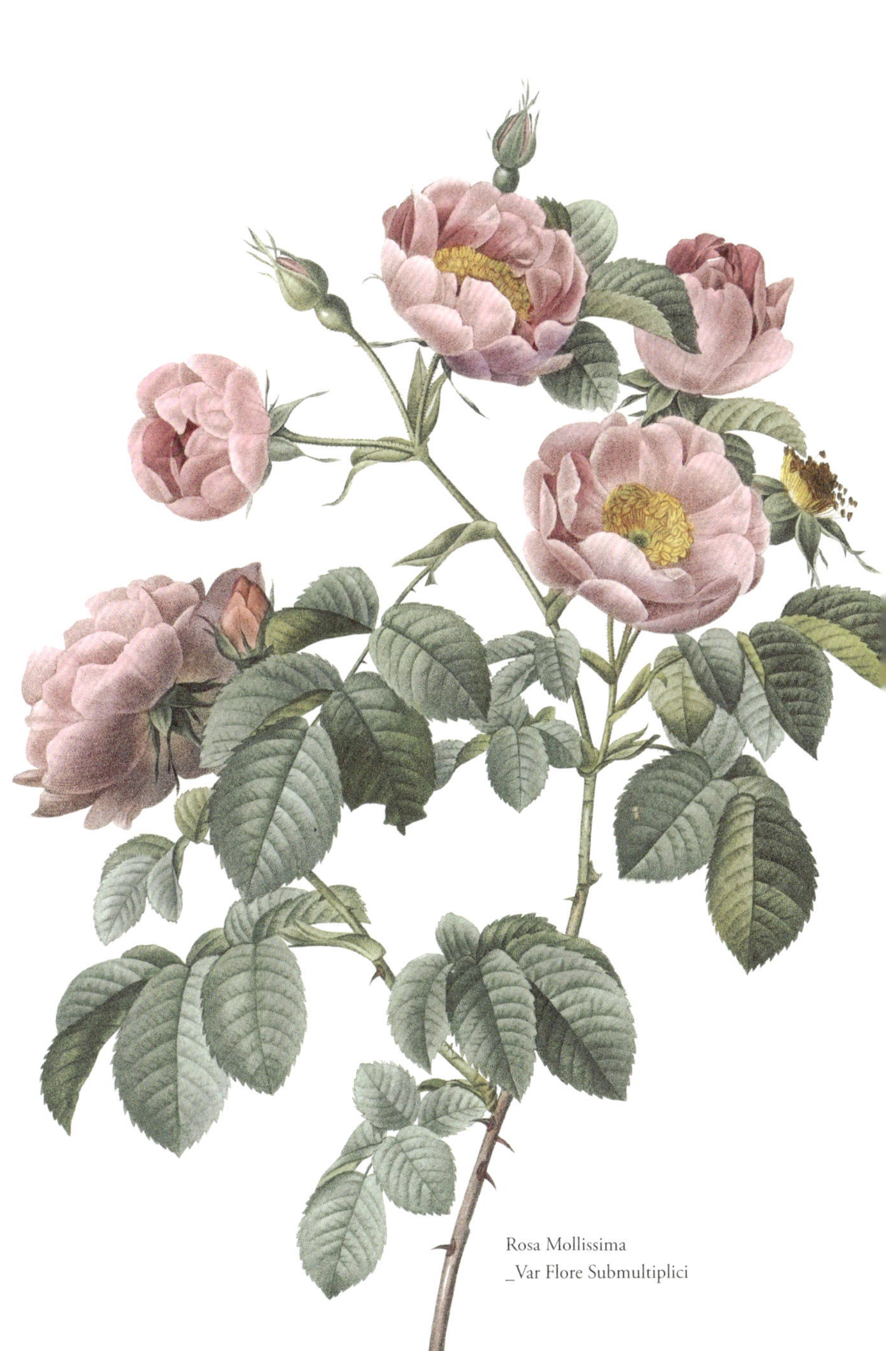

Rosa Mollissima
_Var Flore Submultiplici

60 이 사랑

자크 프레베르

이토록 격렬하고
이토록 연약하고
이토록 부드럽고
이토록 절망하는 이 사랑.

대낮처럼 아름답고
나쁜 날씨에는 나쁜 날씨처럼 나쁜
이토록 진실한 이 사랑
이토록 아름다운 이 사랑.

이토록 행복하고
이토록 즐겁고
어둠 속의 어린아이처럼
무서움에 떨 때는
이토록 보잘것없고

한밤에도 침착한 어른처럼
이토록 자신있는 이 사랑.

다른 이들을 두렵게 하고
다른 이들을 말하게 하고
다른 이들을 질리게 하던 이 사랑.

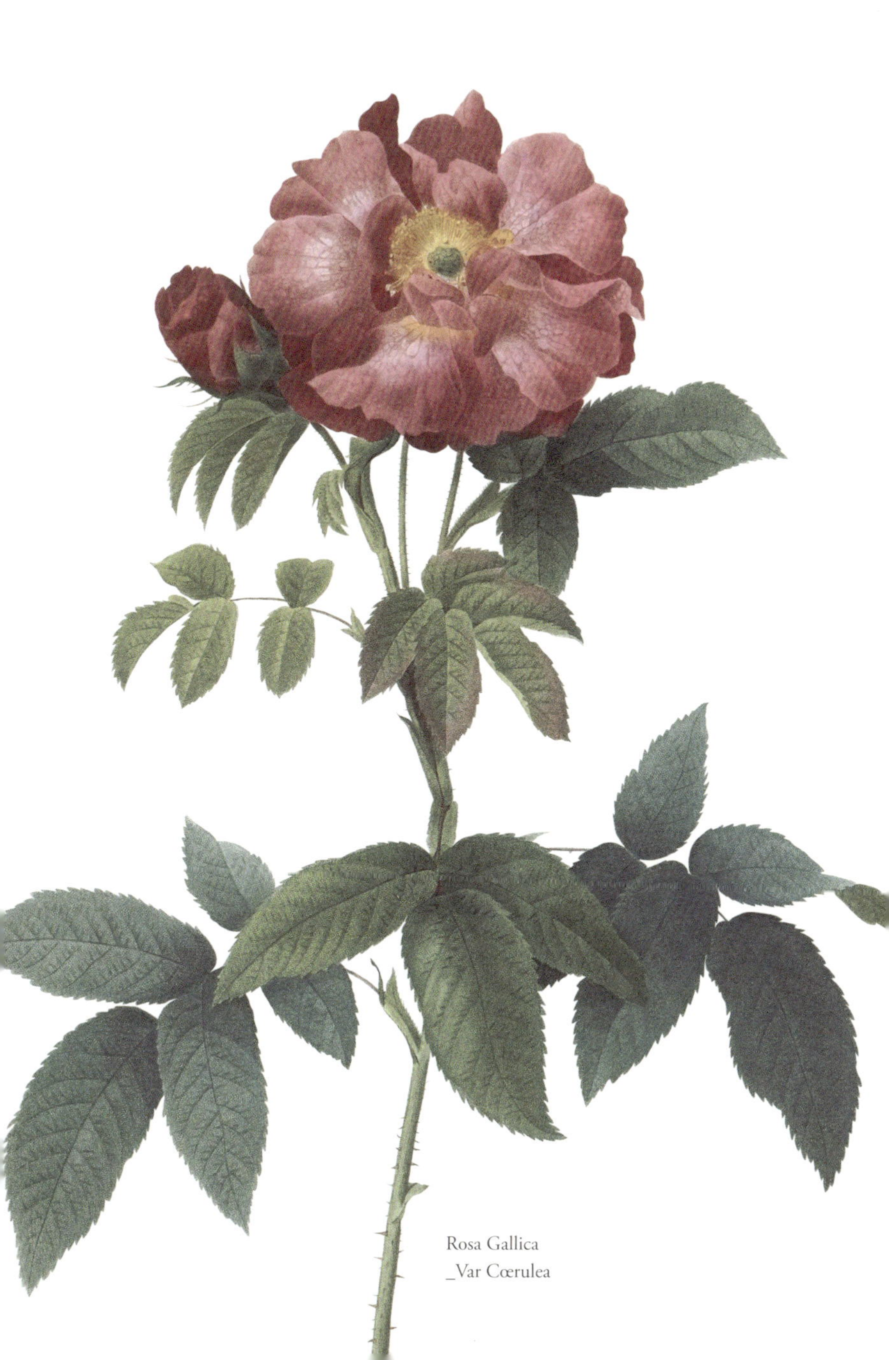

Rosa Gallica
_Var Cœrulea

61   당신을 사랑하게 되었을 때

A.E 하우스만

오, 내가 당신을 사랑하게 되었을 때
그때는 내가 단정하고 용감했었지요
그리고 내 행실은 얼마나 기특하다고
온 동네 사람들 놀라게 했는데

그리고 이제는 환상도 지나고
남은 것 하나도 없네
그런데 온 동네 사람들
내가 다시 아주 나다워졌다고 말하네.

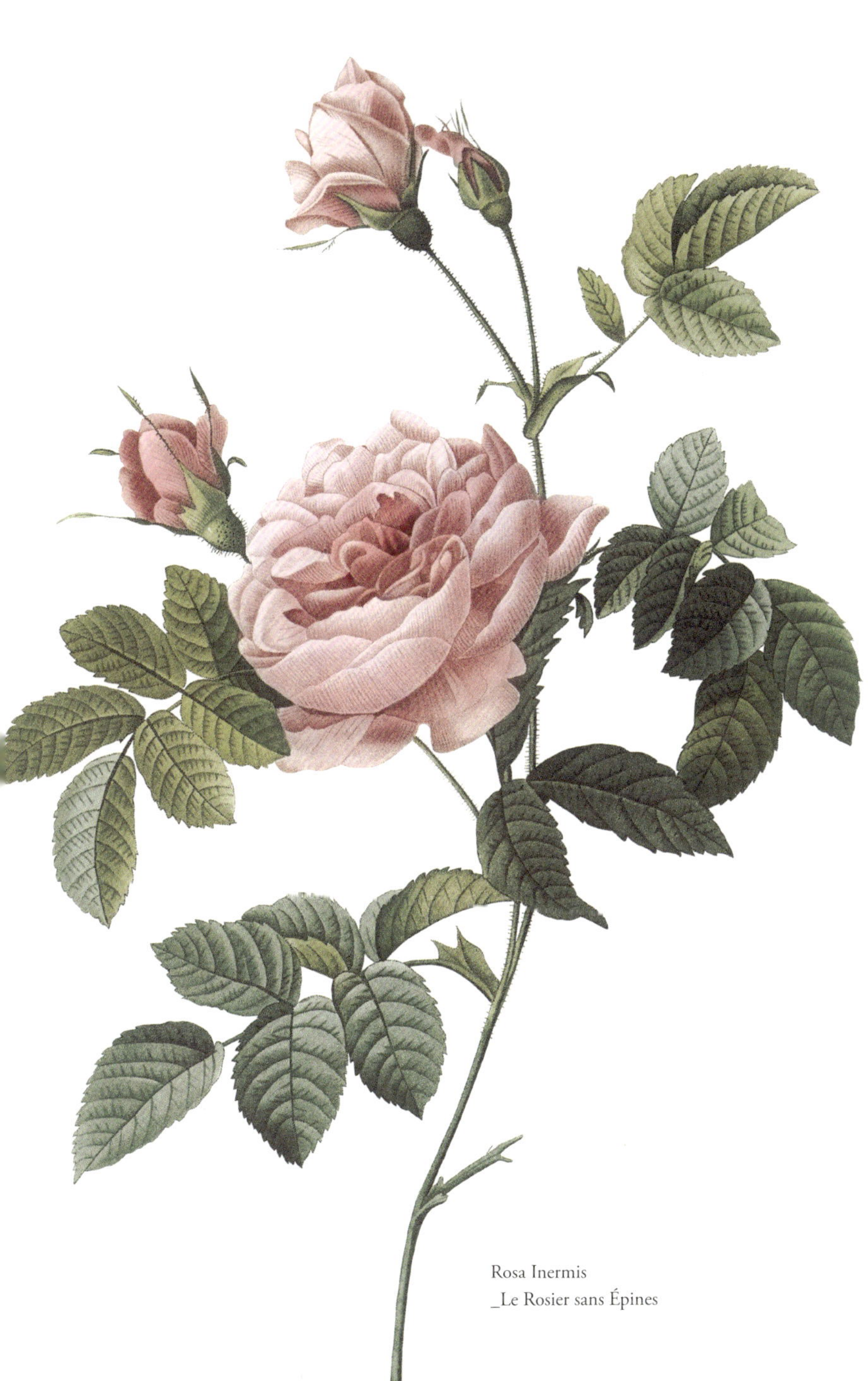

Rosa Inermis
_Le Rosier sans Épines

62 사랑의 노래

라이너 마리아 릴케

내 영혼이 당신의 영혼을 만질 때,
웅장한 화음이 울려 퍼져요!
이 소리를 다른 것들에
어떻게 조율할 수 있을까요?

아, 당신의 깊이를 울릴 때마다
떨리지 않는 어둠의 한 지점이
있기나 할까요?

당신과 나를 스치는 모든 것은
마치 연주된 현들이
하나의 선율로 어우러지듯
우리를 하나로 이어주네요.

그 선율이 흘러나오는
악기는 어디에 있을까요?
그리고 그 활을 쥔
거장의 손은 누구일까요?

아, 달콤한 노래여.

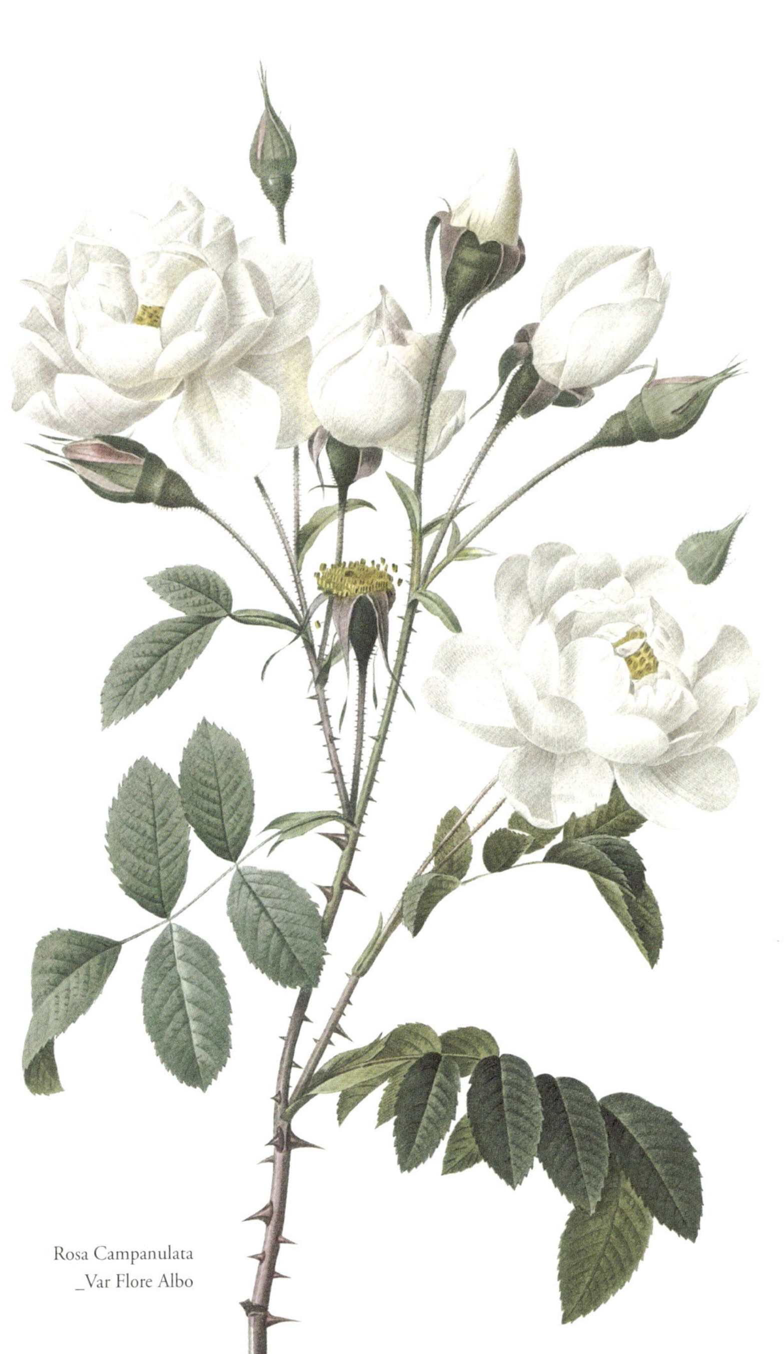

Rosa Campanulata
_Var Flore Albo

63 사랑의 비밀

월리엄 블레이크

사랑을 말하려 하지 마라.
사랑은 말해질 수 없는 것——
부드러운 바람이 움직이듯,
조용히, 보이지 않게 스쳐가는 것.

나는 내 사랑을 말했네,
내 마음 전부를 그녀에게 고백했지.
떨고, 차갑고, 섬뜩한 두려움 속에서.
아! 그녀는 떠나버렸네!

그녀가 떠난 지 얼마 안 되어
한 나그네가 지나갔네.
조용히, 보이지 않게——
그리고 한숨과 함께
그녀를 데려가버렸네.

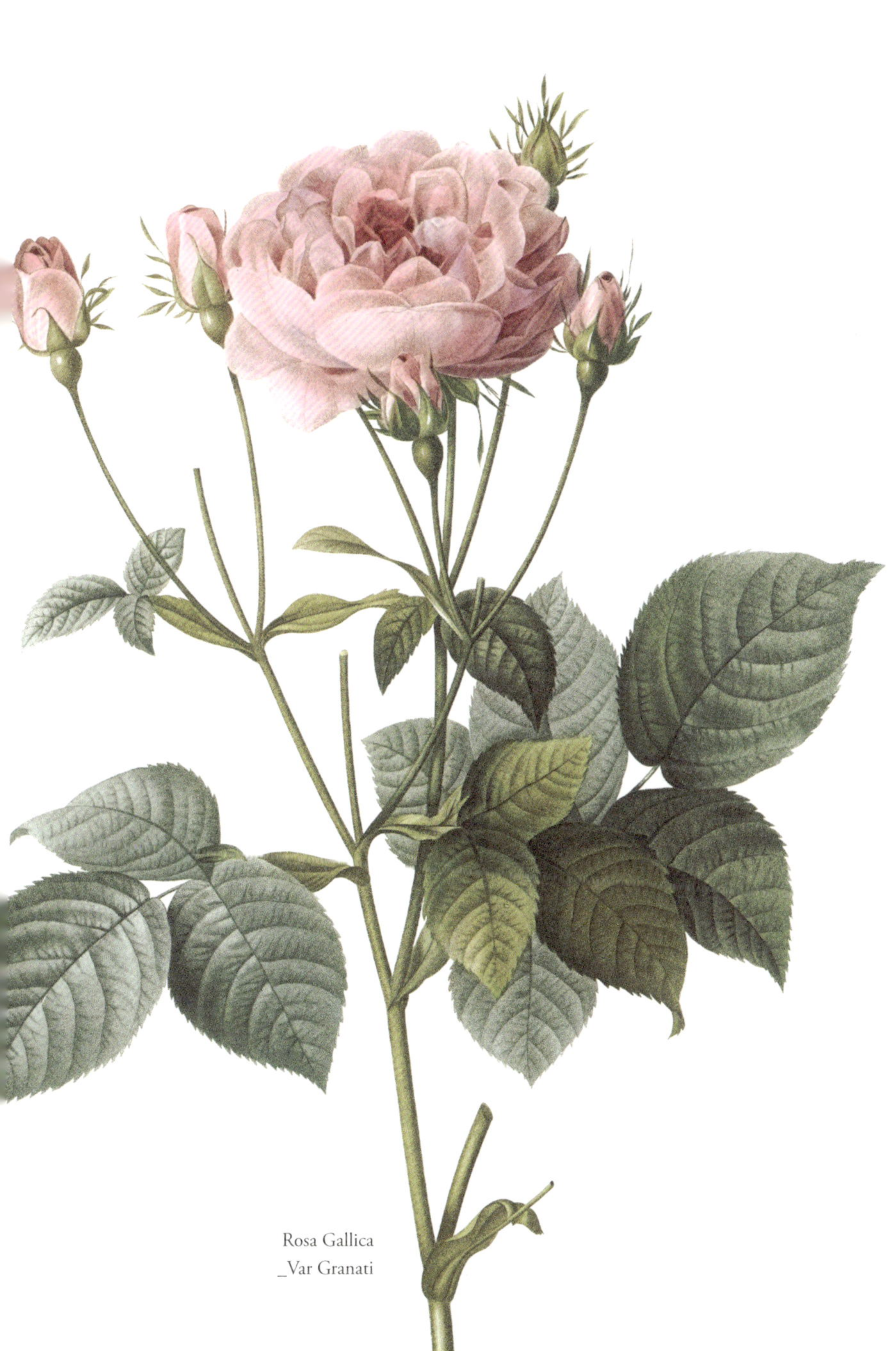

Rosa Gallica
_Var Granati

64 프랜시스 S. 오스굿에게

에드거 앨런 포

사랑받고 싶은가요?
그렇다면, 지금 가고 있는 그 길에서
결코 벗어나지 마세요.

지금의 당신이 지닌 모든 것을
그대로 지니고,
당신이 아닌 것은
되려 하지 마세요.

그렇게만 한다면,
당신의 다정한 태도와 우아함,
아름다움을 넘어선 그 모든 매력은
세상 사람들에게
끝없는 찬양의 노래가 될 것이고,
사랑은
그저 마땅한 일,
당연한 마음이 될 것입니다.

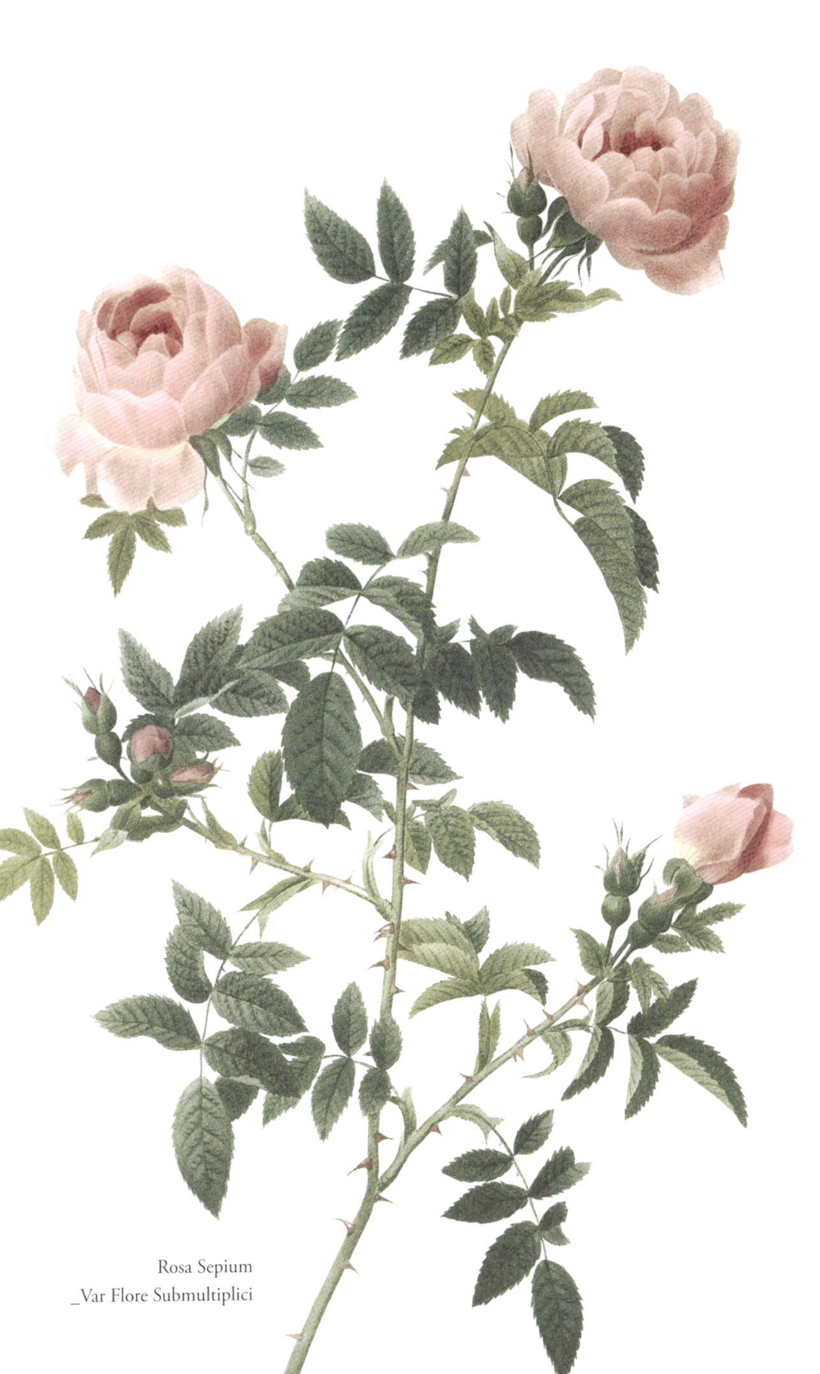

Rosa Sepium

_Var Flore Submultiplici

65 비수

프란츠 카프카

어떤 사람이 비수처럼 느껴질 때
날카로운 것으로
당신의 마음을 마구 휘젓고
가슴 에이게 한다면
당신은
그를 사랑하고 있는 것.

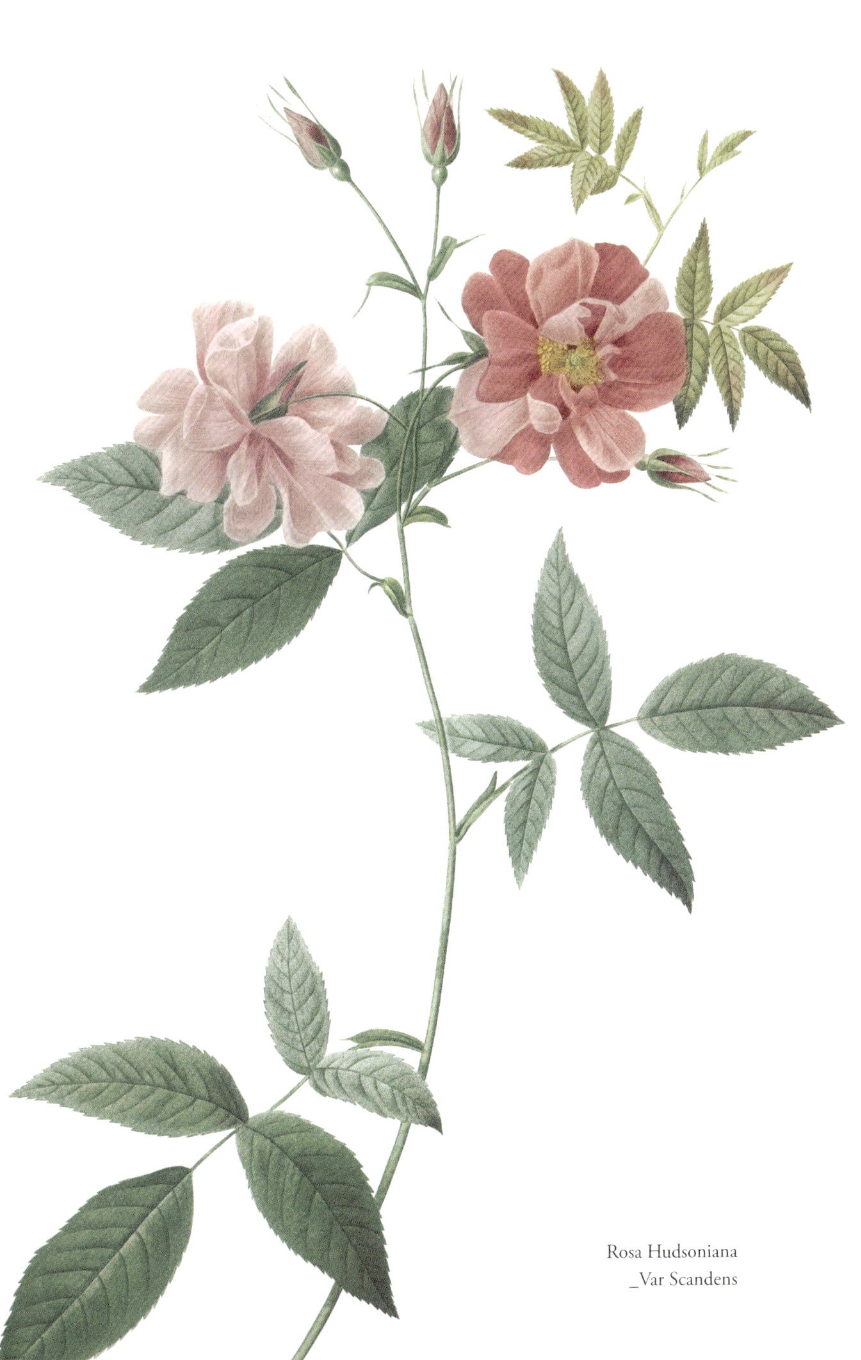

Rosa Hudsoniana
_Var Scandens

66 나를 생각하세요

구스타보 A. 베케르

창문 앞 나팔꽃 넝쿨의 흔들림을 보고
지나가는 바람이 한숨짓는다 생각하실 거라면
그 푸른 잎사귀 뒤에 내가 숨어서
한숨짓는다 생각하세요.

그대 등 뒤에서 무슨 소리가 나직이 들리고
멀리서 누군가 부른다고 여겨 돌아보실 거라면
쫓아오는 그림자 속에 내가 있어
그대를 부르는 거라 생각하세요.

한밤중에 이상하게도 그대 가슴이 설레고
입술에 불타는 입김을 느끼시거든
눈에 보이지 않아도 그대 바로 곁에
내 입김이 서린다 생각하세요.

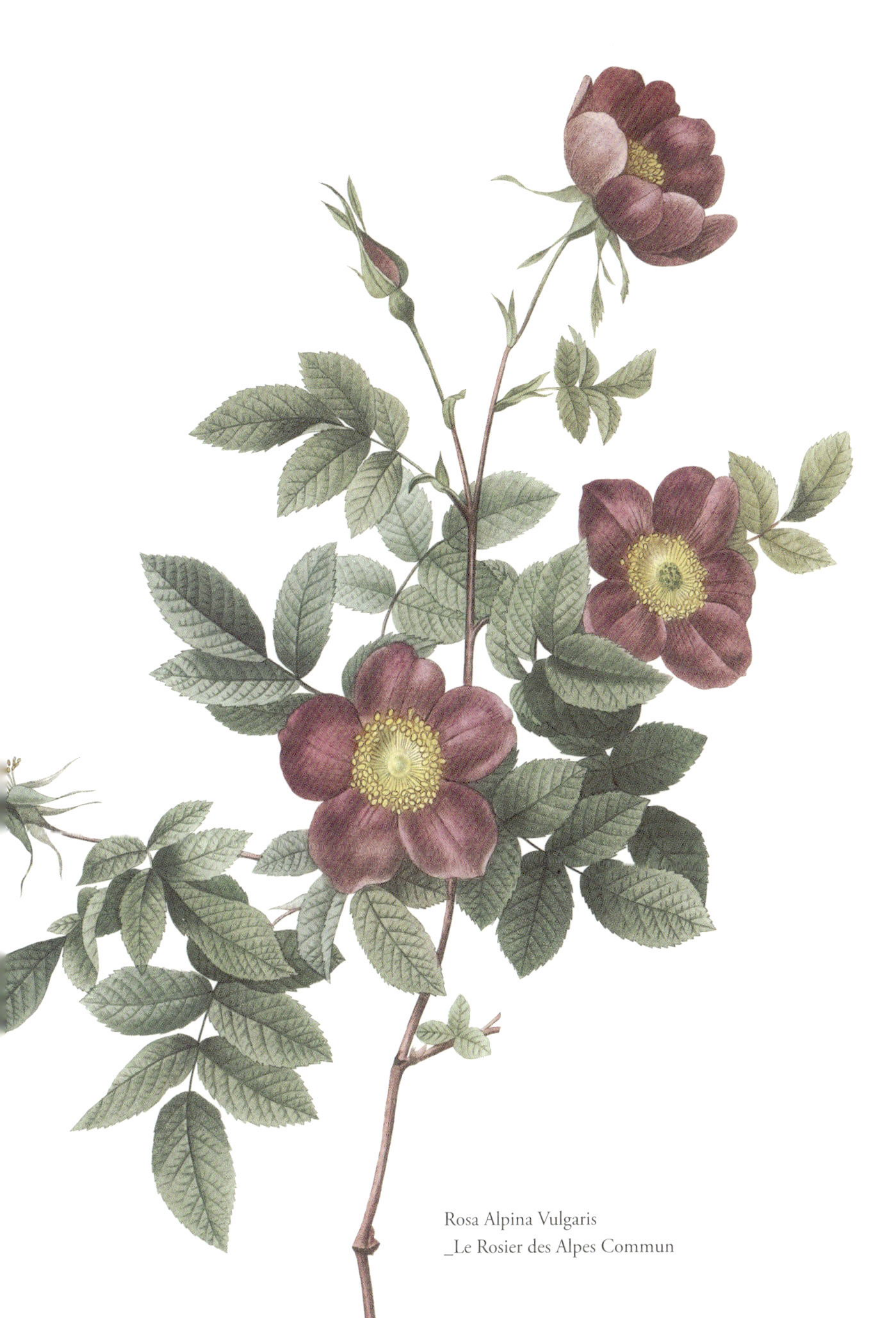

Rosa Alpina Vulgaris
_Le Rosier des Alpes Commun

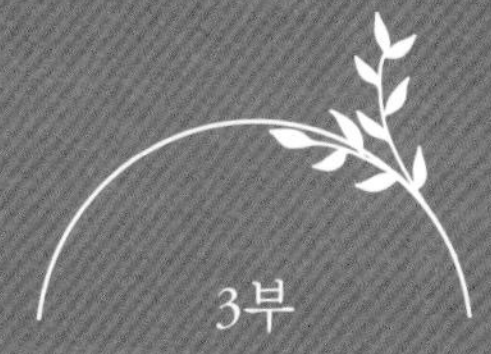

3부

"사랑이 지나간 자리, 그 어떤 시간에도"

_김영랑 외

67 못 오실 님

김영랑

못 오실 님이 그리웁기로
흩어진 꽃잎이 슬프랬던가.
빈손 쥐고 오신 봄이 그저 다 가시련만
흘러가는 눈물이면 님의 마음 저지련만.

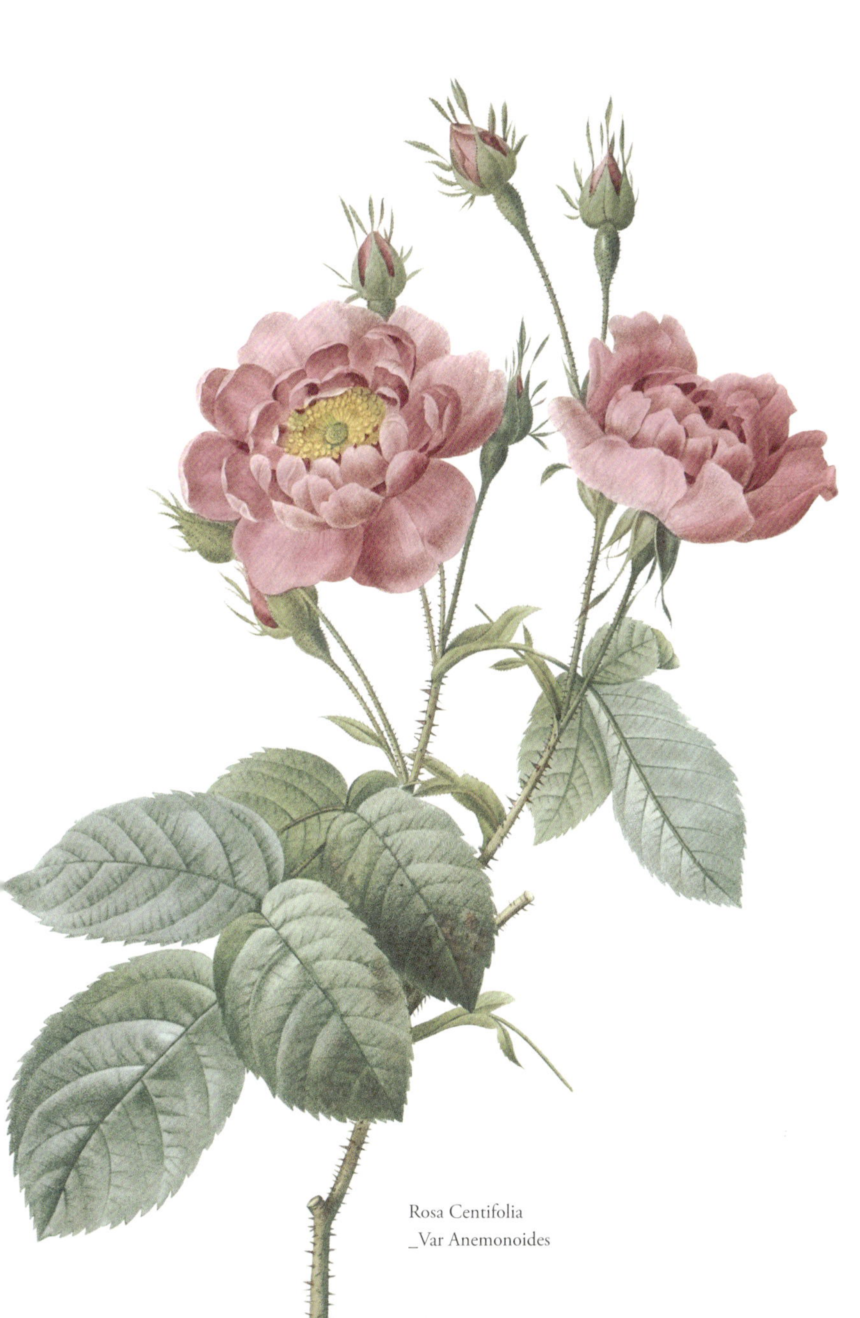

Rosa Centifolia
_Var Anemonoides

68 밤 사람 그립고야

김영랑

밤 사람 그립고야.
말없이 걸어가는 밤 사람 그립고야.
보름 넘은 달그리매 마음 아이 서어로아.
오랜 밤을 나도 혼자 밤 사람 그립고야.

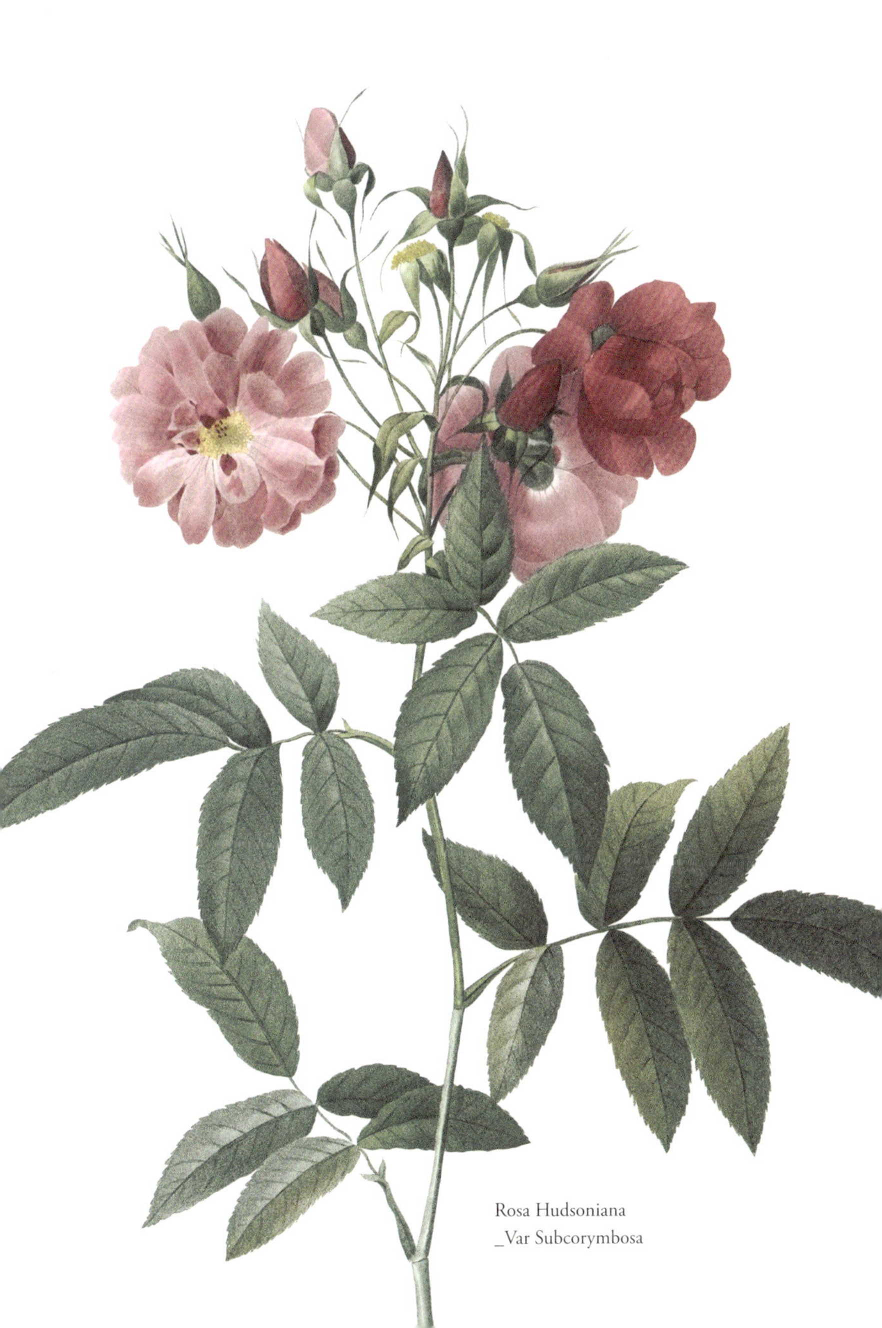

Rosa Hudsoniana
_Var Subcorymbosa

69 님 두시고 가는 길

김영랑

님 두시고 가는 길의 애끈한 마음이여
한숨 쉬면 꺼질 듯한 조매로운 꿈길이여
이 밤은 캄캄한 어느 뉘 시골인가
이슬같이 고인 눈물을 손끝으로 깨치나니.

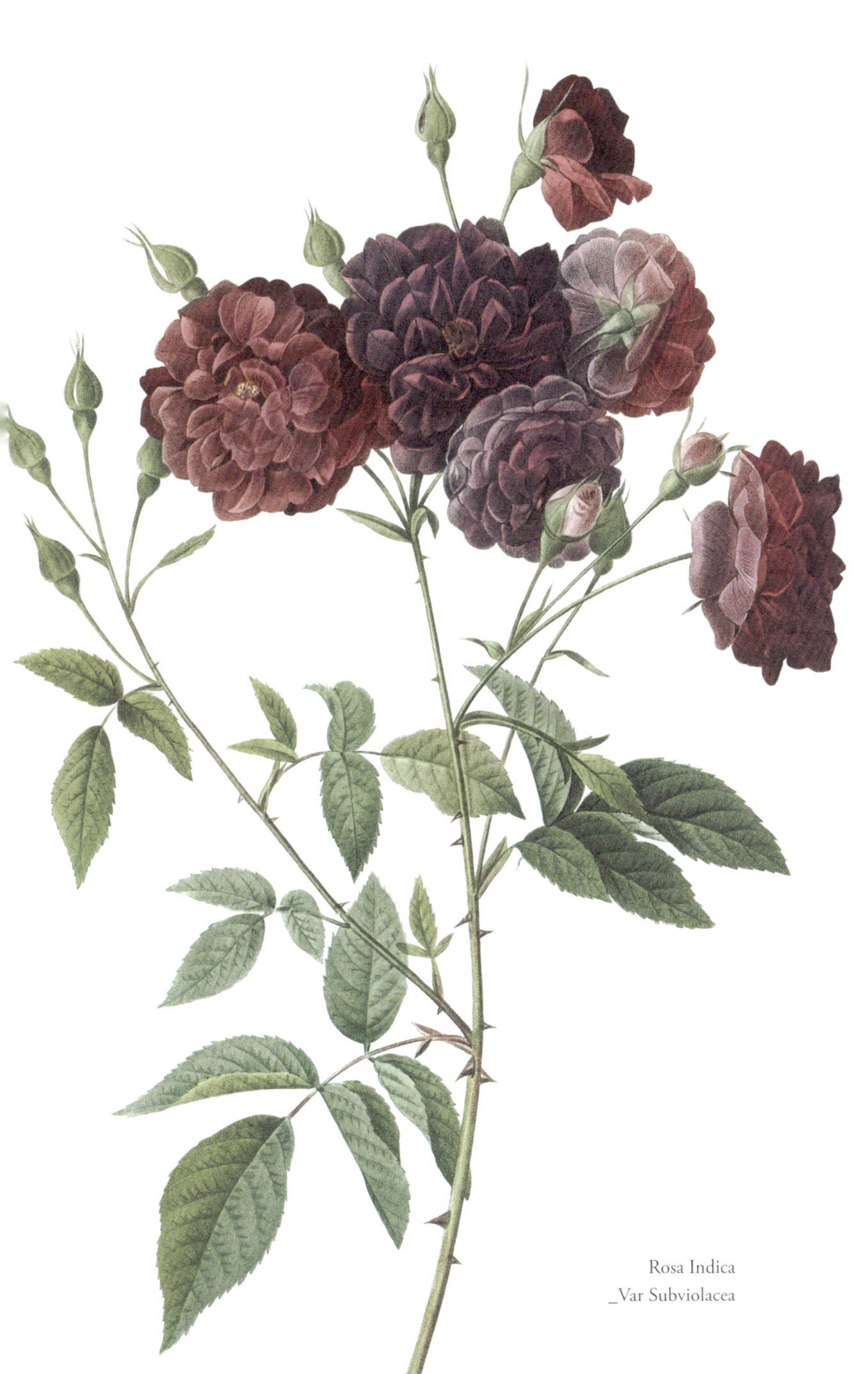

Rosa Indica
_Var Subviolacea

70 봉선화

이장희

아무것도 없던 우리집 뜰에
언제 누가 심었는지 봉선화가 피었네.
밝은 봉선화는
이 어두컴컴한 집의 정다운 등불이다.

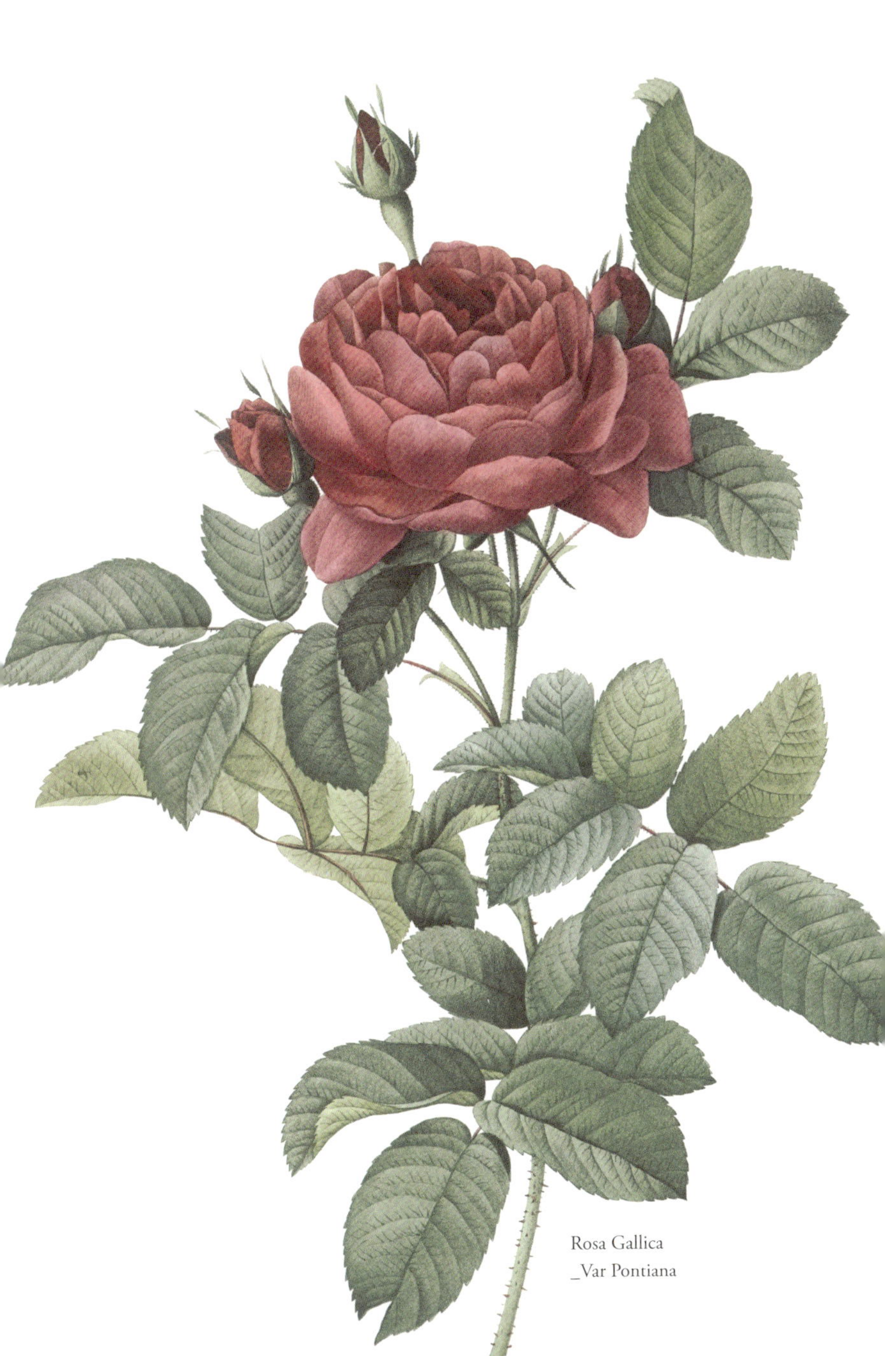

Rosa Gallica

_Var Pontiana

여름밤 공원에서

이장희

풀은 자라
머리털같이 자라 향기롭고,
나뭇잎에, 나뭇잎에
등불은 기름같이 흘러 있소.

분수는 이끼 돋은
돌 위에 빛납니다.
저기, 푸른 안개 너머로

벤치에 쓰러진 사람은 누구입니까.

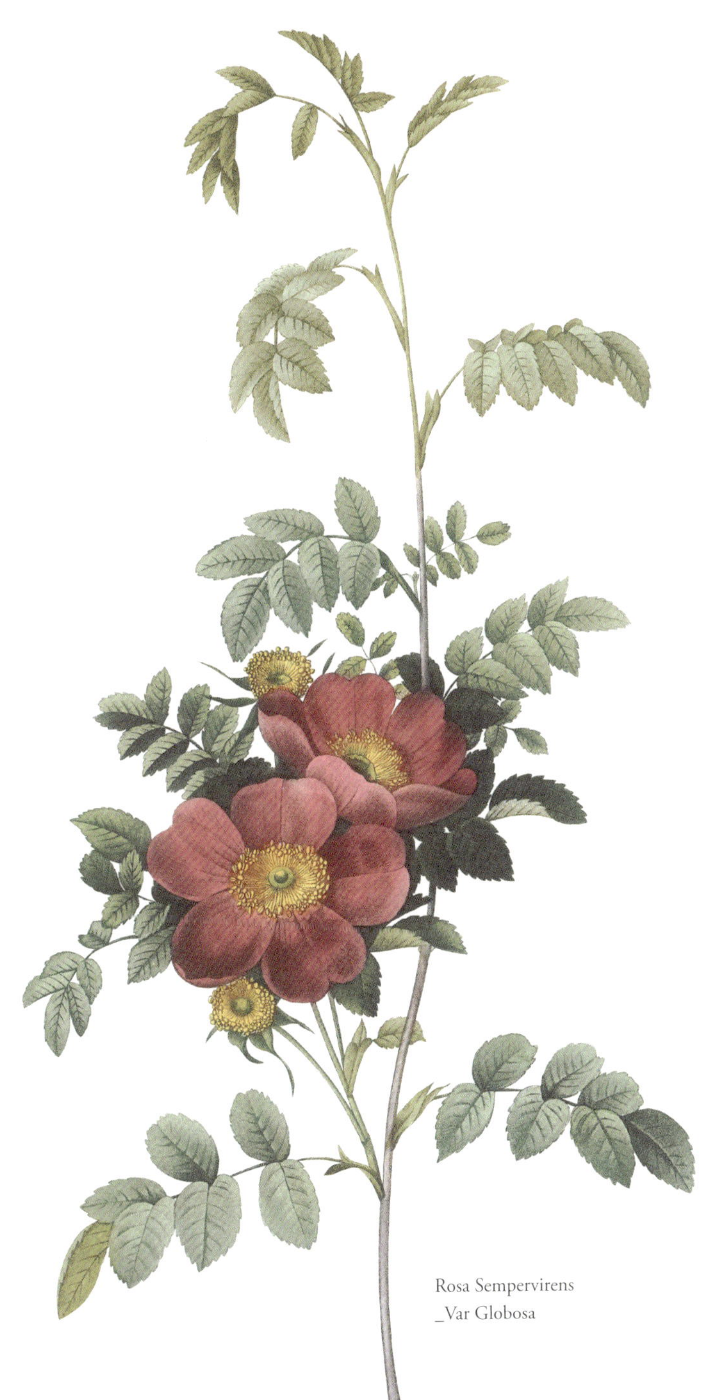

Rosa Sempervirens
_Var Globosa

72 그 여자

윤동주

함께 핀 꽃에 처음 익은 능금은
먼저 떨어졌습니다.

오늘도 가을바람은 그냥 붑니다.

길가에 떨어진 붉은 능금은
지나는 손님이 집어 갔습니다.

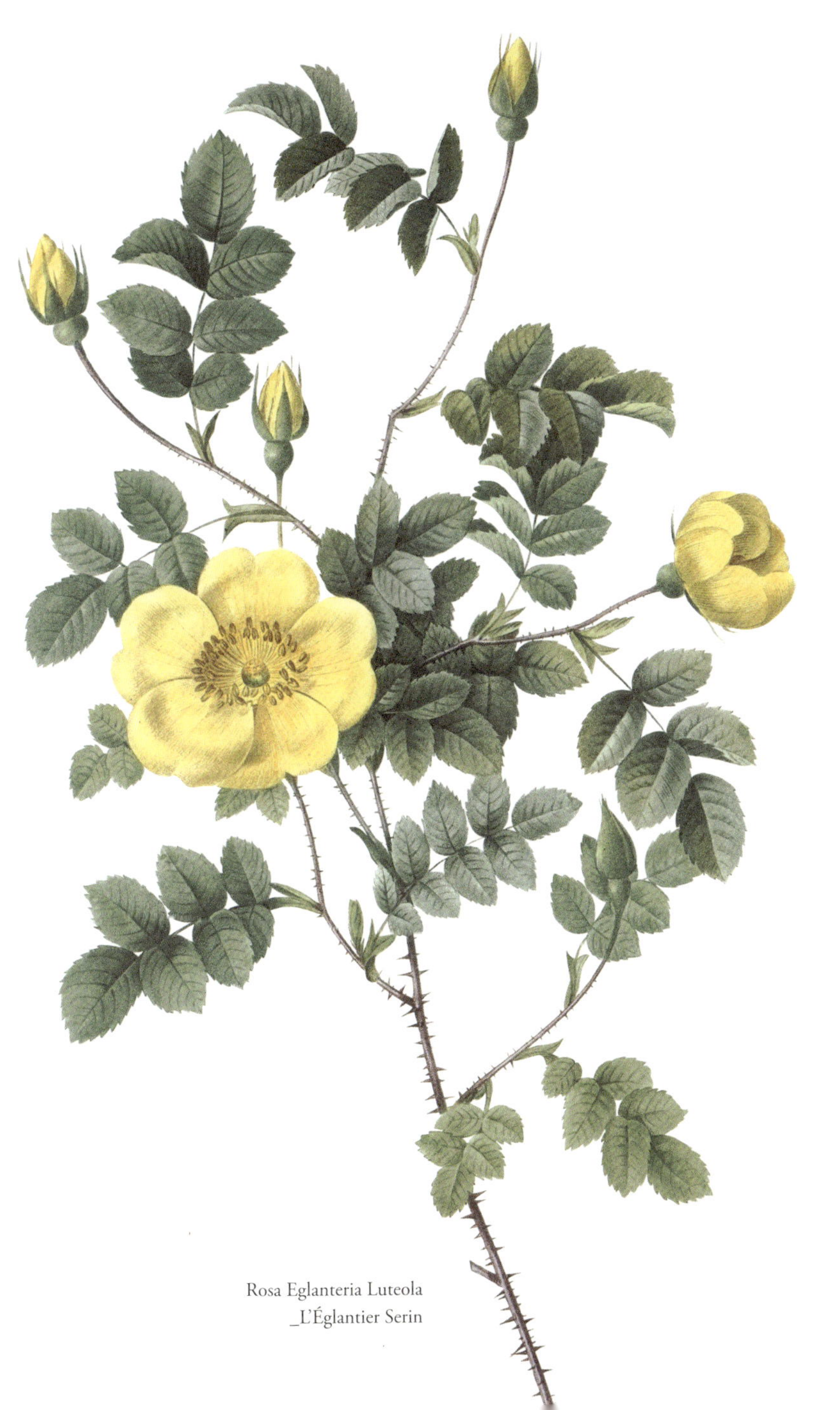

Rosa Eglanteria Luteola

_L'Églantier Serin

73 또 태초의 아침

윤동주

하얗게 눈이 덮이었고
전신주가 잉잉 울어
하나님 말씀이 들려온다.

무슨 계시일까.

빨리
봄이 오면
죄를 짓고
눈이
밝어

이브가 해산하는 수고를 다하면
무화과 잎사귀로 부끄런 데를 가리고
나는 이마에 땀을 흘려야겠다.

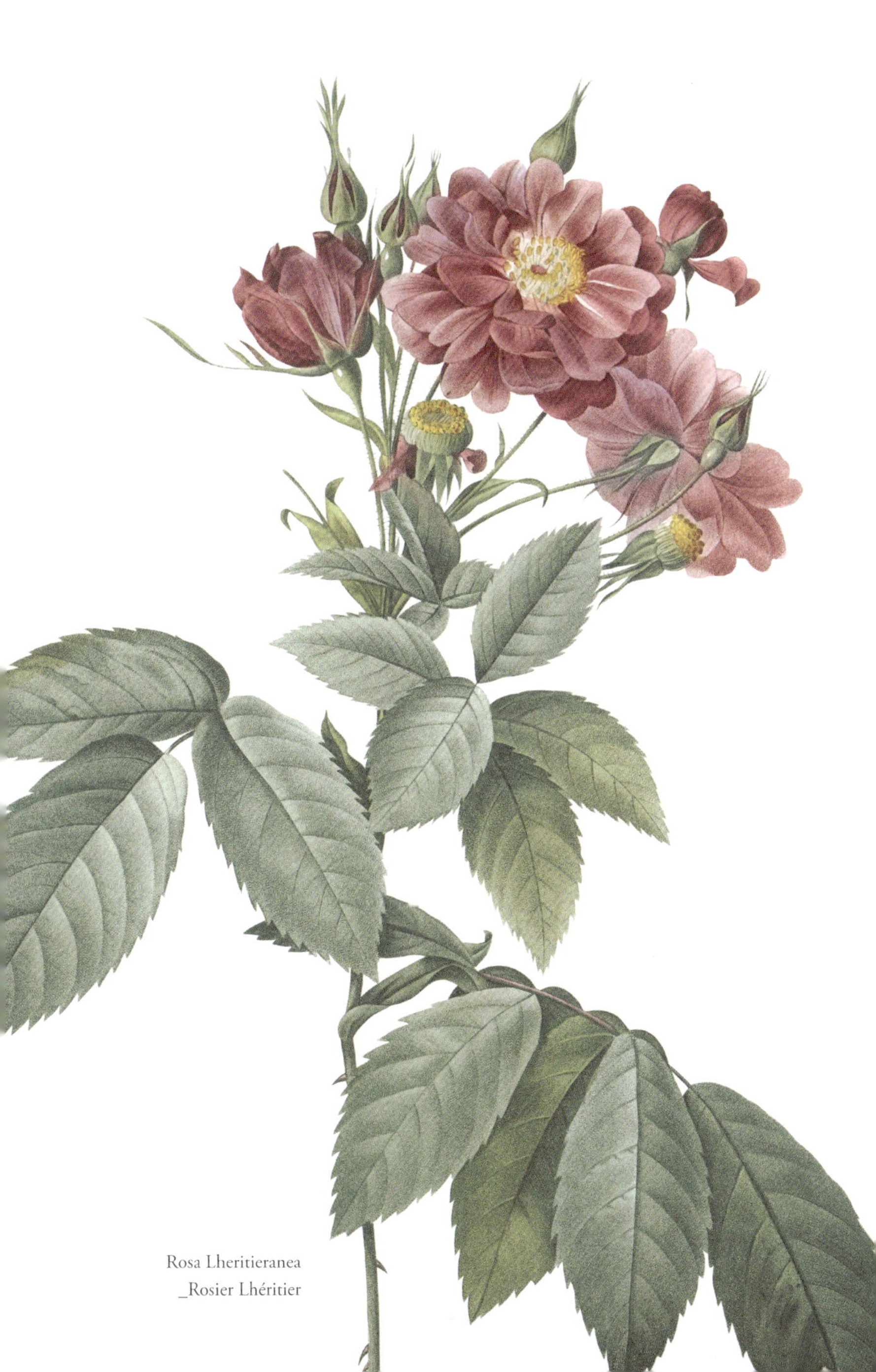

Rosa Lheritieranea

_Rosier Lhéritier

74 못 자는 밤

윤동주

하나, 둘, 셋, 넷
....
밤은
많기도 하다.

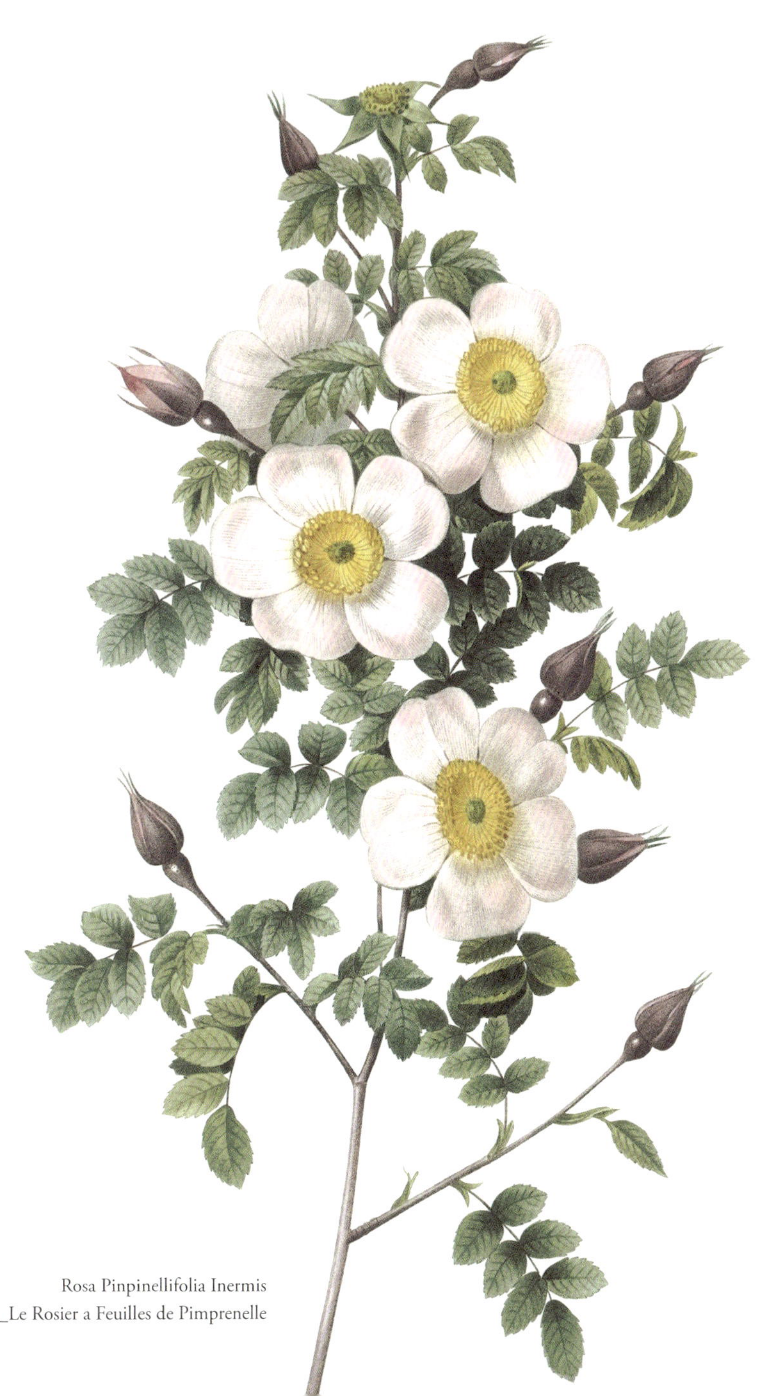

Rosa Pinpinellifolia Inermis
_Le Rosier a Feuilles de Pimprenelle

75 바람이 불어

윤동주

바람이 어디로부터 불어와
어디로 불려가는 것일까,

바람이 부는데
내 괴로움에는 이유가 없다.

내 괴로움에는 이유가 없을까,

단 한 여자를 사랑한 일도 없다.
시대를 슬퍼한 일도 없다.

바람이 자꾸 부는데
내 발이 반석 위에 섰다.

강물이 자꾸 흐르는데
내 발이 언덕 위에 섰다.

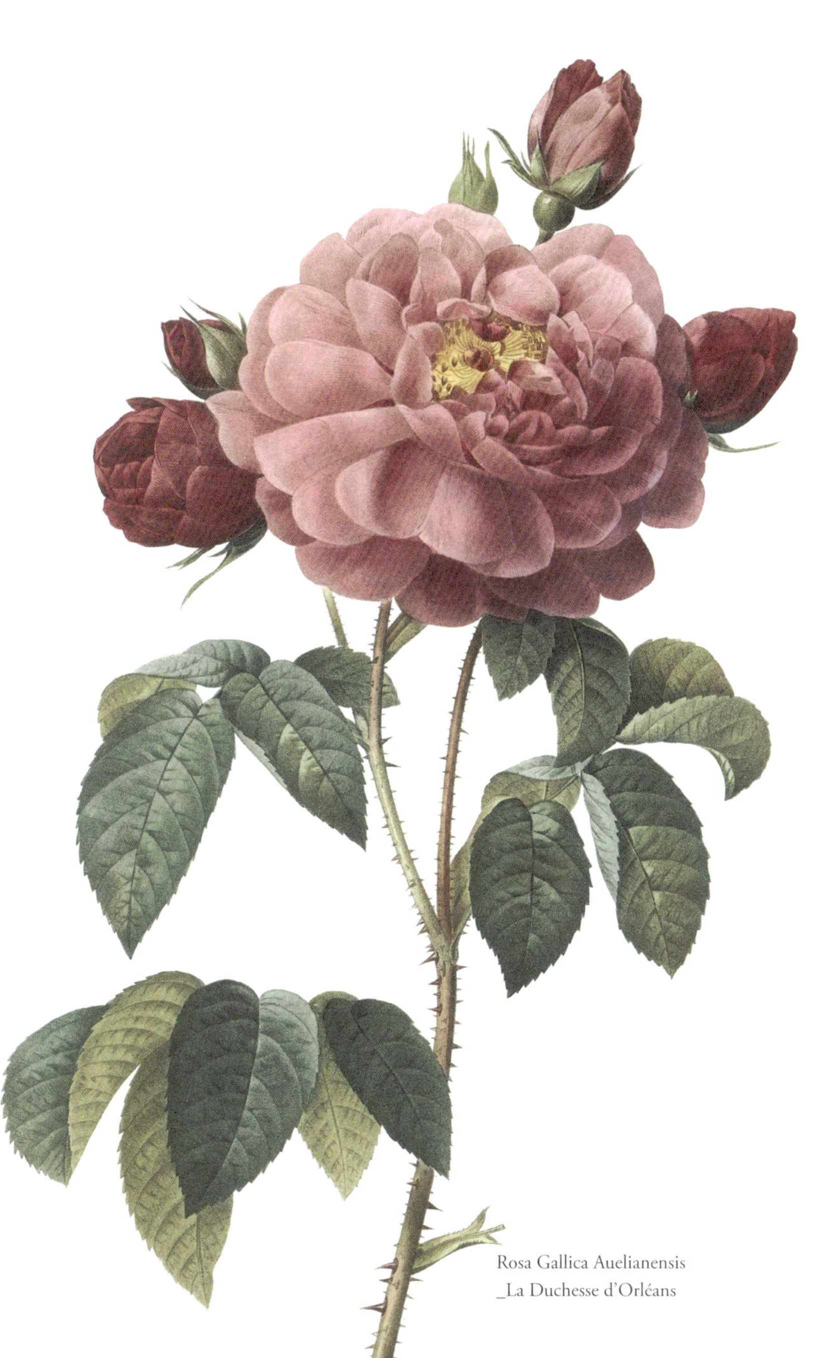

Rosa Gallica Auelianensis
_La Duchesse d'Orléans

76 산골물

윤동주

괴로운 사람아 괴로운 사람아.
옷자락 물결 속에서도
가슴 속 깊이 돌돌 샘물이 흘러
이 밤을 더불어 말할 이 없도다.
거리의 소음과 노래 부를 수 없도다.
그신듯이 냇가에 앉았으니
사랑과 일을 거리에 맡기고,

가만히 가만히
바다로 가자,
바다로 가자.

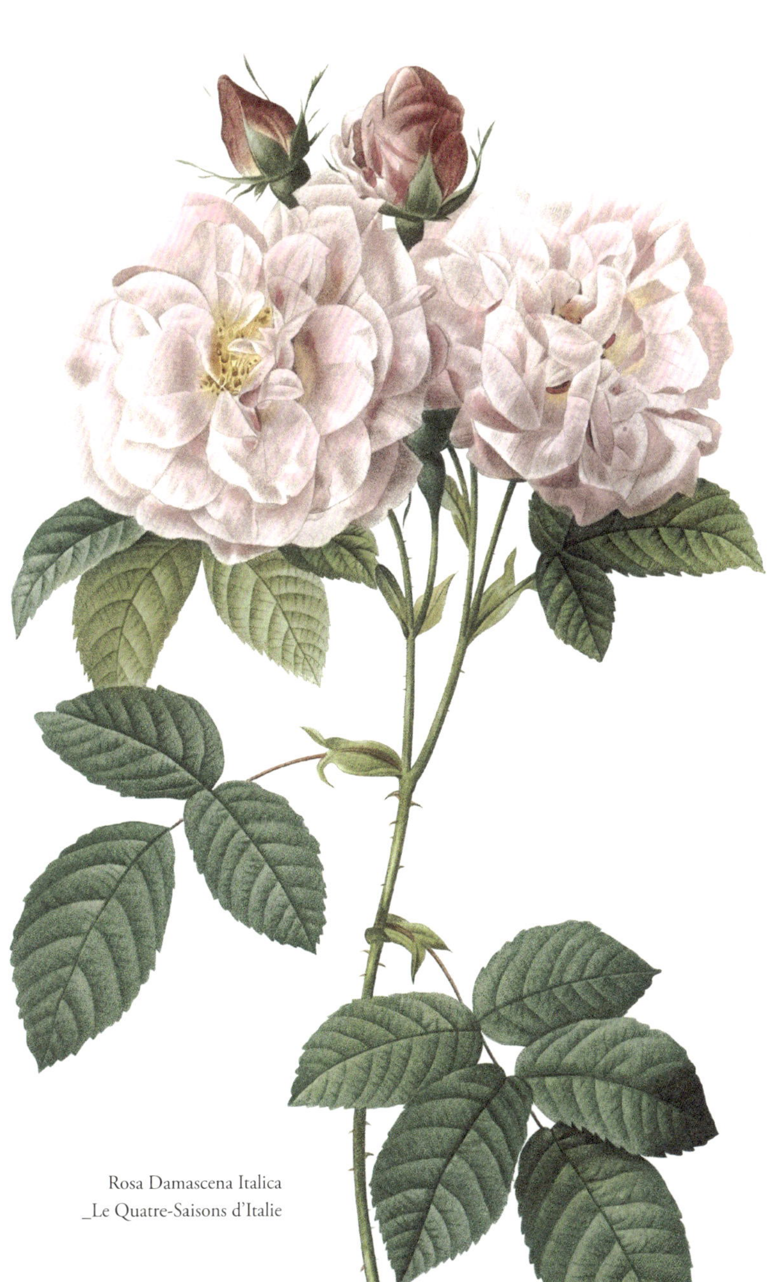

Rosa Damascena Italica
_Le Quatre-Saisons d'Italie

77 이별

윤동주

눈이 오다 물이 되는 날.
잿빛 하늘에 또 뿌연내, 그리고
크다란 기관차는 빼액 울며,
조고만 가슴은 울렁거린다.

이별이 너무 재빠르다, 안타깝게도,
사랑하는 사람을,
일터에서 만나자 하고ㅡ

더욱 손의 맛과 구슬눈물이 마르기 전
기차는 꼬리를 산굽으로 돌렸다.

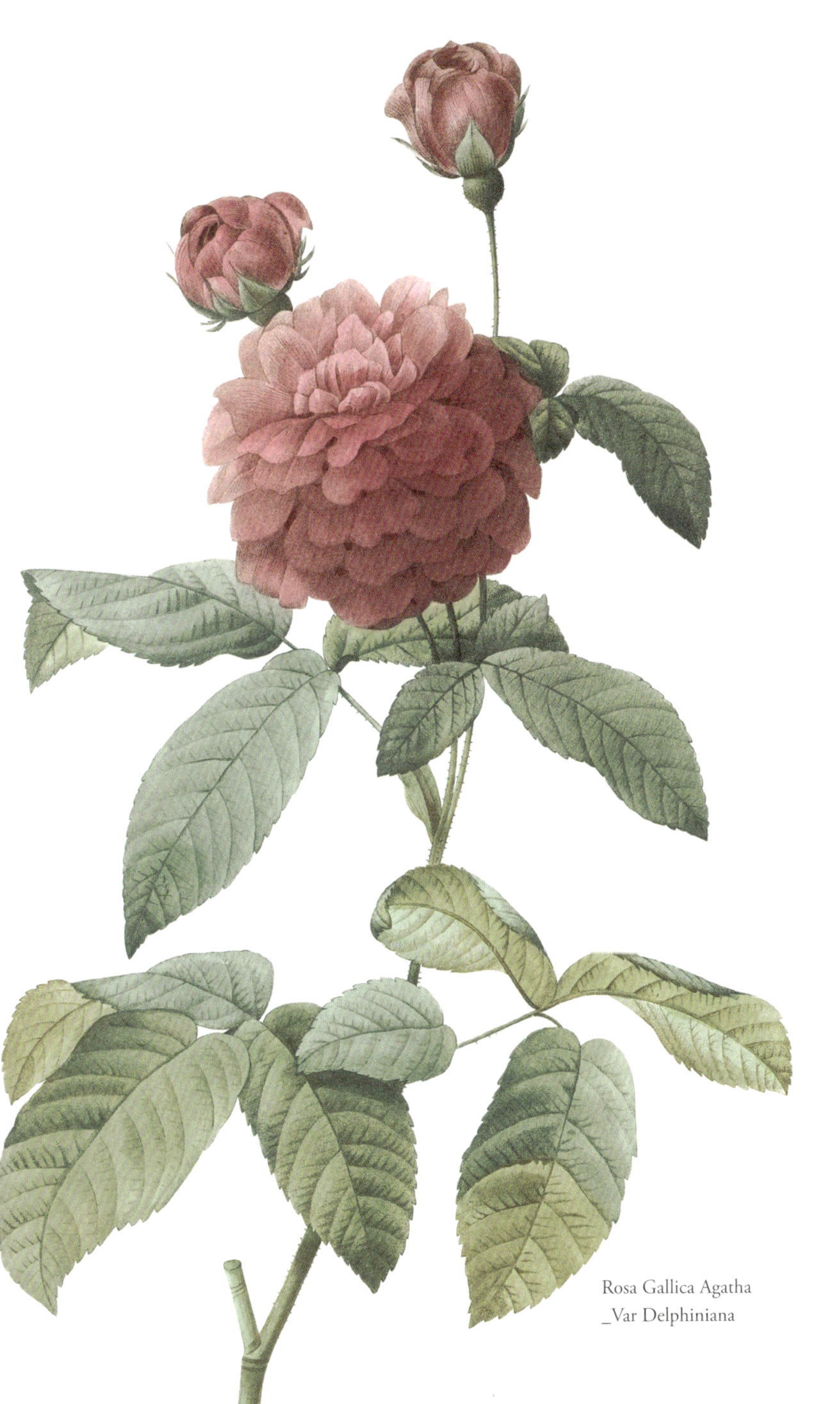

Rosa Gallica Agatha
_Var Delphiniana

78 눈물 속 빛나는 보람

김영랑

눈물 속 빛나는 보람과 웃음 속 어둔 슬픔은
오직 가을 하늘에 떠도는 구름
다만 후젓하고 줄데없는 마음만 예나 이제나
외론 밤 바람슷긴 찬 별을 보았습니다.

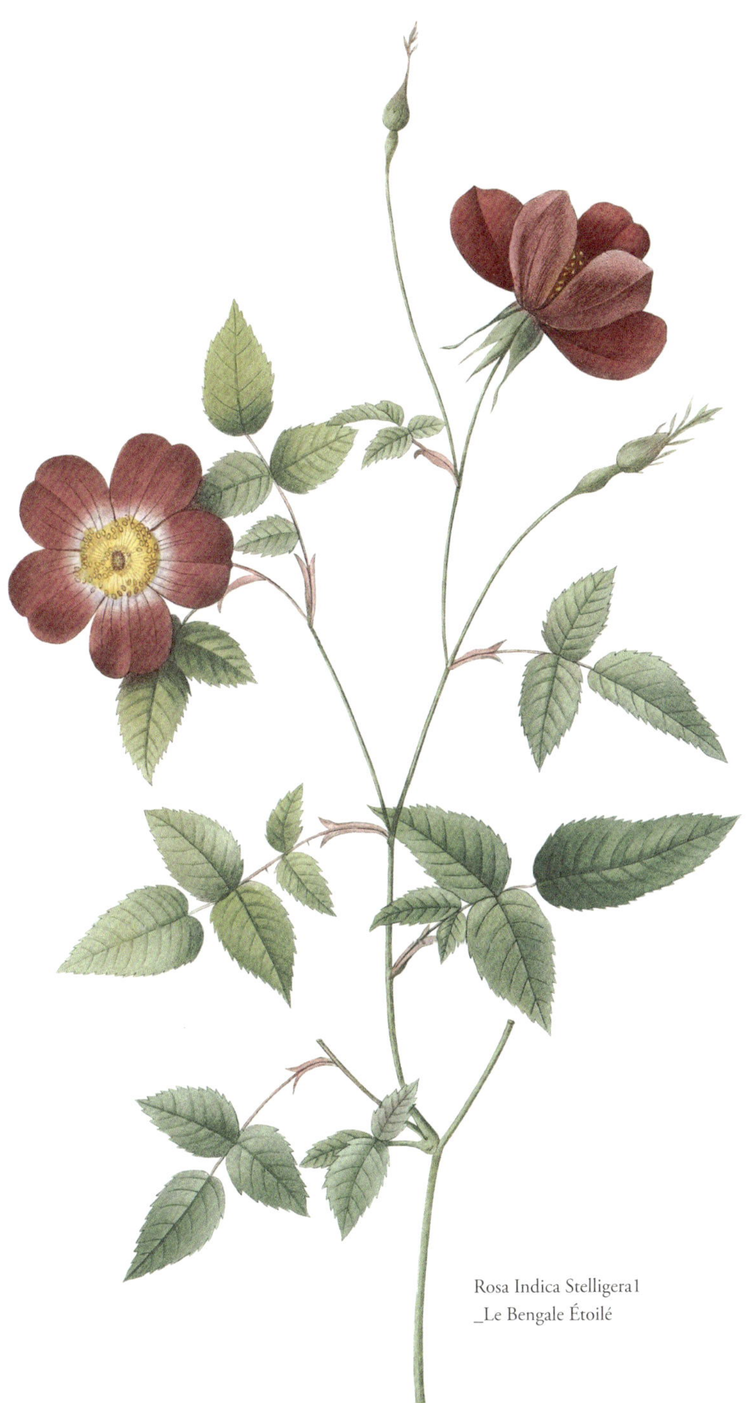

Rosa Indica Stelligera1
_Le Bengale Étoilé

79 땅거미

김영랑

가을날 땅거미 아렴풋한 흐름 위를
고요히 실리우다 훤뜻 스러지는 것
잊은 봄 보랏빛의 낡은 내음이요.
임의 사라진 천리 밖의 산울림
오랜 세월 시닷긴 으스름한 파스텔

애닲은 듯한
좀 서러운 듯한
오! 모두 다 못 돌아오는
먼 — 지난날의 놓친 마음.

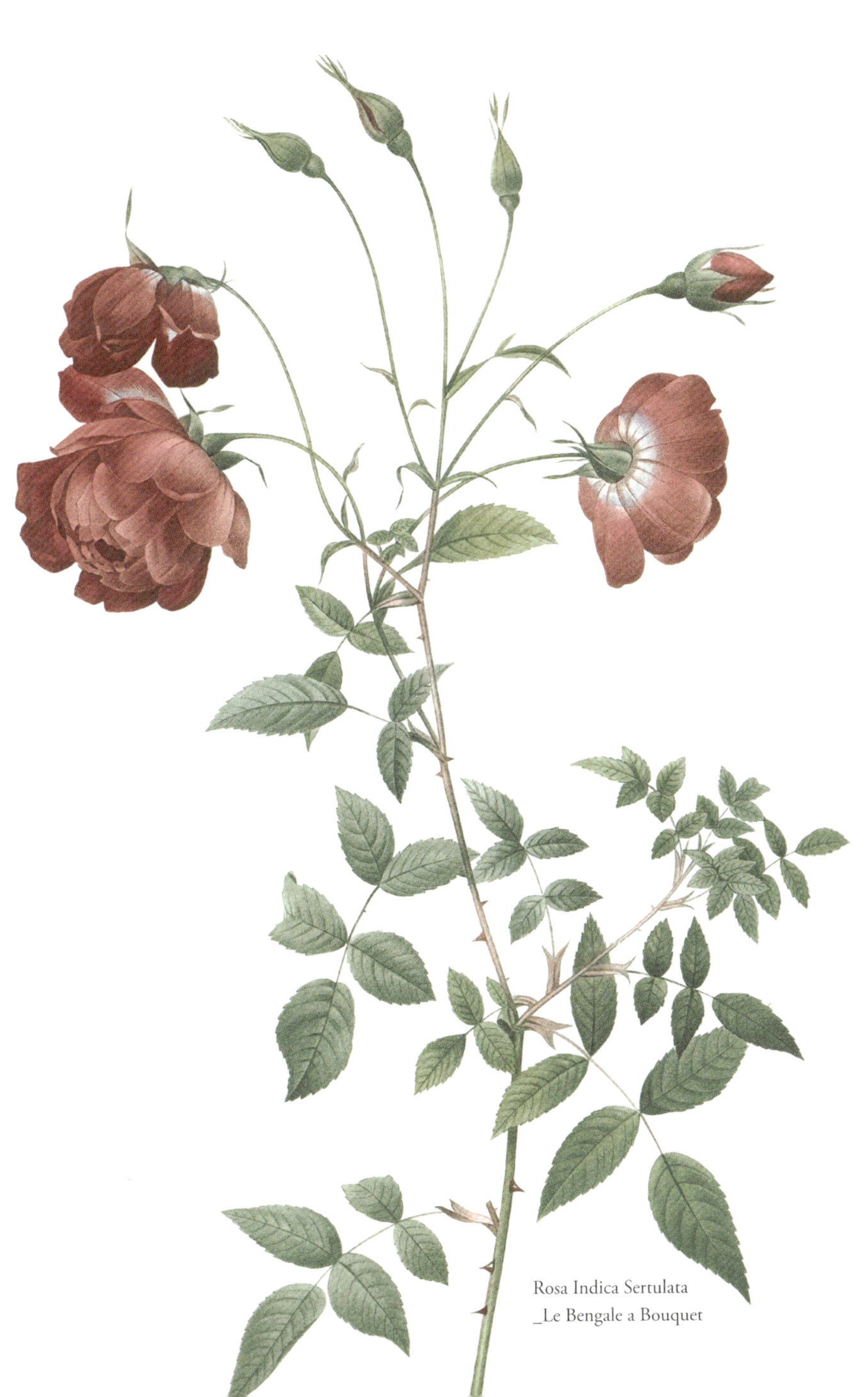

Rosa Indica Sertulata
_Le Bengale a Bouquet

고적한 밤

한용운

하늘에는 달이 없고 땅에는 바람에 없습니다.
사람들은 소리가 없고 나는 마음이 없습니다.

우주는 죽음인가요,
인생은 잠인가요.

한 가닥은 눈썹에 걸치고 한 가닥은 작은 별에 걸쳤던
님 생각의 금실은 살살살 걷힙니다.
한 손에는 황금의 탈을 들고 한 손으로 천국의 꽃을 꺾던
환상의 여왕도 그림자를 감추었습니다.
아아 님 생각의 금실과 환상의 여왕이 두 손을 마주잡고
눈물의 속에서 정사한 줄이야 누가 알아요.

우주는 죽음인가요,
인생은 눈물인가요.
인생이 눈물이면
죽음은 사랑인가요.

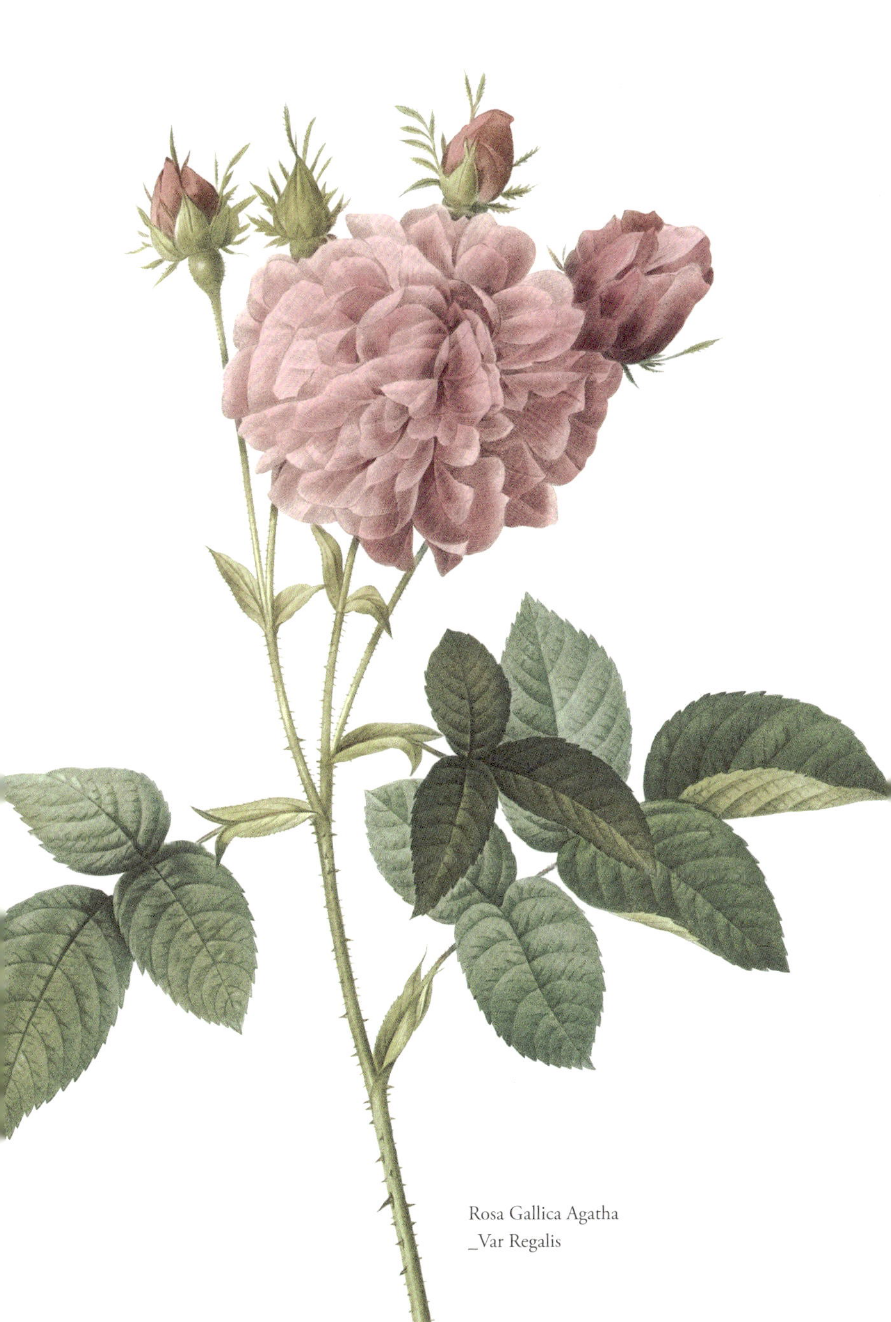

Rosa Gallica Agatha
_Var Regalis

81 당신이 가신 때

한용운

당신이 가실 때에 나는 다른 시골에 병들어 누워서
이별의 키스도 못하였습니다 그때는 가을바람이
첨으로 나서 단풍이 한 가지에 두서너 잎이 붉었습니다.

나는 영원의 시간에서 당신 가신 때를 끊어내겠습니다.
그러면 시간은 두 토막이 납니다.
시간의 한 끝은 당신이 가지고 한 끝은 내가 가졌다가
당신의 손과 나의 손과 마주잡을 때에 가만히 이어 놓겠습니다.
그러면 붓대를 잡고 남의 불행한 일만을 쓰려고 기다리는 사람들도
당신의 가신 때는 쓰지 못할 것입니다.
나는 영원의 시간에서 당신의 가신 때를 끊어내겠습니다.

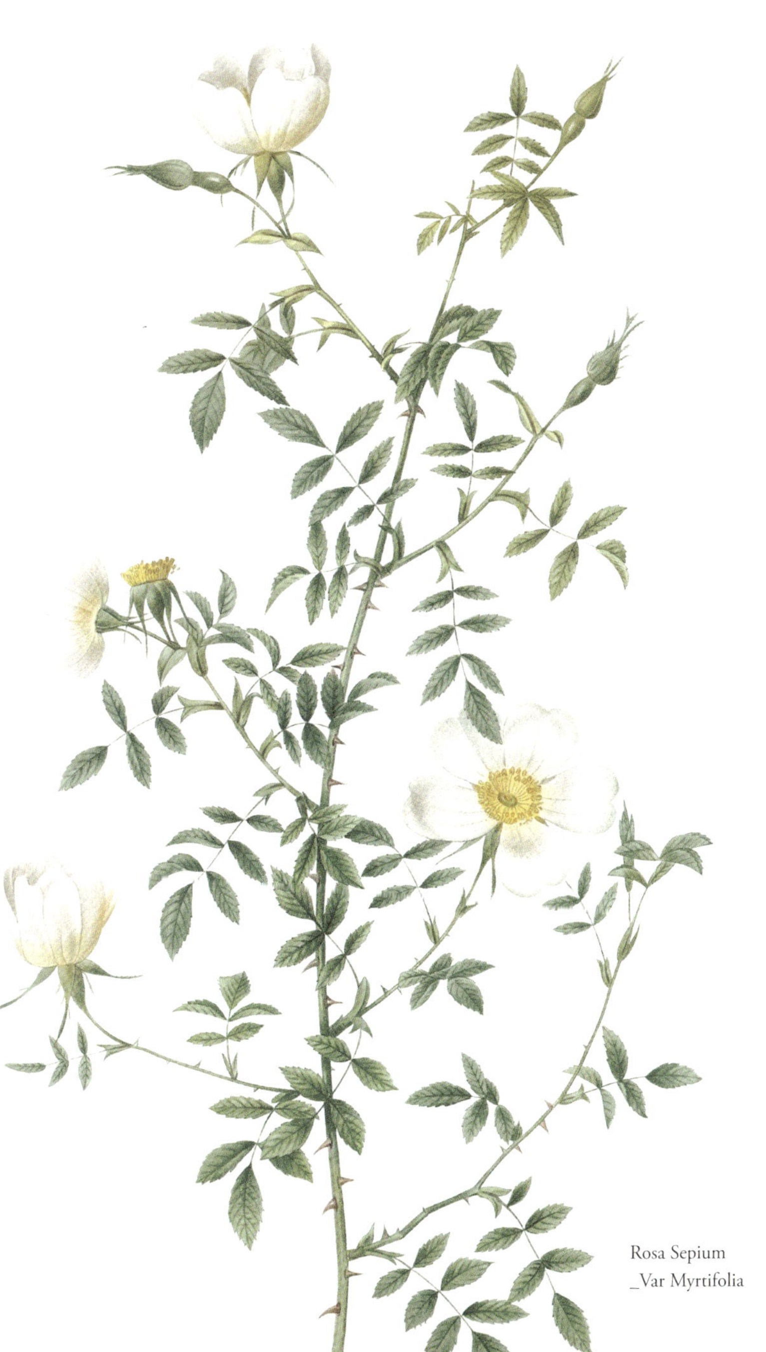

Rosa Sepium

_Var Myrtifolia

82   반비례

한용운

당신의 소리는 '침묵'인가요.
당신이 노래를 부르지 아니하는 때에 당신의 노래가락은
역력히 들립니다그려 당신의 소리는 침묵이어요.
당신의 얼굴은 '흑암(黑闇)'인가요.
내가 눈을 감은 때에 당신의 얼굴은 분명히 보입니다그려.
당신의 얼굴은 흑암이어요.
당신의 그림자는 '광명(光明)'인가요.
당신의 그림자는 달이 넘어간 뒤에 어두운 창에 비칩니다그려.
당신의 그림자는 광명이어요.

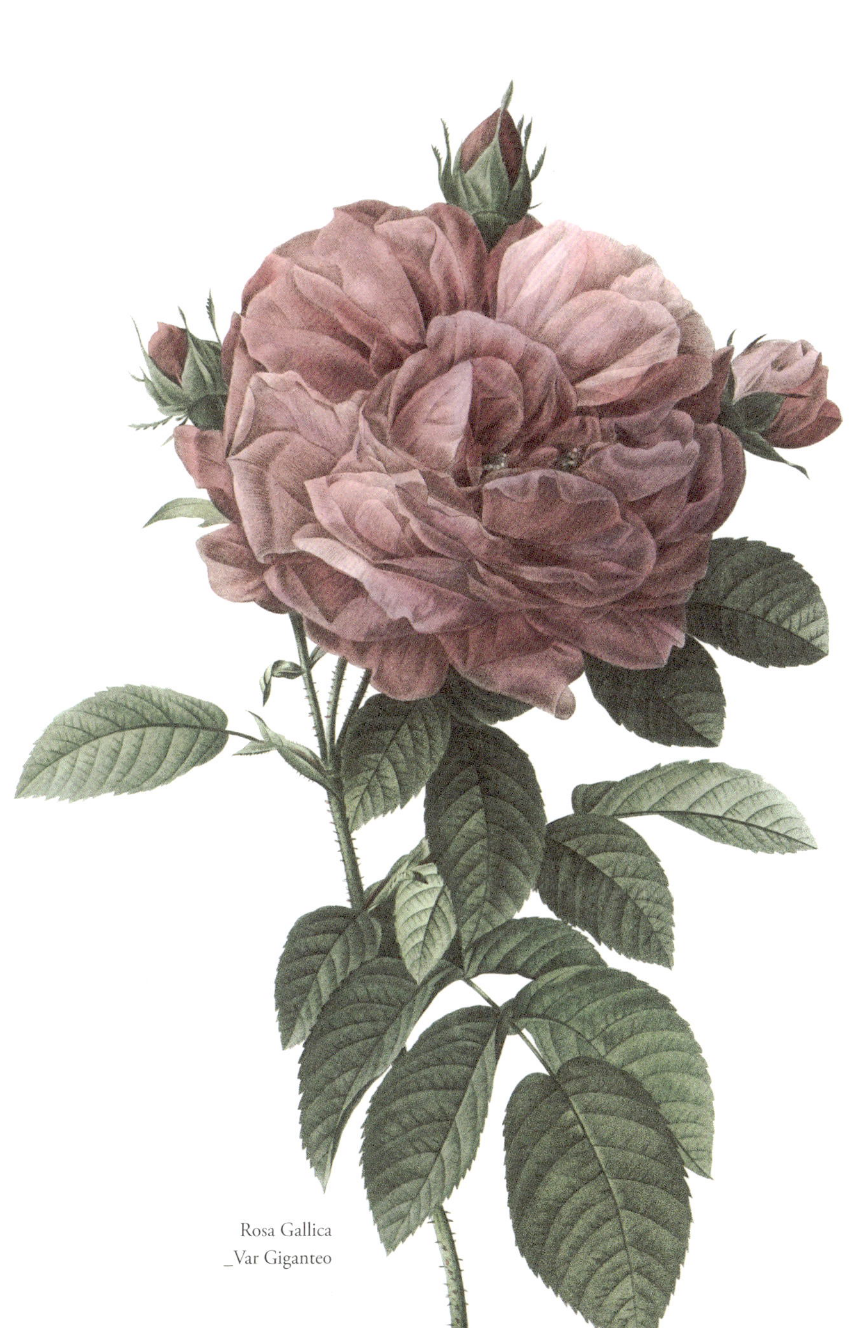

Rosa Gallica
_Var Giganteo

83 밤은 고요하고

한용운

밤은 고요하고 방은 물로 시친 듯합니다.
이불은 개인 채로 옆에 놓아두고,
화롯불을 다듬거리고 앉았습니다.
밤은 얼마나 되었는지, 화롯불은 꺼져서 찬 재가 되었습니다.
그러나 그를 사랑하는 나의 마음은 오히려 식지 아니하였습니다.
닭의 소리가 채 나기 전에 그를 만나서 무슨 말을 하였는데,
꿈조차 분명치 않습니다그려.

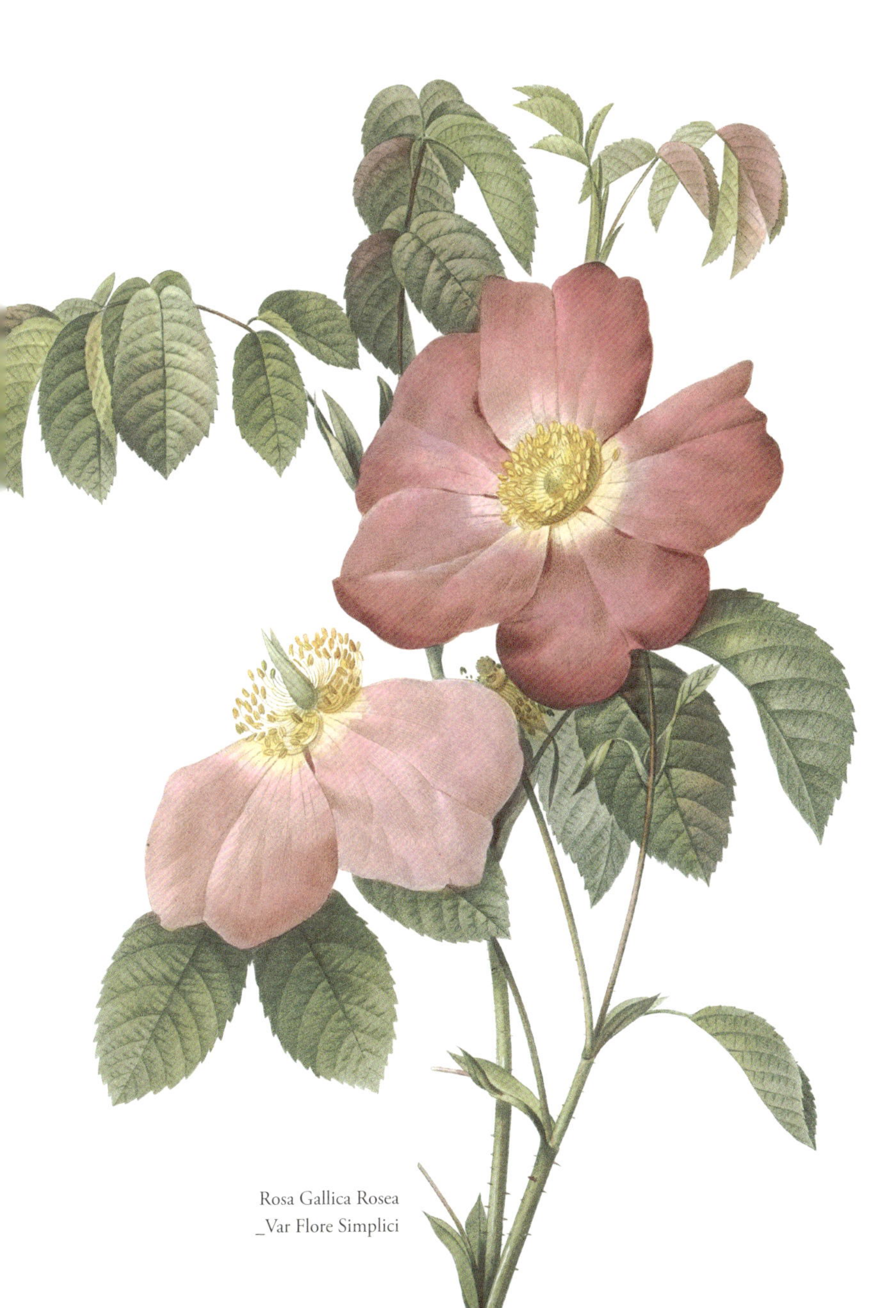

Rosa Gallica Rosea
_Var Flore Simplici

84 비밀

한용운

비밀입니까, 비밀이라니요,
나에게 무슨 비밀이 있겠습니까.
나는 당신에게 대하여 비밀을 지키려고 하였습니다마는,
비밀은 야속히도 지켜지지 아니하였습니다.

나의 비밀은 눈물을 거쳐서 당신의 시각(視覺)으로 들어갔습니다.
나의 비밀은 한숨을 거쳐서 당신의 청각(聽覺)으로 들어갔습니다.
나의 비밀은 떨리는 가슴을 거쳐서
당신의 촉각으로 들어갔습니다.
그 밖의 비밀은 한 조각 붉은 마음이 되어서
당신의 꿈으로 들어갔습니다.
그리고 마지막 하나 있습니다.
그러나 그 비밀은 소리없는 메아리와 같아서
표현할 수가 없습니다.

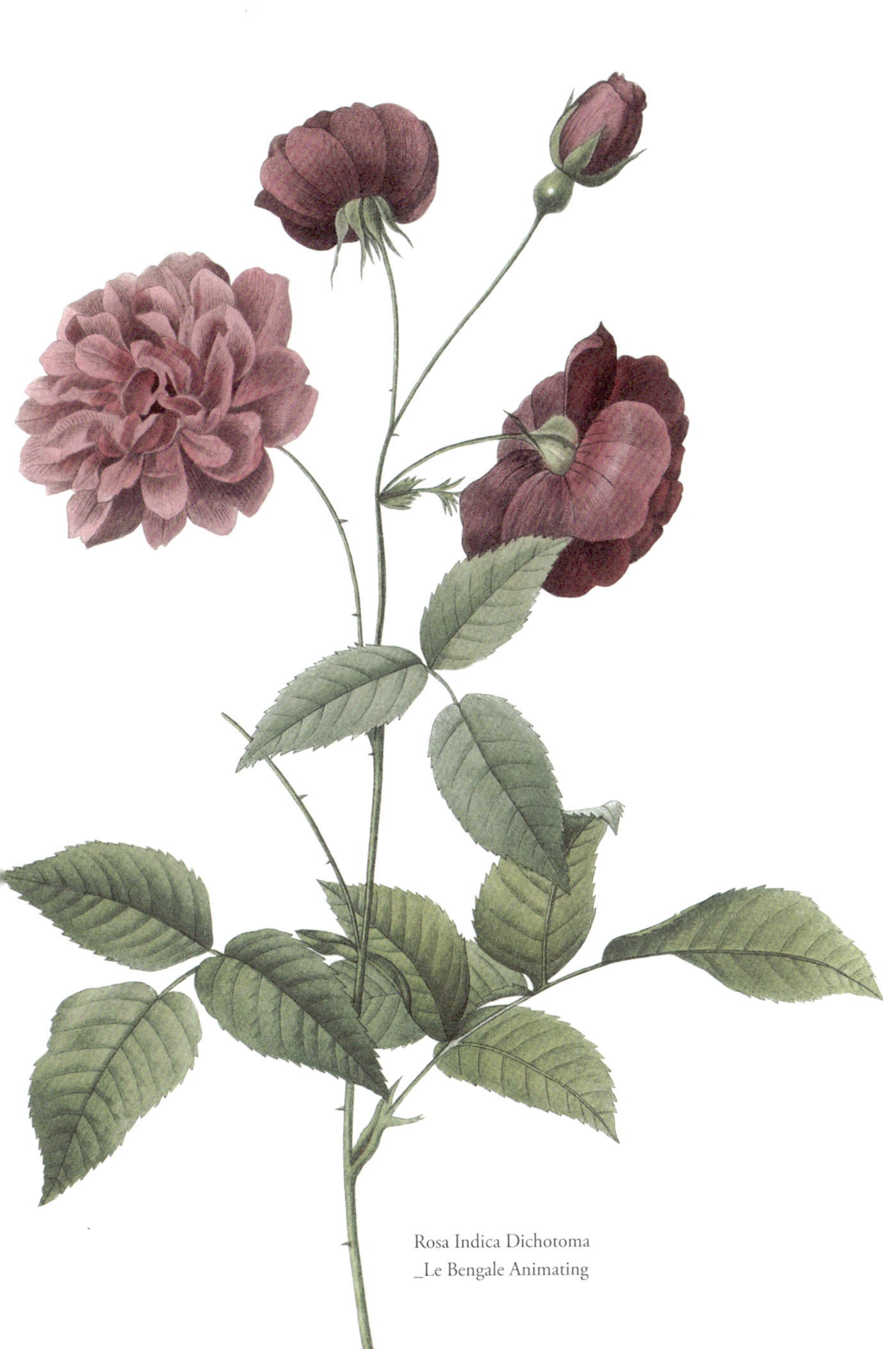

Rosa Indica Dichotoma
_Le Bengale Animating

85 손수건

장정심

차두의 작별하든 아차한 눈매
울일듯 울듯 참아 못보다
기적소리에 다시 고개들어
마지막 눈매를 보려하였소.

그제는 당신이 고개를 숙이고
떨리는 당신의 가슴인듯이
바람에 손수건이 휘날리여
내마음 울리기를 시작하였소.

일분 일각에 마조친 시선
할말을 못하며 난위든 그날
잡으려해도 잡을수없었고
머플려했어도 머물을수 없었소.

시간을 다토아 달아나든차
사정을 어찌다 생각했으리까
멀어지던 당신의 손수건만
아직도 희미하게 보이는듯하오.

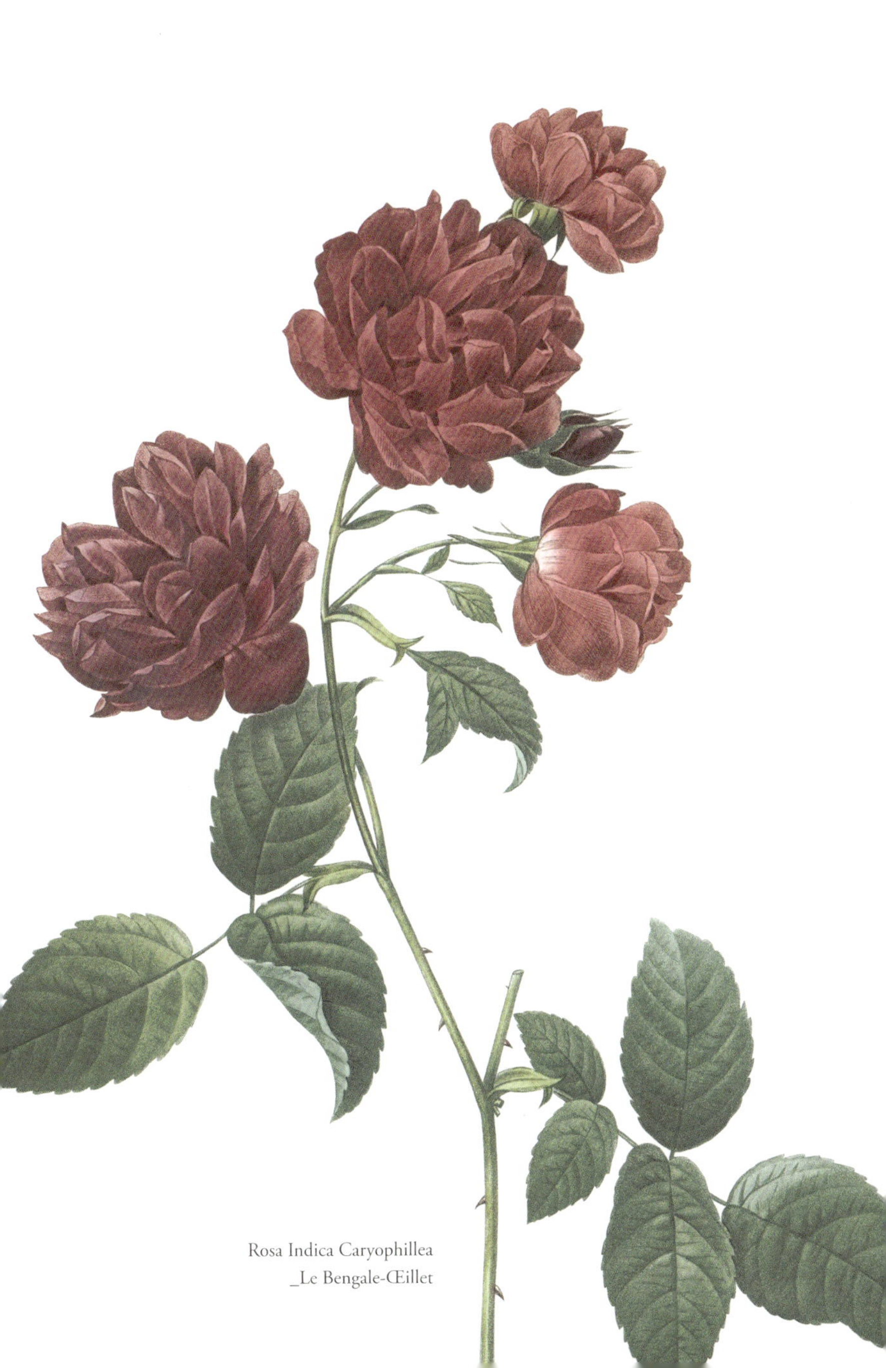

Rosa Indica Caryophillea
_Le Bengale-Œillet

86 이름 없는 여인이 되어

노천명

어느 조그만 산골로 들어가
나는 이름 없는 여인이 되고 싶소.
초가지붕에 박넝쿨 올리고
삼밭엔 오이랑 호박을 놓고
들장미로 울타리를 엮어
마당엔 하늘을 욕심껏 들여놓고
밤이면 실컷 별을 안고

부엉이가 우는 밤도 내사 외롭지 않겠오.
기차가 지나가 버리는 마을
놋양푼의 수수엿을 녹여 먹으며
내 좋은 사람과 밤이 늦도록
여우 나는 산골 얘기를 하면
삽살개는 달을 짖고
나는 영왕보다 더 행복하겠오.

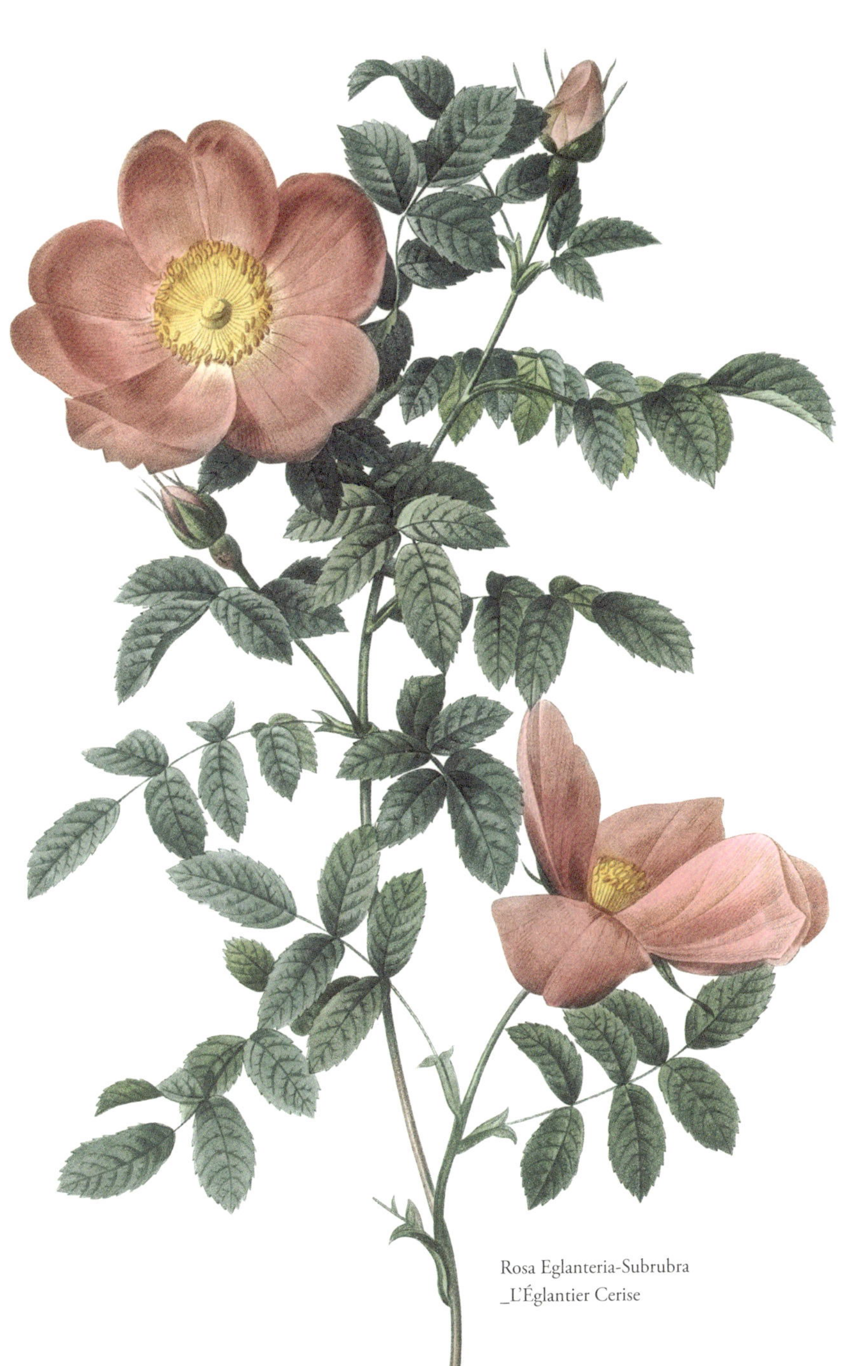

Rosa Eglanteria-Subrubra
_L'Églantier Cerise

87   유리창1

정지용

유리에 차고 슬픈것이 어린거린다.
열없이 붙어서서 입김을 흐리우니
길들은양 언날개를 파다거린다.
지우고 보고 지우고 보아도
새까만 밤이 밀려나가고 밀려와 부디치고,
물먹은 별이, 반짝, 보석처럼 백힌다.
밤에 홀로 유리를 닥는것은
외로운 황홀한 심사 이어니,
고흔 폐혈관이 찢어진 채로
아아, 늬는 산새처럼 날러 갔구나!

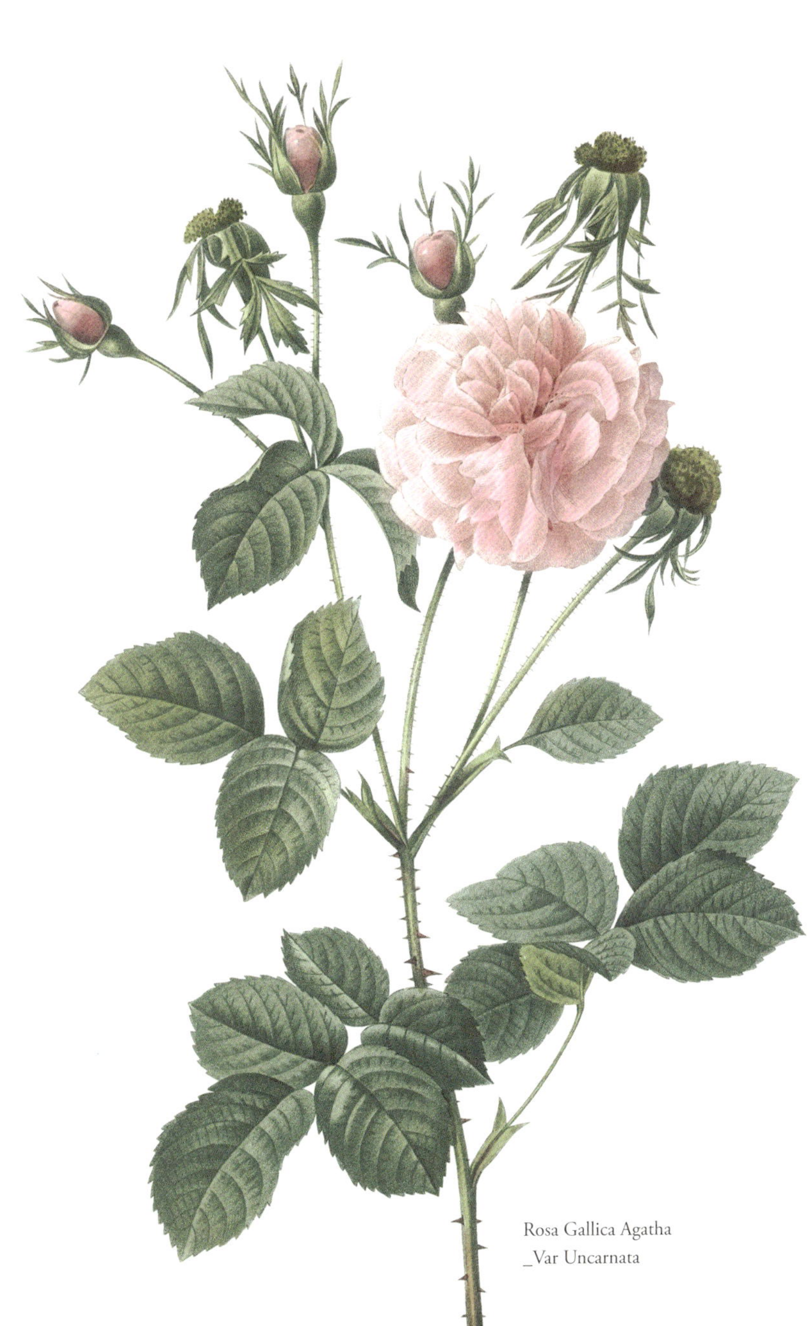

Rosa Gallica Agatha
_Var Uncarnata

88 어디로

박용철

내 마음은 어디로 가야 옳으리까.
쉬임 없이 궂은비는 나려오고
지나간 날 괴로움의 쓰린 기억
내게 어둔 구름되어 덮히는데.

바라지 않으리라든 새론 희망
생각지 않으리라든 그대 생각
번개같이 어둠을 깨친다마는
그대는 닿을 길 없이 높은데 계시오니.

아 내 마음은 어디로 가야 옳으리까.

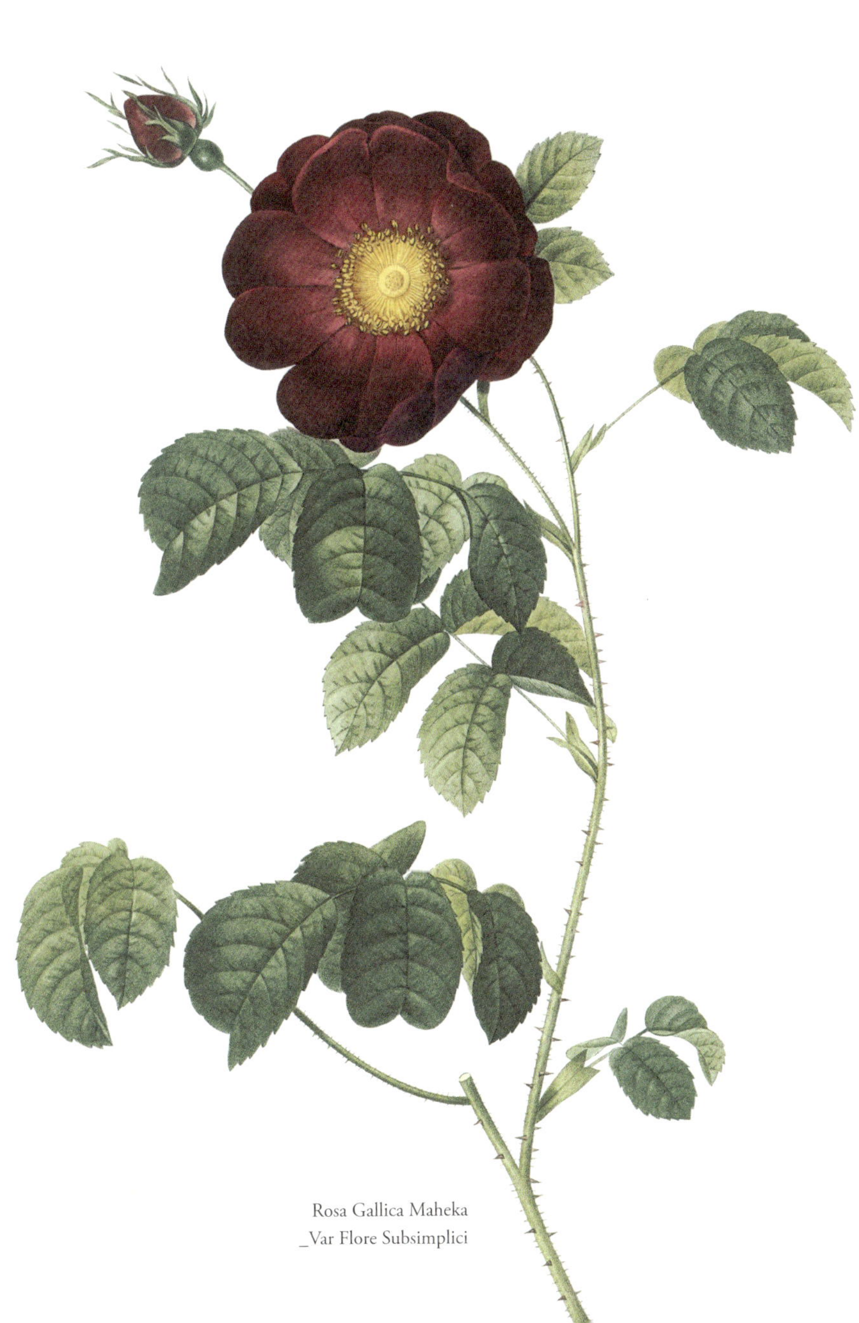

Rosa Gallica Maheka

_Var Flore Subsimplici

아지랑이

윤곤강

머언 들에서
부르는 소리
들리는 듯

못 견디게 고운 아지랑이 속으로
달려도
달려가도
소리의 임자는 없고,

또다시
나를 부르는 소리,
머얼리서
더 머얼리서,
들릴 듯 들리는 듯……

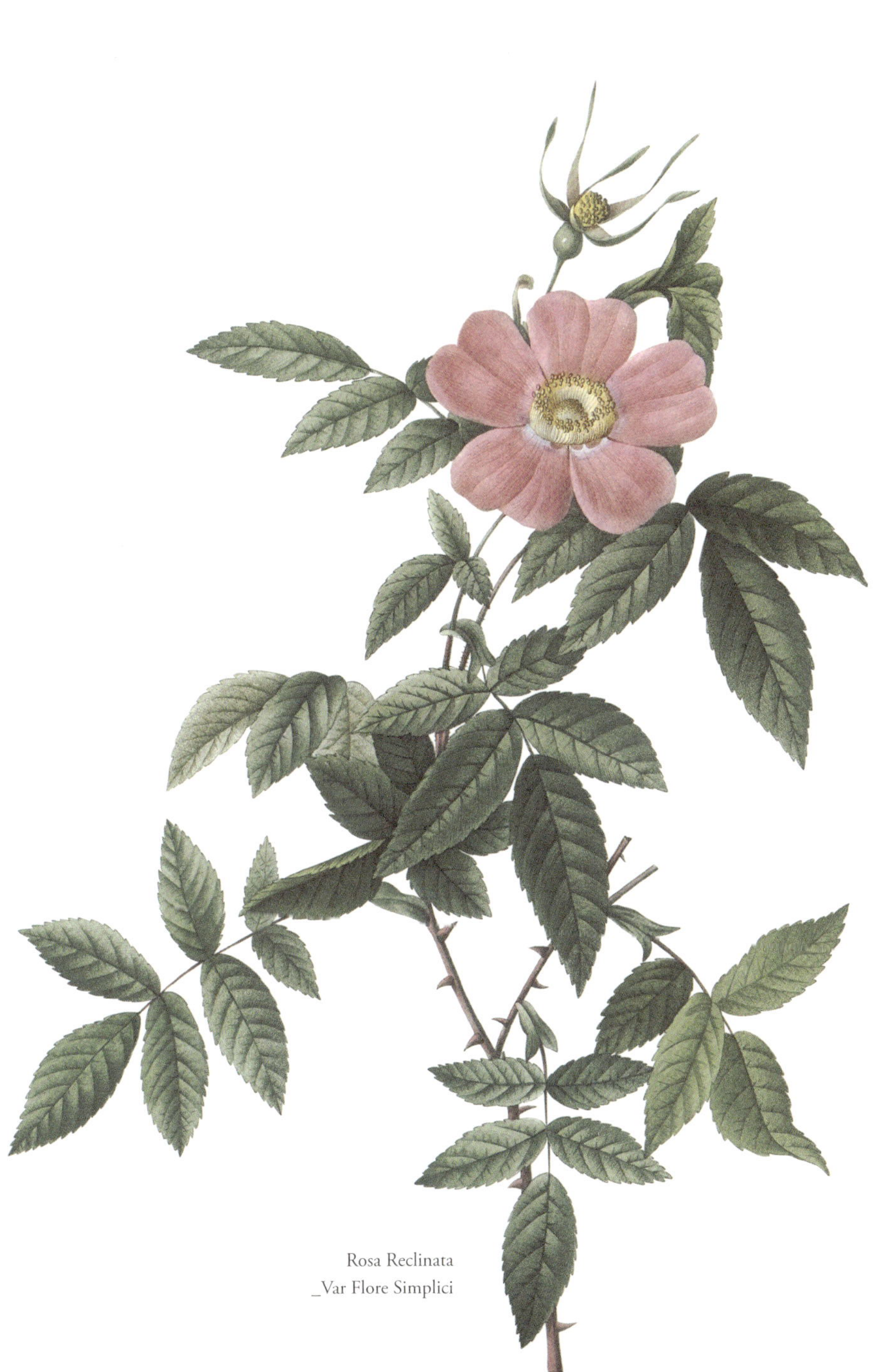

Rosa Reclinata

_Var Flore Simplici

90 나의 밤

윤곤강

가라앉은 밤의 숨결 그 속에서
나는 연방 수없는 밤을 끌어올린다.
문을 지치면 바깥을 지나는 바람의 긴 발자취…….

달이 창으로 푸르게 배어들면
대낮처럼 밝은 밤이 켜진다.
달빛을 쏘이며 나는 사과를 먹는다.
연한 생선의 냄새가 난다…….

밤의 층층다리를 수없이 기어 올라가면
밟고 지난 층층다리는 뒤로 무너져 넘어간다.
발자국을 죽이면 다시 만나는 시름의 불길
―― 나의 슬픔은 박쥐마냥 검은 천정에 떠돈다.

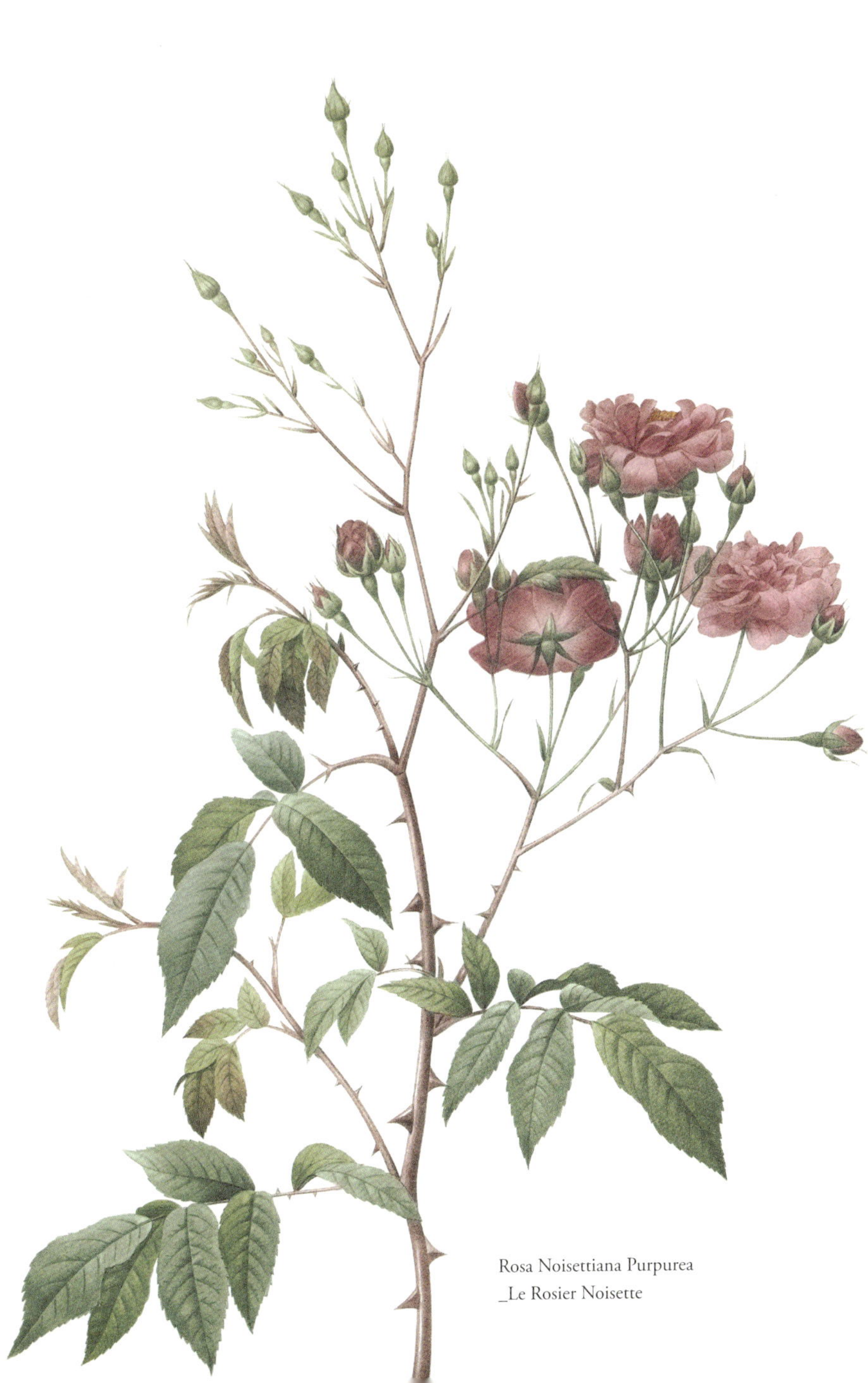

Rosa Noisettiana Purpurea
_Le Rosier Noisette

91 수박의 노래

윤곤강

나는 밭고랑에 누운 한 개 수박이라오.

아이들이 차다 버린 듯 뽈처럼
멋없이 뚱그런 내 모습이기에
푸른 잎 그늘에 반듯이 누워
끓는 해와 흰 구름 우러러 산다오.

이렇게 잔잔히 누워 있어도
마음은 선지피처럼 붉게 타
돌보는 이 없는 설움을 안고
아침이나 낮이나 저녁이나 슬프기만 하다오.

여보! 제발 좀 나를 안아 주세요.
웃는 얼굴 따스한 가슴으로
아니, 아니, 보드라운 두 손길로
이 몸을 고이고이 쓰다듬어 주세요.

나는 밭고랑에 누운 한 개 수박이라오.

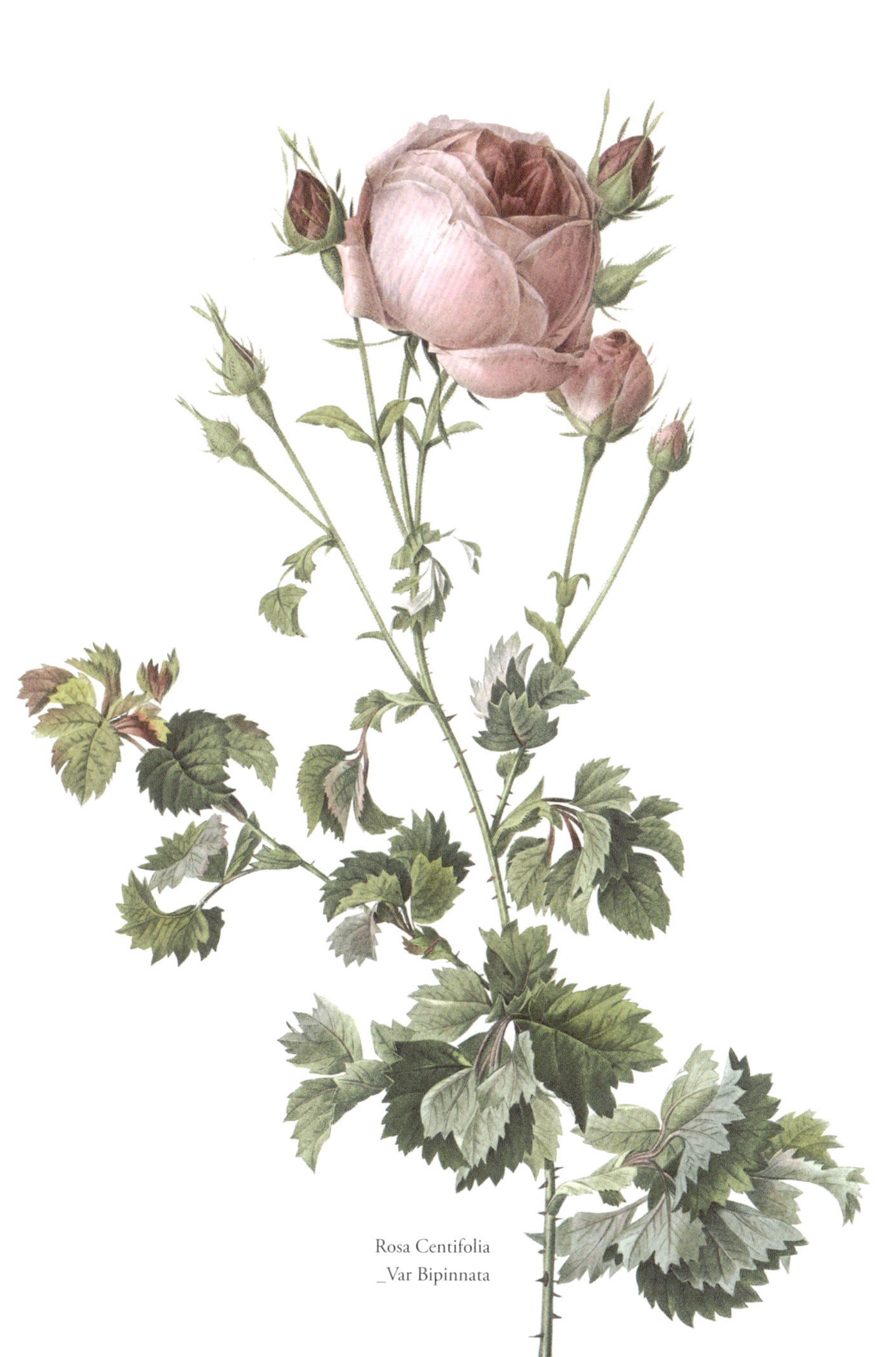

Rosa Centifolia
_Var Bipinnata

92 사랑이 어떻게 너에게로 왔는가

라이너 마리아 릴케

사랑이 어떻게 너에게로 왔는가
햇살처럼 꽃보라처럼
기도처럼 왔는가.

반짝이는 행복이 하늘에서 내려와
날개를 접고
꽃피는 나의 가슴을 크게 차지한 것을.

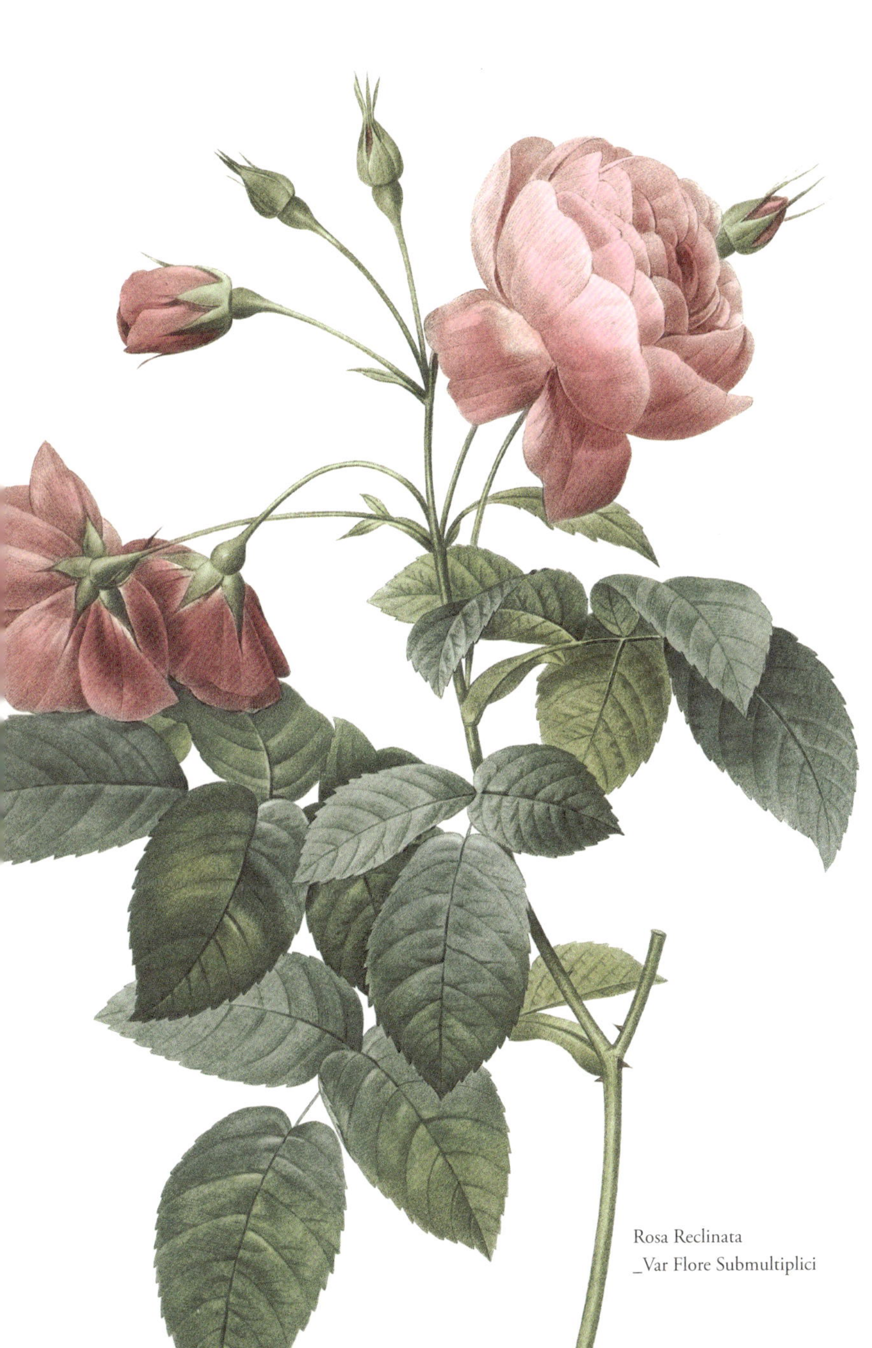

Rosa Reclinata
_Var Flore Submultiplici

93   가을

라이너 마리아 릴케

잎들이 지네, 아주 먼 곳에서
하늘 위 시들어가는 정원들처럼
느리게, 오래도록 머물며 떨어지네.

밤이면 무거운 지구 또한
별들 사이에서 고요 속으로
가라앉듯 떨어지네.

이렇듯 모든 것은 떨어지네.
내 이 손도 결국 떨어질 것이고——
보라, 저 손도 마찬가지로.
그것이 세상의 법칙이니.

하지만 모든 이 낙하를
무한히 부드럽게
받아 안는 이가 계시네.

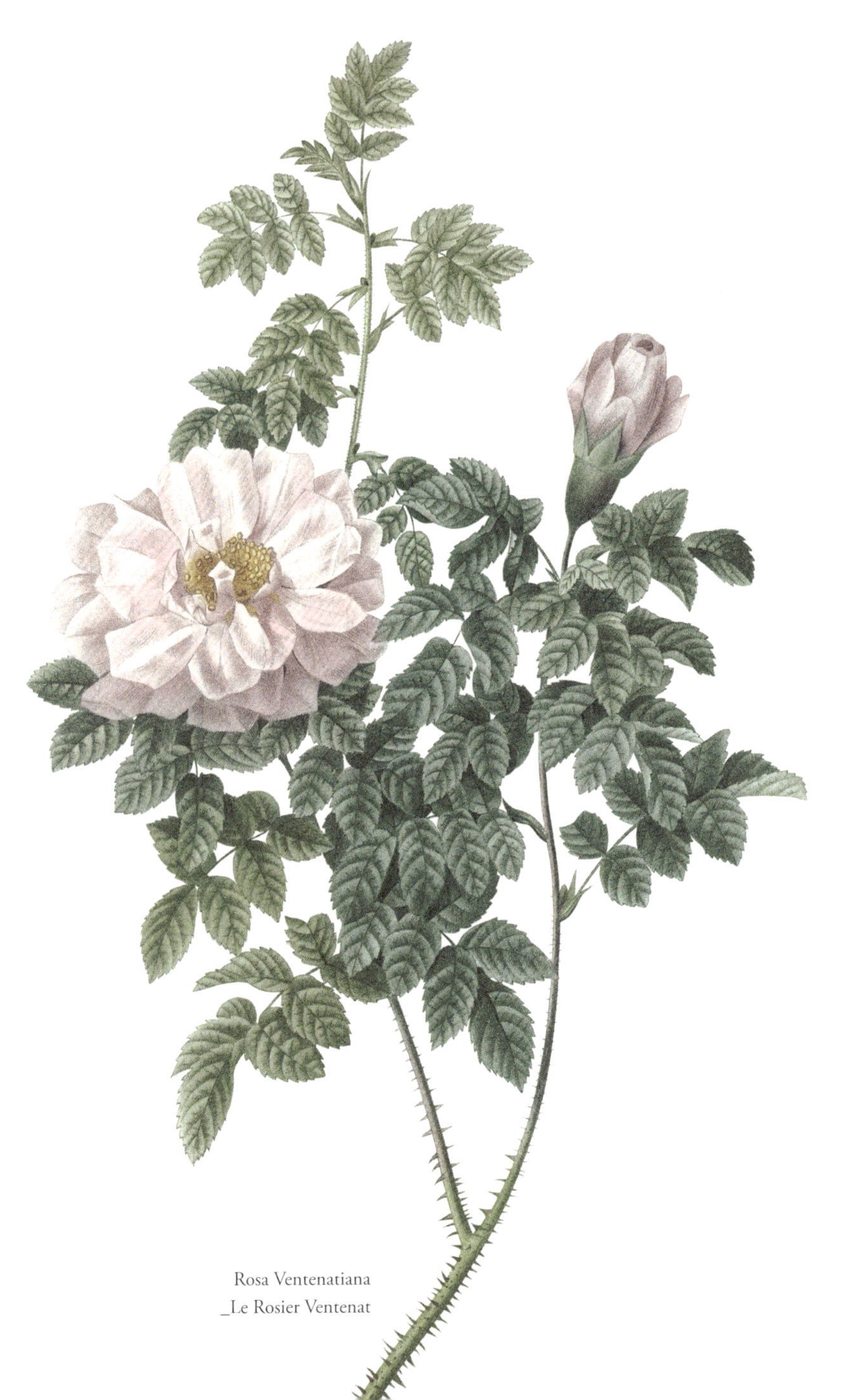

Rosa Ventenatiana

_Le Rosier Ventenat

94 상처받은 가슴 하나 달랠 수 있다면

에밀리 디킨슨

상처받은 가슴 하나 달랠 수 있다면
내 삶이 헛된 것은 아니리.
한 생명의 아픔 진정시키고
하나의 고통이라도 덜어 줄 수 있다면
연약한 새 한 마리 도와
둥지로 돌아가게 할 수 있다면
내 삶이 헛된 것은 아니리.

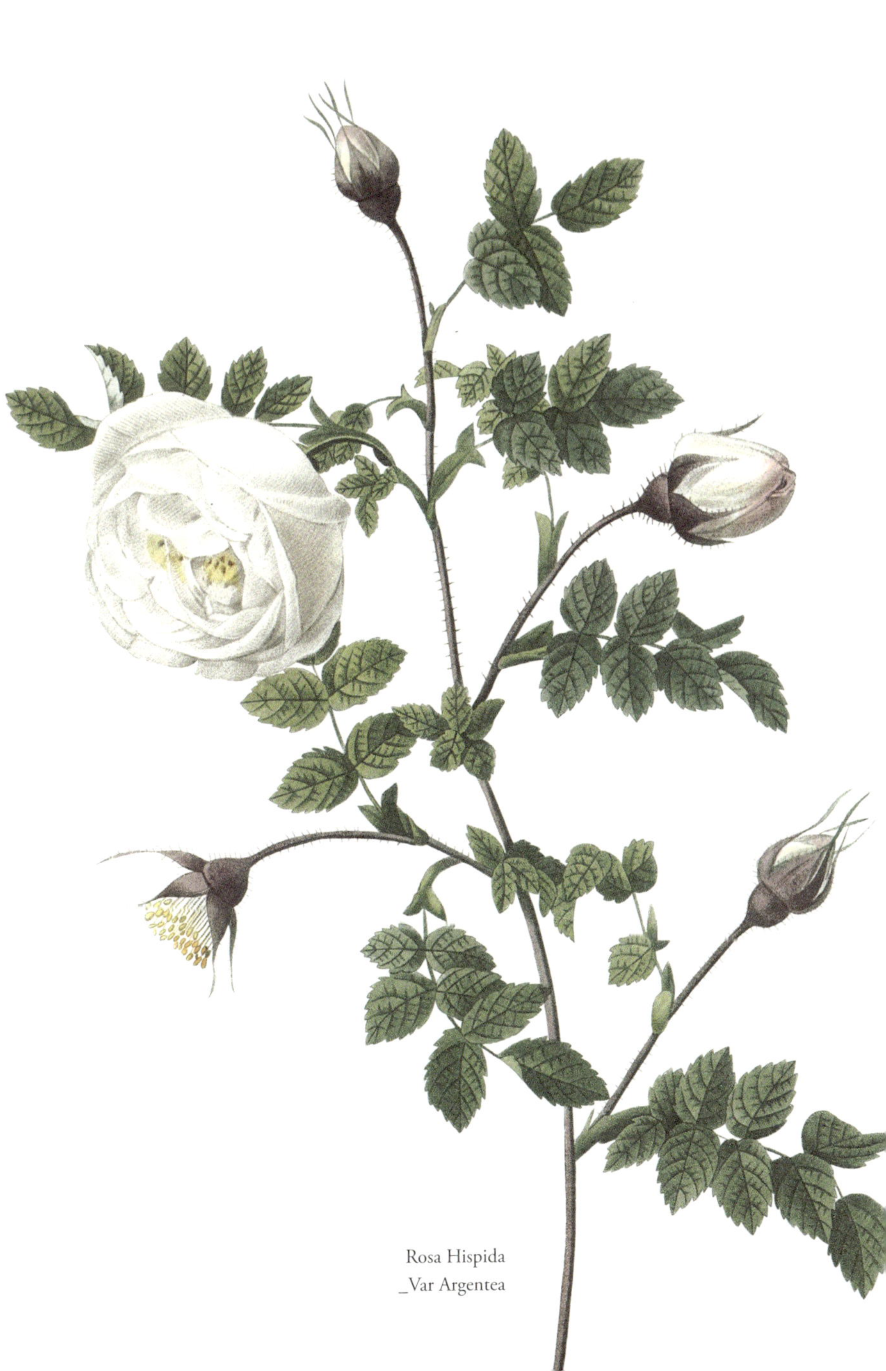

Rosa Hispida
_Var Argentea

95 낙엽은 떨어지고

W. B. 예이츠

가을은 이제,
우리를 사랑하던 긴 잎 위에도 내렸고,
보리단 속 생쥐들 위에도 내렸네.
머리 위 마가목 잎은 노랗게 물들고,
젖은 들딸기 잎도 노랗게 시들어가네.

사랑이 스러지는 시간이
우리 곁에 다가왔고,
우리의 지친 영혼은
이제 슬픔에 짓눌려 있네.

열정의 계절이
우릴 잊어버리기 전에,
입맞춤 하나와 이마 위 눈물 한 방울로
조용히, 이별하자꾸나.

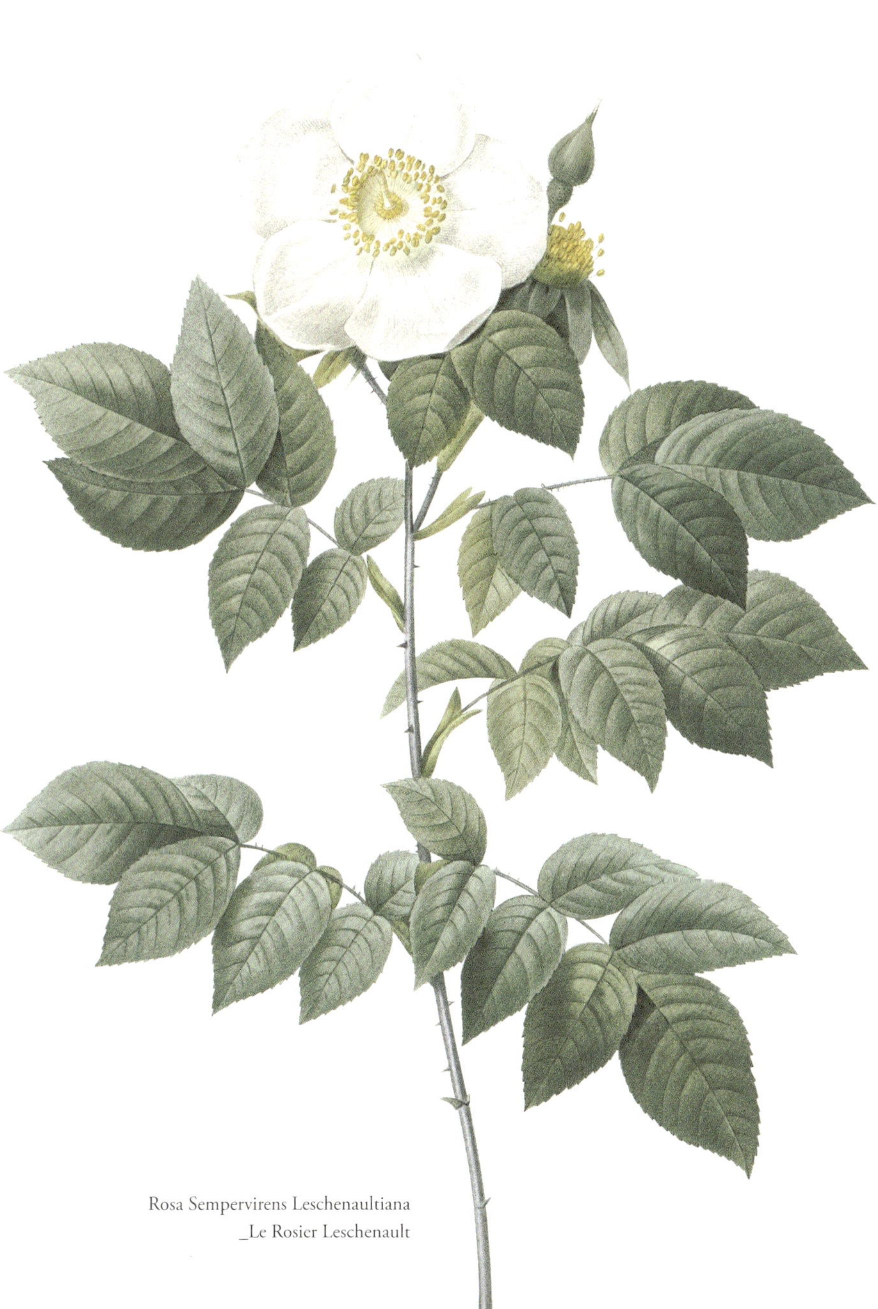

Rosa Sempervirens Leschenaultiana
_Le Rosier Leschenault

96   시인이 사랑하는 사람에게

W. B. 예이츠

나 당신에게 경건한 손길로
내 수많은 꿈들로 된 책을 바치오,
마치 물결이 흥회색 모래들을 닳게 하듯
열정이 닳아 버린 순백의 여성,
세월의 창백한 불길로부터 넘쳐 나온 뿔보다
더 낡은 마음을 지닌,
수많은 꿈을 지닌 순백의 여성이여,
당신에게 내 열정의 시를 바치오.

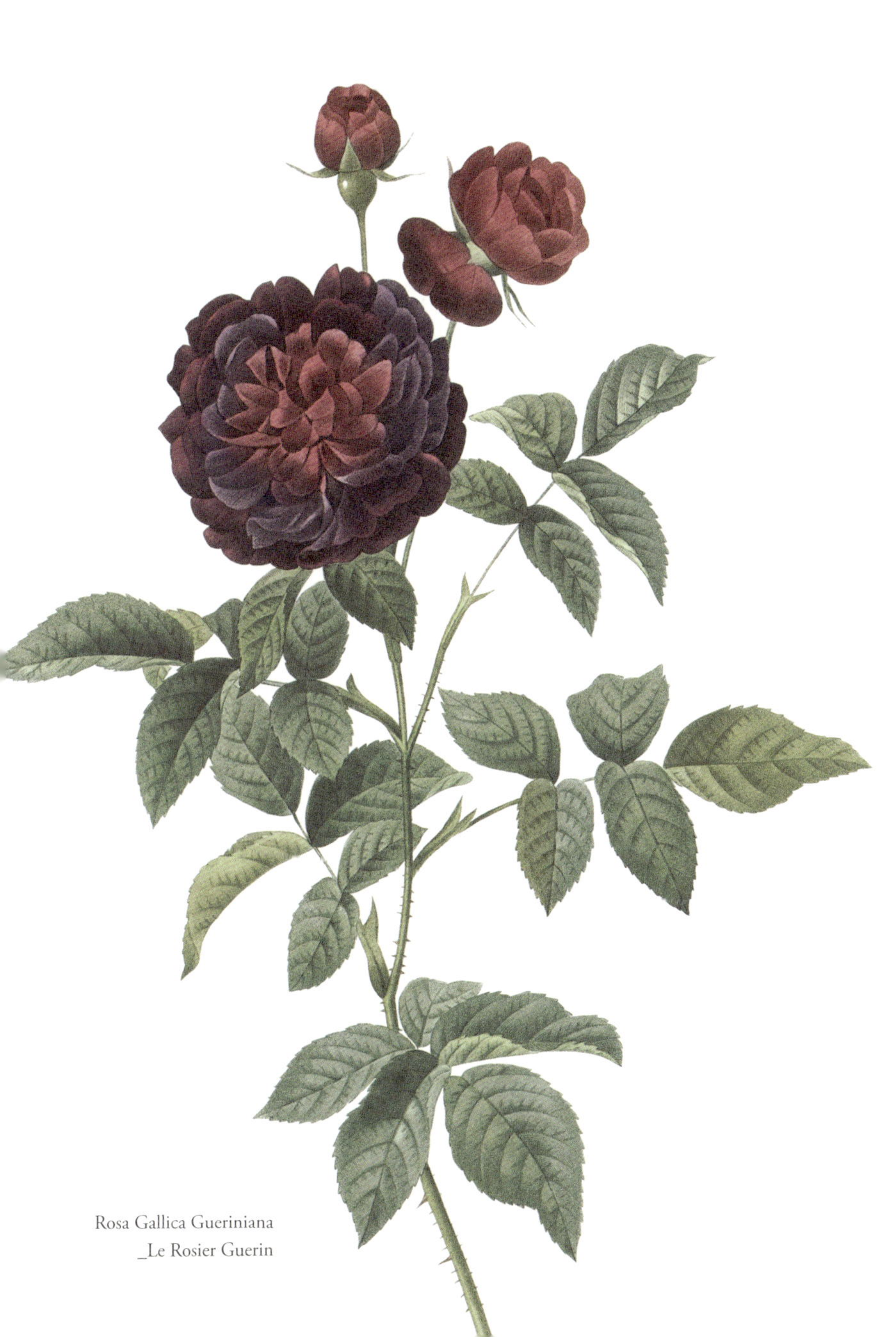

Rosa Gallica Gueriniana
_Le Rosier Guerin

97 영원

월리엄 블레이크

기쁨을 붙잡아
자기 곁에 묶어두려는 이는
날개 달린 생명을
스스로 파괴하는 자이니,

기쁨이 날아가는 순간
그 입맞춤을 건넬 줄 아는 이는
영원의 새벽 속에
살게 되리라.

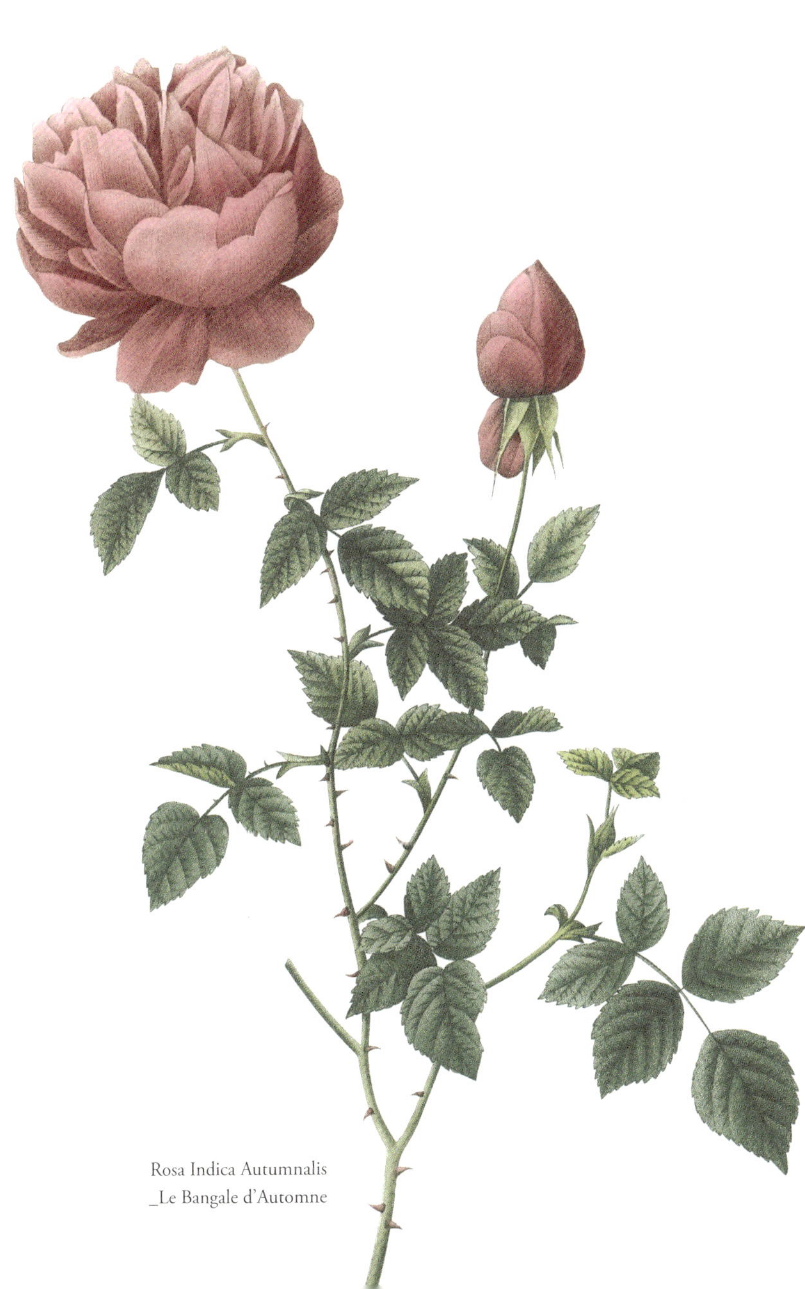

Rosa Indica Autumnalis
_Le Bangale d'Automne

98 아, 해바라기여

윌리엄 블레이크

아, 해바라기여,
시간에 지쳐버린 너,
태양의 걸음을 하나하나 세며
여행자가 마침내 여정을 마치는
그 달콤한 황금빛 땅을 찾아 헤매는구나.

그곳엔
갈망 속에 시들어간 젊은이와
눈처럼 창백한 동정녀가
무덤에서 일어나
하늘을 향해 다시 꿈을 꾸네.

내 해바라기도
바로 그곳을 향해
마음을 품고 있구나.

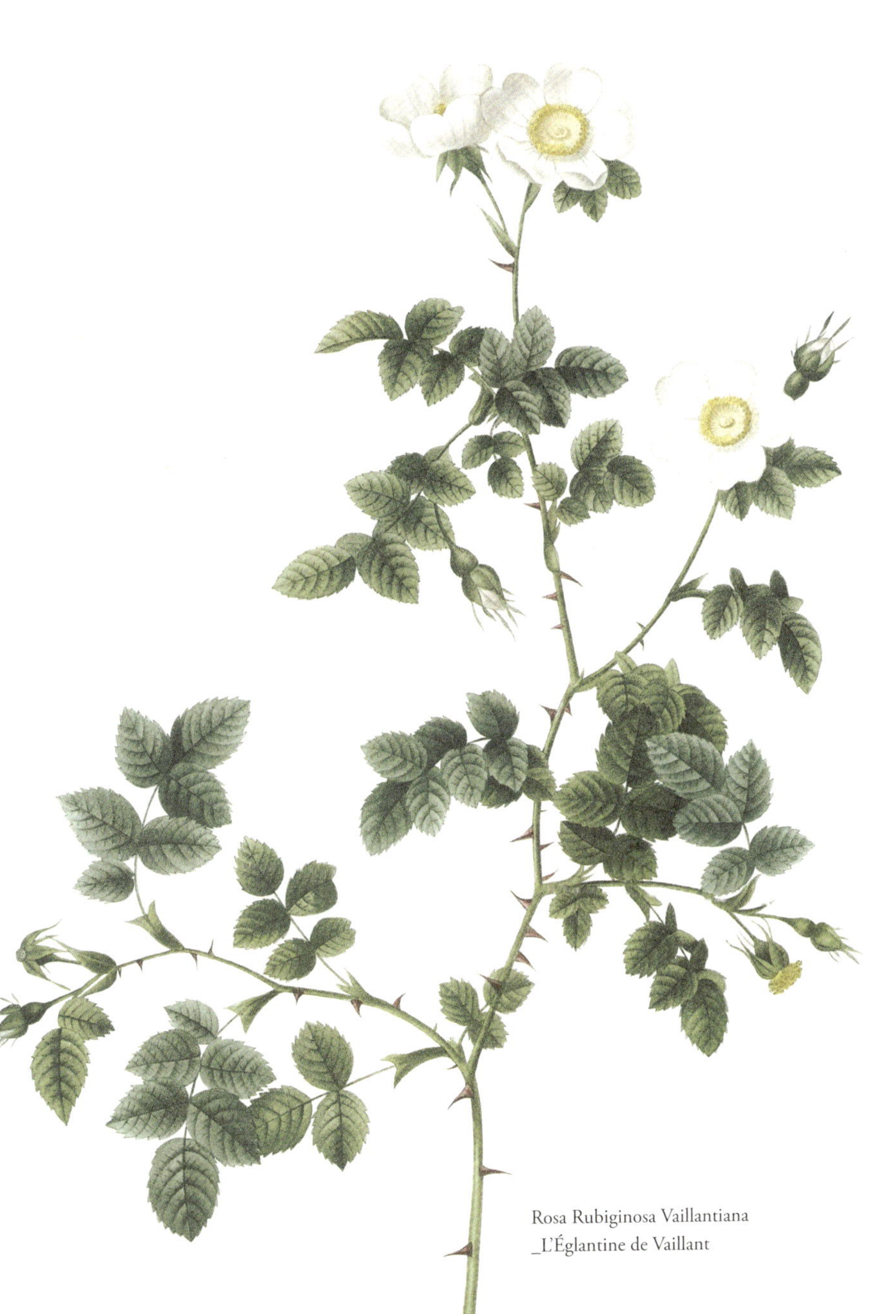

Rosa Rubiginosa Vaillantiana
_L'Églantine de Vaillant

99

그녀는 외진 곳에서 살았네

윌리엄 워즈워스

비둘기 강가의 외진 곳에서
그녀는 살았네.
지켜 주는 사람도
사랑해 주는 이도 없는 처녀였네.

눈길이 안 닿는 이끼 낀 바위틈에
피어 있는 한 떨기 오랑캐꽃!
샛별이 홀로 빛날 때처럼
그렇게 그녀는 아름다웠네.

이름 없이 살다가 죽었을 때
그것을 안 사람은 있는 둥 마는 둥.
이제 그녀는 무덤 속에 누웠으니
아! 크나큰 이 내 허전함이여!

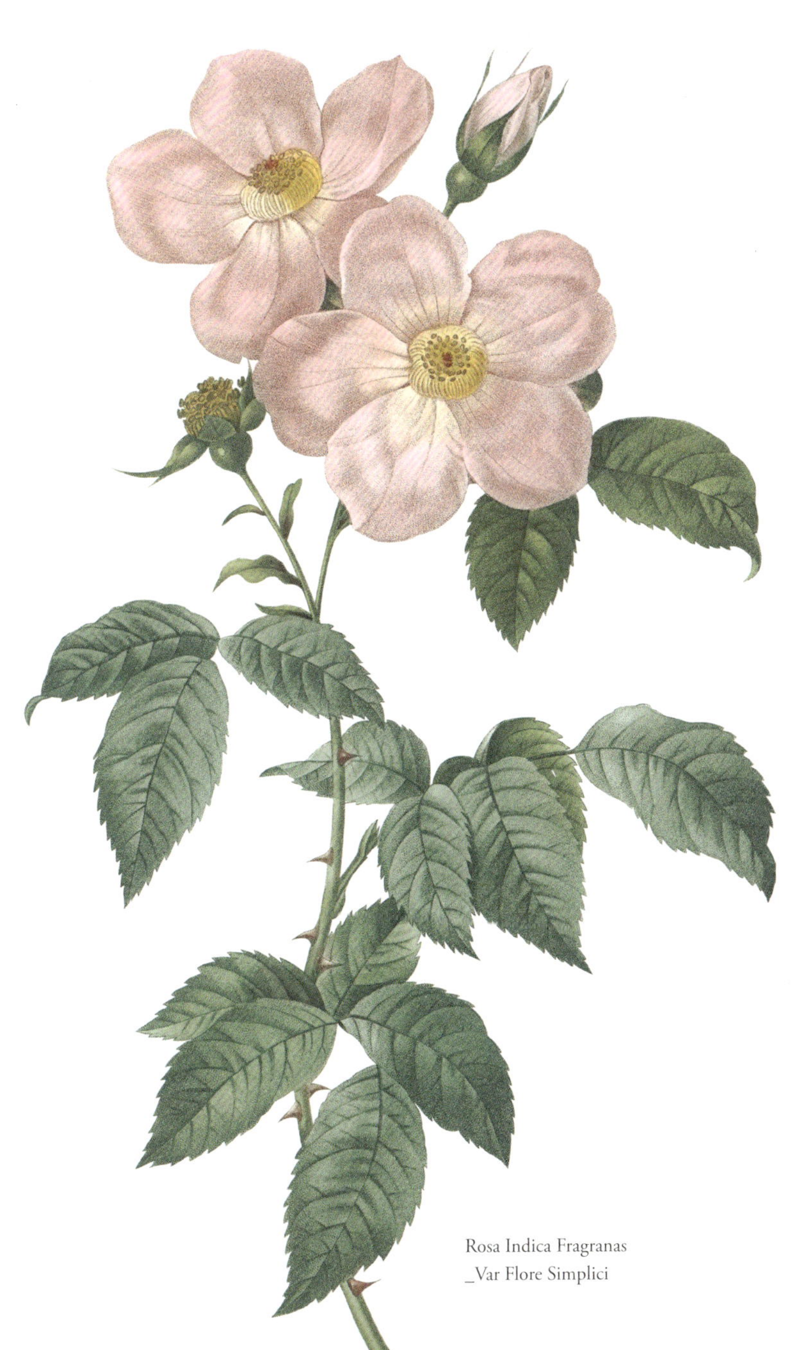

Rosa Indica Fragranas
_Var Flore Simplici

100 아름다운 저녁

윌리엄 워즈워스

아름다운 저녁, 고요하고 자유롭네.
이 거룩한 시간은 숨죽인 수녀처럼
경건함에 잠긴 채 조용하도다.
넓은 태양은 고요 속에 저물어가고
하늘의 온유함은 바다 위를 감싸네.
들어보라! 위대한 존재가 깨어나
그 영원한 움직임으로
천둥 같은 소리를 내네 — 끝없이.

사랑스러운 아이여! 나와 함께 걷는 소녀여.
네가 엄숙한 생각에 잠기지 않았다고 해도
그렇다고 네 본성이 덜 신성한 것은 아니네.
너는 늘 아브라함의 품에 안겨 있고
성전 깊은 곳에서 예배하고 있네.
하나님께서 너와 함께 계시니,
우리가 깨닫지 못할지라도.

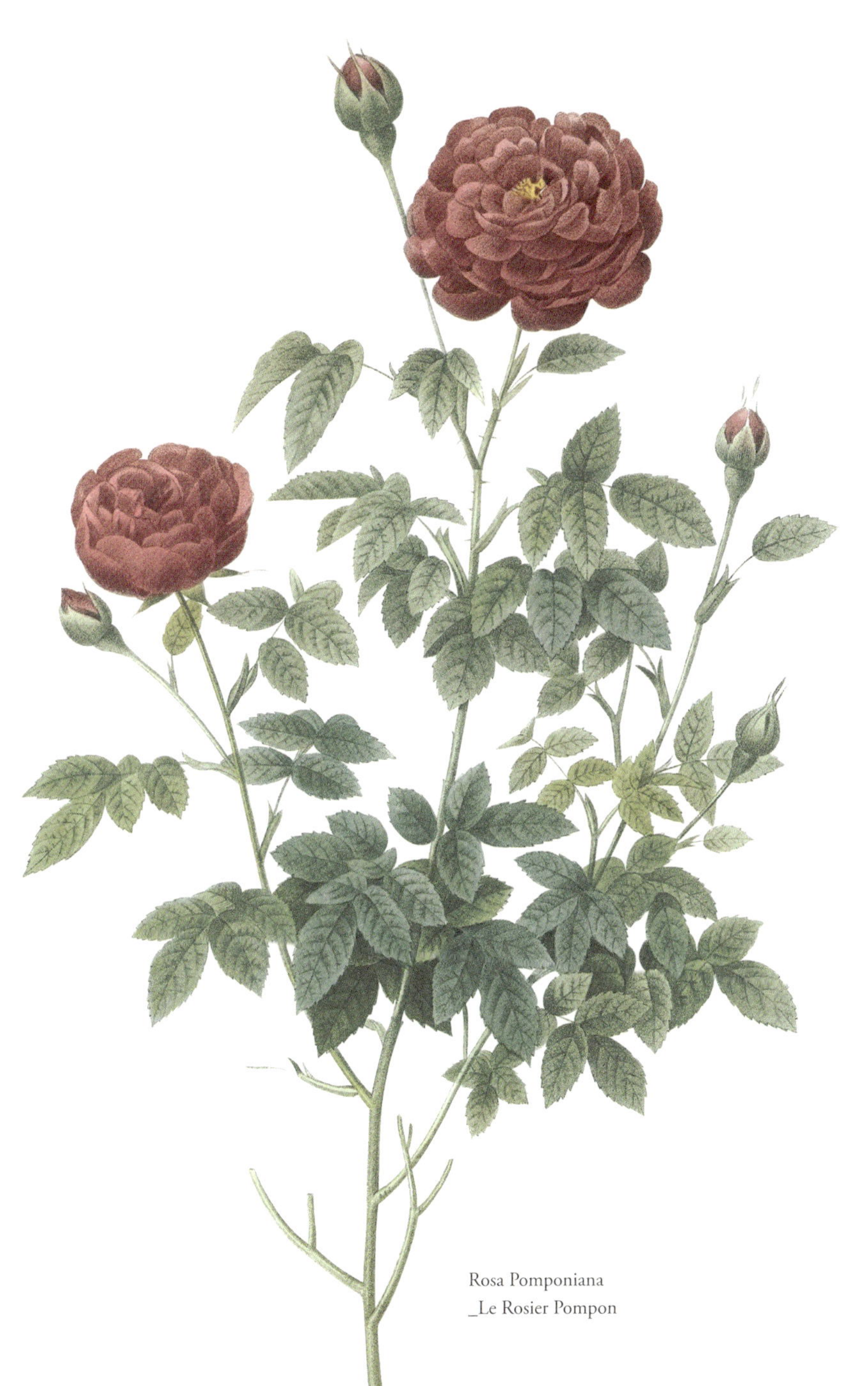

Rosa Pomponiana
_Le Rosier Pompon

하루 한 장, 시와 함께

꽃멍

ⓒ 박유녕, 2025

인쇄일 2025년 7월 14일
발행일 2025년 7월 26일

엮음 박유녕
그림 피에르 조제프 르두테

브랜드 플레이풀페이지
이메일 soyongbook@naver.com
전화 070-4533-7043 팩스 0504-430-0692

발행처 소용
등록번호 제2023-000121호

ISBN 979-11-94720-03-4 (03800)